EL SECRETO DE LA FELICIDAD

La escritura desatada
destos libros da lugar
a que el autor pueda mostrarse épico,
lírico, trágico, cómico, con todas
aquellas partes que encierran en sí las
dulcísimas y agradables ciencias
de la poesía y de la oratoria;
que la épica tan bien puede escribirse
en prosa como en verso. ✍

MIGUEL DE CERVANTES
El Quijote I, 47

CORNELIA FUNKE

EL SECRETO DE LA FELICIDAD

Traducción de María Alonso

EDICIONES B
GRUPO ZETA

Barcelona • Bogotá • Buenos Aires • Caracas • Madrid • México D. F.
Montevideo • Quito • Santiago de Chile

Título original: *Die Wilden Hühner und das Glück der Erde*
Traducción: María Alonso
1.ª edición: octubre 2006
Publicado originalmente en 2000 en Alemania
por Cecilie Dressler Verlag GmbH & Co. KG
Ilustraciones de cubierta e interiores: Cornelia Funke

© 2000, Cecilie Dressler Verlag GmbH & Co. KG
© 2006, Ediciones B, S. A.,
    en español para todo el mundo
    Bailén, 84 - 08009 Barcelona (España)
    www.edicionesb.com
    www.wilde-huehner.de

ISBN: 84-666-2692-1

Impreso por Quebecor World

A los auténticos Bob y Heidi Flint,
a la auténtica Verena y la auténtica Lilli,
a Sonja, a Sönke y a Carola;
y, por supuesto, a Jarpur y a Snegla,
aunque nunca leerán el libro.

Prólogo

Ésta es la cuarta aventura de las Gallinas Locas. Para todos aquellos que no lo sepan, las Gallinas Locas es una pandilla formada por cinco chicas: Sardine, Melanie, Trude, Frida y Wilma. Como no podía ser de otro modo, los Pigmeos, sus peores enemigos y ocasionales amigos, también aparecerán en esta historia. Además de todos ellos, intervendrán algunos otros personajes de dos y de cuatro patas que serán muy importantes, pero no quisiera revelar aquí esa información.

¡Ah, sí! Y en esta ocasión las Gallinas representarán además una obra de teatro (al menos tres de ellas): *Romeo y Julieta*, de William Shakespeare. Si queréis saber de qué trata el texto que Wilma, Trude y Frida se pasarán todo el rato recitando hasta memorizarlo al pie de la letra, Trude lo explica bastante bien —creo yo— de la página 28 a la 30.

Y ahora, que comience la función: arriba el telón y que salgan a escena Sardine, Frida, Trude, Melanie y Wilma...

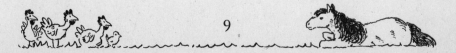

Al cruzar la puerta del colegio, el sol deslumbró a Sardine por completo. Era un maravilloso día de otoño: las hojas habían alfombrado de rojo y amarillo el inmenso patio del recreo y la brisa era tan cálida que parecía que el verano se resistía a marcharse del todo. Sin embargo, Sardine salió del edificio hecha una furia y se dirigió airadamente hacia su bicicleta. Al verle la cara, dos alumnos de primer curso, asustados, se apartaron para dejarla pasar. «¡Sol! ¡Hojas de colores! —pensó indignada mientras colocaba la mochila en el portaequipajes de la bici—. Yo quiero que llueva, que llueva a cántaros, y que el cielo se ponga gris. Con el día tan horrible que he tenido, no pega ni con cola que haga este tiempo.»

—¡Hasta mañana! —le dijo alguien.

Pero Sardine ni siquiera se volvió a mirar. Se subió a la bicicleta en silencio y se fue a casa.

—¡Un insuficiente bajo! —murmuró mientras empujaba la bicicleta por el pasillo—. Al menos he mejorado desde la última vez, aunque lo del deficiente alto sonaba mucho mejor. —Agotada, cerró la puerta de su casa y colgó el abrigo en el perchero.

—¡Ya era hora! —exclamó su madre desde la cocina—. Tienes un banquete delicioso esperándote. Has tardado muchísimo en llegar de la escuela, ¿qué ha pasado esta vez?

—¡Bah, nada! —respondió Sardine.

¿Qué iba a decir, si no? Cuando a uno le ponen un suspenso, lo que menos le apetece es llegar a casa deprisa y corriendo para contarlo. Lo que menos. Además, su madre no sabía nada del deficiente, y Sardine tampoco pensaba decir ni pío del insuficiente. Si se lo contaba, ya podía despedirse de las reuniones con las Gallinas Locas, de las tardes en el acogedor cuartel de la pandilla y de todo lo que más le gustaba. Y para colmo, tendría que volver a vérselas con aquella profesora de inglés tan rancia. Ni hablar, el asunto todavía no era tan grave, ni mucho menos. No habían sido más que pequeños despistes, dos pequeños despistes. Tal vez si se repetía una y otra vez eso de que no eran más que despistes, al final acabaría convenciéndose.

Antes de entrar en la cocina, Sardine se puso delante del espejo y forzó una sonrisa. No es que resultara muy convincente, pero al parecer su madre no reparó en ello.

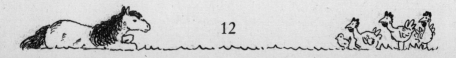

—Será mejor que lo vuelva a meter un rato en el horno —señaló ésta cuando Sardine se sentó a la mesa—. ¿O te gusta la musaka fría?

—No me importa —murmuró Sardine, examinando con extrañeza el manjar que había sobre su plato—. ¿Has encargado comida griega por teléfono? ¿Entre semana?

—Sí, ¿por qué no? Llevamos casi una semana alimentándonos a base de patatas fritas y guisantes congelados. —Su madre estiró tímidamente el mantel. Y es que, curiosamente, había un mantel en la mesa de la cocina. Sardine ni siquiera sabía que tenían uno.

—Mamá, ¿qué pasa? —preguntó, frunciendo el ceño con recelo.

La sonrisa se desvaneció del rostro de su madre.

—¿Qué va a pasar? Nada. Me ha parecido buena idea que comiéramos las dos juntas y nos permitiéramos un pequeño lujo. Como estos días he estado tan liada...

Sardine comenzó a picotear la musaka. No se creía ni una sola palabra.

Nunca habían tenido mucho tiempo para estar juntas. Su madre había trabajado de taxista desde que Sardine tenía uso de razón. Lo hacía para ganar dinero, pues el padre de Sardine se había marchado de casa cuando Sardine tenía seis meses. Sin embargo, ellas dos siempre se habían llevado bien, incluso muy bien, podría decirse. Y de pronto había aparecido el señor Sa-

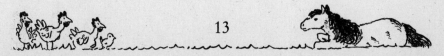

13

belotodo. Hacía apenas seis meses de aquello, y desde entonces ya nada era igual.

Antes, Sardine se acurrucaba en la cama de su madre todos los domingos. Desayunaban juntas, ponían la tele y veían alguna película antigua en la cama. Pero desde que aquel tipo se había hecho un hueco entre las sábanas de su madre, Sardine evitaba a toda costa entrar en el dormitorio, como si dentro viviera el mismísimo monstruo de las cavernas.

—¿Te apetecen unas hojas de vid rellenas?

Sardine meneó la cabeza sin apartar la vista de su madre. Ella esquivó su mirada y se ruborizó. Estaba claro que algo malo pasaba.

—Mamá, ya vale —dijo Sardine—. Quieres darme alguna mala noticia, seguro. ¿Le has vuelto a prometer a la abuela que la ayudaría en el huerto? ¡No tengo tiempo! ¡Me han puesto un montón de deberes!

—¡Qué va, esto no tiene nada que ver con la abuela! —contestó su madre—. Venga, come, que se te va a enfriar el plato.

Al parecer su madre tampoco tenía apetito. Estaba totalmente absorta en sus propios pensamientos y jugueteaba con el tenedor en el plato de ensalada.

La abuela Slättberg, que era la abuela materna de Sardine, no era precisamente lo que uno llamaría una abuelita simpática y entrañable, pero Sardine tenía que quedarse con ella los días que su madre tenía que trabajar. Y es que, si tuviera otro remedio, no pasaría allí

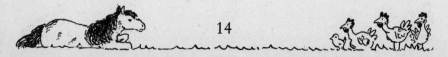

todas esas tardes en las que su abuela, por mucho que Sardine prefiriese salir a pasear con el perro, la obligaba a quedarse en el huerto por narices y a sudar la gota gorda trabajando. Es más, el año anterior Sardine incluso había tenido que rescatar a quince gallinas del hacha de guerra de su abuela, pero ésa es otra historia...

¿Por qué había comida griega un día de diario normal y corriente? Sardine suspiró.

—¡Mamá, suéltalo ya! ¡El señor Sabelotodo quiere venir a vivir con nosotras!

—¡No digas bobadas! —exclamó su madre. Enfadada, dio un golpe con el tenedor en la mesa y añadió—: ¡Y deja ya de llamarlo señor Sabelotodo!

—¡Pero si es que es un sabelotodo!

—¿Sólo porque un día se le ocurrió decirte que margarina se escribe con «g»?

—¡Alguien que se fija en las faltas de ortografía de la lista de la compra es un sabelotodo! —replicó Sardine, elevando el tono de voz.

A su madre se le llenaron los ojos de lágrimas.

—¡Pues es mil veces mejor que los tipejos que me daban la tabarra por culpa de tus amiguitas! —sollozó.

Había pasado casi un año desde que a las Gallinas Locas se les había ocurrido la feliz idea de poner un anuncio en la sección de contactos para la madre de Sardine, pero ella todavía les guardaba rencor. Entre lágrimas, se sonó la nariz.

—¡Se te ha corrido el rímel! —murmuró Sardine—.

Está bien, te prometo que no volveré a llamarlo «señor Sabelotodo», palabra de Gallina. Pero haz el favor de contarme de una vez —agregó, llevándose un trozo de musaka fría a la boca— a qué viene este banquete. Y no me digas que no sabes cocinar, porque sabes perfectamente que no me refiero a eso.

Su madre cogió la servilleta que había junto a su plato y se secó con ella el contorno de los ojos.

—Necesito unas vacaciones —murmuró sin mirar a Sardine a la cara—. Hace por lo menos tres años que no descanso. El viaje que quería hacer contigo a Estados Unidos en primavera se quedó en nada, y luego en verano no quisiste separarte de tus amigas. Pero dentro de poco tendrás las vacaciones de otoño y... —en ese instante se detuvo—. Bueno, que hemos pensado que podríamos escaparnos unos días a la costa del mar Báltico.

Sardine frunció el entrecejo.

—Que podríamos escaparnos, ¿quiénes? ¿A quién te refieres cuando dices «podríamos»? A nosotras y a ese... —Sardine logró morderse la lengua a tiempo—. ¿A nosotras y a tu..., tu cariñín, o como lo llames?

La madre de Sardine miró el mantel y después el tenedor; luego se contempló las uñas. De hecho, miró a todas partes menos a Sardine.

—Thorben y yo habíamos pensado... —comenzó a decir. Después se interrumpió y comenzó a juguetear con el tenedor—. Habíamos pensado que alguna vez

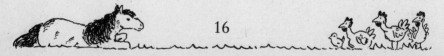

16

nos gustaría... ¡Bueno, ya está bien, esto es una tontería! —Y soltó el tenedor con tanta rabia, que se hundió en la salsa de yogur—. ¡Ni que te estuviera confesando un crimen! —exclamó—. ¡No hay nada de malo en todo esto!

—¿En qué no hay nada de malo? —Sardine intuía que la respuesta iba a ser dura. Por alguna razón, lo sabía.

De pronto se sintió incapaz de seguir comiendo.

—¡Nos gustaría marcharnos solos unos días! —exclamó su madre mirando hacia arriba, como si acabara de romperle el corazón a la lámpara que colgaba del techo en lugar de a su hija, que se había quedado de piedra—. Nosotros solos. Sin niños.

Al fin lo había dicho.

Sardine notó que los labios comenzaban a temblarle. Así que era eso. Había dejado de ser «nosotras»: mamá y Sardine; ahora era «nosotros»: mamá y el señor Sabelotodo. Una rabia feroz comenzó a recorrerle todo el cuerpo, desde la cabeza hasta las puntas de los dedos de los pies. Agarró con todas sus fuerzas el mantel, aquel estúpido mantel de flores, y sintió un deseo irresistible de tirar de él para que toda esa comida de «me ha parecido buena idea que comiéramos las dos juntas y nos permitiéramos un pequeño lujo» saltara por los aires.

Sardine notó que su madre la observaba con preocupación.

17

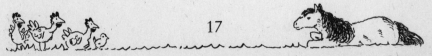

—¿Sin niños? ¿Acaso tenéis que cargar con algún otro niño aparte de mí? ¿Hay algo más que yo deba saber?

—¡Basta ya, Geraldine! —Su madre se había quedado tan blanca como la servilleta de tela que había junto a su plato.

Servilletas. Nunca usaban servilletas de tela. Sardine continuaba agarrando el mantel.

—¡Pero también he pensado un plan para ti! —oyó decir a su madre.

Sardine notaba un inmenso vacío en la cabeza, pero sentía un vacío más grande aún en el corazón.

—Una amiga mía tiene un picadero, una casa con caballos. Tú no la conoces, íbamos juntas al colegio... —prosiguió su madre. Hablaba tan rápido que se trababa con sus propias palabras—. Hace ya unos años que lo tiene, aunque yo nunca he ido a visitarla porque ya sabes que los caballos me dan miedo, pero tiene que ser un lugar precioso. La he llamado y todavía le quedaban plazas libres para las vacaciones de otoño; no sale muy caro, así que... —Sardine oyó que inspiraba profundamente—, te he inscrito para la primera semana.

Sardine se mordió los labios. Un picadero. «No me gustan los caballos —quería decirle—. Lo sabes perfectamente. Esa cursilada de montar a caballo es cosa de niños pijos.» Pero no conseguía hablar. Sólo una palabra le venía a la mente: traidora, traidora, traidora, traidora.

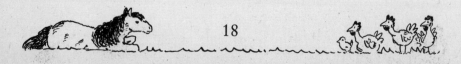

Llamaron a la puerta.

La madre de Sardine se sobresaltó, como si en lugar de llamar a la puerta alguien hubiera irrumpido en la casa por la ventana.

—A que adivino quién es —soltó Sardine.

De pronto volvían a salirle las palabras, pero de todas las que le pasaban por la mente en aquellos momentos, ni siquiera una sola de ellas era agradable. Apartó la silla de la mesa y se dirigió al pasillo.

—¡Al menos podrías decirme que lo entiendes! —exclamó su madre tras ella—. ¡Sólo son unos días, caramba, no creo que sea mucho pedir!

Sardine apretó el botón del interfono para abrir la puerta de abajo. Luego oyó que el señor Sabelotodo subía las escaleras a toda velocidad, como si se hubiera propuesto batir un récord. Sardine se puso el abrigo.

—¡Comprendo perfectamente que te sientas herida! —exclamó su madre desde la cocina—. Pero reconoce que otras niñas darían lo que fuera por irse de vacaciones a un picadero...

Sardine cogió las llaves de casa. Oyó que el señor Sabelotodo llegaba jadeando al último tramo de las escaleras.

—Hola, Sardine —saludó, asomando la cabeza por la puerta.

Ella lo apartó para pasar.

—Para ti soy Geraldine —le espetó—. A ver si te lo aprendes de una vez.

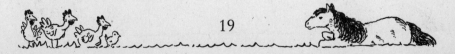

—¡Vaya, veo que volvemos a estar de morros! —le oyó comentar.

Luego cerró la puerta tras de sí. Sardine comenzó a bajar las escaleras mucho más rápido que él, y eso que de tanta rabia como sentía, le costaba respirar.

—¡Sardine! —gritó su madre desde arriba. Con gesto de disgusto se apoyó sobre la barandilla. Detestaba gritar por las escaleras—. ¿Adónde vas?

—¡Lejos! —respondió Sardine. Volvió a arrastrar su bicicleta hasta la calle y cerró de un portazo.

Sardine sabía perfectamente adónde quería ir. Desde hacía casi un año las Gallinas Locas tenían un cuartel: una inmensa caravana. Había sido un regalo que el padre de Trude le había hecho a su hija: la caravana y el terreno donde ésta estaba ubicada. Fue poco después de que los padres de Trude se separaran.

A pesar de que ese día no había traído consigo más que desgracias, a medida que avanzaba por aquella carreterita repleta de baches, Sardine se iba sintiendo mejor. La caravana estaba al final del todo. Desde la carretera ni siquiera se veía, pues un seto alto y asilvestrado de espino blanco cercaba el terreno. Al fondo, casi en el linde del bosque, se hallaba el cuartel de las Gallinas; estaba debajo de un gigantesco roble cuyas bellotas habían comenzado a caer, desde hacía unas semanas, sobre el tejadillo de latón. Por las noches, aquel ruido resultaba atronador, «como si un

gigante repiqueteara con los dedos sobre el techo», decía Frida.

Frida era la mejor amiga de Sardine. Era su amiga del alma, su amiga de toda la vida, aunque bien es verdad que algunas veces se metían en unas discusiones tremendas y pasaban días enteros sin hablarse. Desde lejos Sardine divisó la bicicleta de Frida, apoyada contra el cartel que Wilma había hecho con una escoba y una puerta de armario vieja: «Privado —había escrito sobre la madera oscura—. Queda terminantemente prohibida la entrada de zorros y enanitos del bosque.»

«Si lo hubiera escrito yo —pensó Sardine mientras amarraba la bicicleta con el candado—, habría cometido al menos quince faltas de ortografía.» Wilma no cometía faltas; Frida tampoco. Pero en el último examen a Sardine no le había servido de nada que Frida la dejara copiar. Ni por ésas había conseguido aprobar. «¡No le des más vueltas! —pensó Sardine mientras abría el portillo desvencijado de la valla—. No pienses más en el cole ni en la traición de mamá.»

Trude también se encontraba allí. Su bici estaba detrás del cercado. A Sardine le faltó poco para tropezar con ella y caer sobre la hierba, pues nadie la había segado en todo el verano y estaba muy alta. De hecho, a Sardine le llegaba hasta las rodillas y le hacía cosquillas en las piernas al caminar. La única zona en la que estaba más baja era alrededor del corral de las gallinas que hasta el año anterior habían pertenecido a la abuela de

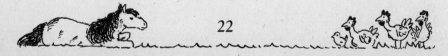

Sardine. Allí habían pisoteado la hierba para que ningún zorro pudiera deslizarse hasta la valla sin ser visto. En cuanto Sardine se acercó al claro pelado del corral, las gallinas alzaron la cabeza y corretearon hacia ella.

—¿Qué tal? ¿Cómo estáis? —exclamó mientras colaba un manojo de diente de león a través de la malla metálica.

Las gallinas, ansiosas, le arrancaron las hojas frescas de los dedos. Sardine cogió otras cuantas hojas y se las dio, luego se levantó y miró a su alrededor.

Así se imaginaba Sardine el paraíso: salvaje, infinito, con olor a hierba húmeda. Y con una caravana en el centro exactamente igual que aquélla: azul y decorada con estrellas, planetas y todo lo que al padre de Trude se le había ocurrido. Encima de la puerta, Melanie había escrito LAS GALLINAS LOCAS con pintura dorada. Y tras la única ventana que había, colgaba la cortina que Trude había cosido con sus propias manos.

Cuando Sardine subió las estrechas escaleras que llevaban a la puerta de la caravana, oyó la voz de Frida:

—*¿No existe piedad en el cielo que perciba el alcance de mi dolor?*

«¡Oh, no!», pensó Sardine. Otra vez estaban ensayando. Desde las vacaciones de verano Frida y Wilma no pensaban en otra cosa. Se habían inscrito en el grupo de teatro que había formado la nueva profesora de lengua del colegio. ¿Y qué obra iban a representar?

Romeo y Julieta. Sardine resopló. Todos los miércoles por la tarde tenían ensayo en el colegio y, cuando se acercara la fecha del estreno —ya se lo habían advertido a las demás—, ensayarían más días todavía.

Aparte del teatro, Frida se reunía todos los martes con un grupo de apoyo a los niños de la calle, y algún sábado que otro, organizaban colectas. Luego estaban las clases particulares de Wilma (nadie entendía para qué necesitaba Wilma clases particulares), las lecciones de guitarra de Trude (que no le gustaban nada) y los días que Melanie reservaba para Willi (Willi era el novio de Melanie desde hacía ya más de seis meses). Así que no era fácil que todas las Gallinas Locas coincidieran al mismo tiempo en el cuartel. Pero cuando Sardine iba a la caravana, lo normal es que hubiese alguien.

En la caravana olía a té. Frida estaba delante de los fogones, removía el contenido de un cazo con expresión soñadora y recitaba en voz alta:

—*¡Ah, tierna madre mía, no me alejes de ti! Retrasa esa boda por un mes, o al menos una semana; o, si no lo haces, pon el lecho de mi boda...*

—*Mi lecho nupcial* —la corrigió Trude.

Ésta se hallaba tendida en el colchón grande que había en el otro extremo de la caravana; a su lado tenía una tableta de chocolate abierta y, delante, el guión del personaje de Frida. Cuando Sardine se acercó a ella por detrás, levantó la cabeza.

—¿Qué tal? ¿Qué ha dicho tu madre de la nota?

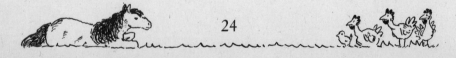

—le preguntó—. Yo le he contado a la mía lo de mi aprobado pelado y se ha puesto hecha una furia. ¡Ni que fuera a repetir curso!

—La mía no se enfada con las cosas del cole —respondió Sardine, y lanzó su abrigo sobre uno de los taburetes que había junto a la ventana—. Cuando saco malas notas me mira con cara triste, como si se hubiera muerto alguien. ¿Qué es eso que estás removiendo?

—Masa para hacer gofres —respondió Frida—. Con nuestros propios huevos. Porque hoy da la casualidad de que por una vez vamos a estar todas. Melanie y Wilma también vienen. Ah, por cierto —sacó unos platos del armario que había encima del fregadero y se los dio a Sardine—, mira lo que han puesto nuestras gallinas. ¡Bolas de Navidad! Apuesto a que no hay muchas gallinas que sean capaces de hacerlo.

Trude soltó una risita y limpió unas migajas de chocolate que habían caído sobre el texto de Frida.

—Mejor que las bolas de alcanfor que encontramos la semana pasada en los nidos, ¿no te parece?

Todas tenían clarísimo quiénes eran los que se dedicaban a meter aquellos «huevos» en el gallinero. Los Pigmeos, viejos enemigos y ocasionales amigos de las Gallinas Locas, habían construido su cuartel en el bosque de al lado y, cuando se aburrían, emprendían excursiones sorpresa al corral de las Gallinas Locas y dejaban aquellos extraños recuerdos entre la paja. A esas alturas, las chicas poseían ya una auténtica colección de cachi-

vaches: enanitos de jardín, huevos sorpresa, pitufos de plástico. Las semanas que no encontraban nada, hasta se llevaban cierta decepción. Pero en esta ocasión, Sardine se quedó contemplando las bolas de Navidad como si ellas fueran las culpables de todos sus problemas.

—Pues yo no le veo la gracia —replicó mientras Frida volvía a guardar las bolas en el armario—. Y como sorprenda a alguno de esos enanos otra vez en nuestro gallinero, pienso dejarlo encerrado ahí dentro hasta que las gallinas lo devoren.

Frida y Trude intercambiaron una mirada de extrañeza.

—Eh, ¿pero a ti qué te pasa? —le preguntó Frida—. ¿Todavía tienes atragantada la nota de ese examen? Si quieres yo puedo ayudarte a estudiar para el próximo.

—No, no es eso —murmuró Sardine—. Es por mi madre. —Ya lo había soltado, y eso que se había propuesto firmemente no hablar del asunto. Pero estaba tan dolida... Se sentía como si se le hubiera clavado una espina en el corazón.

—¿Qué pasa con tu madre? —Frida añadió un poco más de leche a la masa.

—*Ah, tierna madre mía, no me alejes de ti* —murmuró Trude.

—Que se quiere largar por ahí. —Sardine metió el dedo en el cazo y se lo llevó a la boca—. Con el señor Sabelotodo. Y sin mí.

—¿Ahora, en vacaciones? —preguntó Frida mientras sacaba del armario una plancha de hacer gofres que les había prestado la madre de Trude—. Bueno, a lo mejor les apetece estar solos unos días.

—Claro —concedió Trude, que se volvió y se puso boca arriba—. Cuando las madres se enamoran, los hijos les estorbamos. Y más si a los hijos no nos entusiasma el novio tanto como a ellas y no pueden compartir la ilusión.

Trude hablaba por experiencia. Desde que sus padres se habían separado, su madre había tenido ya dos novios diferentes. Por no hablar de su padre, que llevaba bastante tiempo viviendo con otra mujer.

Sardine se quedó callada. No acababa de entender que a sus amigas les resultara tan sencillo distanciarse de sus madres.

Pero aunque no lo entendiera, en cierto modo eso aliviaba su dolor.

—¿Y quién es el afortunado? —preguntó Frida mientras repartía la masa en los moldes untados de mantequilla—. ¿Sigue con ese profesor de autoescuela?

Sardine asintió.

—Quiere mandarme a un sitio con caballos, un picadero —anunció mirando por la ventana con gesto de disgusto.

—Entonces ¿a qué viene esa cara tan triste y esa mirada perdida en el horizonte? —exclamó Frida, que casi se olvida de cerrar los moldes.

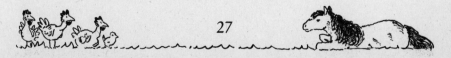

—¿A qué picadero? —preguntó Trude, levantándose del colchón con gran esfuerzo.

Sardine colocó cinco platos y cinco tazas en la pequeña mesa que había junto a la ventana.

—Es de una amiga del colegio de mamá —les explicó.

—Pues a mí me parece un plan genial para las vacaciones —apuntó Trude, quien se asomó a la ventana—. Eh, mirad quién viene por ahí: Mercucio. Cuando se entere de que vas a pasarte todas las vacaciones montando a caballo, le entrará tanta envidia que se le van a quitar hasta las ganas de comer gofres.

—¿Quién es ese tal Mercucio? —preguntó Sardine preocupada. Al acercarse a la ventana, vio a Wilma corriendo a trompicones hacia la caravana, como siempre.

Cuando Wilma llegó a la altura del corral, se detuvo bruscamente, se agachó y comenzó a arrancar hierba para las gallinas, que protestaban sin parar.

—Wilma hace de Mercucio, el mejor amigo de Romeo —le explicó Trude—. Bueno, ya sabes quién es Mercucio, ¿no? El que muere por interponerse en la lucha entre los Montesco y los Capuleto.

—*¡Que caiga una maldición sobre vuestras dos casas!* —recitó Frida—. *Ellas me han convertido en pasto para los gusanos.*

—Ajá —murmuró Sardine—. Yo es que, sinceramente, no tengo ni idea de qué va la obra. Lo único que sé es que acaba mal.

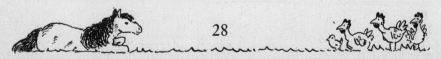

—Mira, ¡yo te lo cuento! —exclamó Trude, ajustándose las gafas—. Verás: en Verona había dos familias que llevaban muchos años enfrentadas —comenzó a explicarle mientras colocaba ocho vasos sobre la mesa—. Los Montesco —señaló apartando cuatro vasos a la izquierda— y los Capuleto —y separó los otro cuatro a la derecha—. Esas dos familias estaban mucho más enemistadas que las Gallinas y los Pigmeos, pero mucho, mucho más. Sin embargo, Romeo, el único hijo de los Montesco, se enamora de Julieta, la única hija de los Capuleto, y deciden casarse a escondidas. —Trude cogió un vaso de la izquierda y uno de la derecha y los puso muy juntos.

»¿Y qué hicieron los demás? Pues como ellos no sabían nada, siguieron peleándose entre sí. Mercucio, el mejor amigo de Romeo —prosiguió Trude arrastrando hasta el centro uno de los vasos de la izquierda—, se enfrentó a Tebaldo, el primo de Julieta. —A continuación cogió un vaso de la derecha y golpeó el que estaba situado en el medio con tanta fuerza que se volcó—. ¡Muerto! —exclamó—. Tebaldo mata a Mercucio con su espada. Entonces la ira se apodera de Romeo que, abatido por la pérdida de su amigo, se olvida de Julieta y de todo lo demás y da muerte a Tebaldo. —Y en ese momento Trude derribó con ímpetu el otro vaso—. Después de aquello, a Romeo lo destierran. Le prohíben que vuelva a entrar en Verona para siempre, para siempre jamás. Y así, ¿cómo iba a ver él a Julieta?

Con un hondo suspiro, Trude apartó de nuevo los dos vasos que había juntado en un principio.

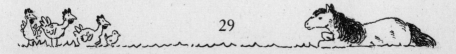

—Julieta se queda desconsolada —prosiguió—, y al ver que lloraba y lloraba sin parar, a sus padres no se les ocurre nada mejor que casarla. La verdad es que a veces los padres no se enteran de nada —comentó Trude, mientras daba vueltas y más vueltas al vaso de Julieta—. Julieta, desesperada, decide tomarse una pócima para caer en un sueño muy profundo. Por desgracia, cuando Romeo la encuentra, cree que está muerta de verdad y se bebe un veneno mortal. Al despertar, Julieta descubre que Romeo está muerto y se clava un puñal. Al final —concluyó Trude, volviendo a juntar los dos vasos—, los Montesco y los Capuleto se reconcilian en el entierro de sus hijos.

—Madre mía —murmuró Sardine.

—A Wilma le sale el papel de Mercucio que ni bordado —apuntó Trude—. Pero el problema es Romeo. En el grupo de teatro sólo hay tres chicos: los dos de la otra clase y Steve, pero ninguno quiere hacer de Romeo. De momento, lo va a hacer Nora. Torte también se presentó voluntario para el papel, pero durante la prueba le entró la risa hasta en la escena de la muerte.

Sardine ya se lo imaginaba: Steve y Torte eran miembros de la pandilla de los Pigmeos, al igual que Willi, el novio de Melanie.

—Y Fred, ¿por qué no participa? —preguntó Sardine. Fred era el cuarto Pigmeo y el jefe indiscutible de la pandilla—. Fred sería un buen Romeo.

¿Por qué había dicho eso?

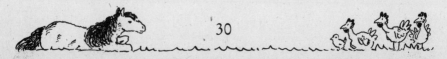

—¿Sí? ¿Tú crees? —observó Trude—. Bueno, para Frida fue todo un alivio que no le dieran el papel a Torte. Bastante tiene ya con las cartas de amor. A ver si deja de atosigarla de una vez... Además, lo único que tiene que hacer es pensar en otra persona cuando tenga que besar a Nora. Por ejemplo, en...

—Eso no es asunto vuestro —interrumpió Frida—. ¡Vaya, por culpa de los dichosos cotilleos casi se me queman los gofres! ¿Y Wilma? ¿Sigue dándoles de comer a las gallinas?

En aquel preciso instante se abrió la puerta tan bruscamente que Sardine estuvo a punto de recibir un golpe en la cabeza.

—¡Estas gallinas están como una cabra! —rezongó Wilma—. Tengo los dedos hechos polvo de arrancar tanta hierba. Les he dado por lo menos una tonelada, ¡pero no paran de protestar! ¡Cacarean y cacarean como si estuvieran muertas de hambre!

—¡Hola, Mercucio! —exclamó Sardine mientras cerraba la puerta.

—Ah, ¿ya te lo han contado? —Wilma elevó los brazos—. *¡Ah, calma deshonrosa, vil humildad!* —comenzó a declamar, llevándose la mano a la cadera. Pero en esa ocasión, en lugar de la pistola de agua que solía llevar consigo, sacó una espada—. *La espada lo borrará. Tebaldo, cazarratas, ¿quieres dar unas pasadas?*

—¡Ay, mi madre! —exclamó Sardine, desplomándose entre suspiros en un taburete—. ¡Os habéis vuel-

to locas! A lo mejor no es tan mala idea que me manden por ahí de vacaciones.

—Que te manden... ¿adónde?

Trude le contó a Wilma los planes de Sardine para las vacaciones de otoño y Wilma se puso verde de envidia.

—¡A un picadero! —murmuró.

—Oye, ¿dónde está Melanie? —preguntó Frida, mientras colocaba sobre la mesa el plato con los gofres recubiertos de azúcar—. Creí que iba a venir.

—Ah, está con Willi. Se están besuqueando al otro lado de la carretera —respondió Wilma, y se sentó a la mesa—. Se deben de haber pensado que no los he visto. Una espía veterana como yo...

Wilma era una espía con mucha experiencia. Cada vez que las Gallinas Locas querían descubrir los planes que tramaban los Pigmeos, enviaban a Wilma a investigar. De hecho, ella fue la que descubrió dónde habían construido los chicos su nueva guarida del árbol. Sin embargo, en los últimos tiempos había estado dedicada en cuerpo y alma a memorizar su papel.

Cuando Melanie llegó, todas las demás ya se habían zampado el primer gofre.

—Lo siento —se disculpó mientras se quitaba el abrigo jadeando—. Es que mi hermana mayor me ha cogido las botas nuevas para salir y he tardado un montón en encontrar las viejas en el desván.

—¿Cuánto tiempo te ha llevado inventarte esta excusa? —le preguntó Sardine con la boca llena.

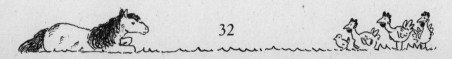

—¿Excusa? ¿Por qué? —Melanie se puso tan roja como las flores que ella misma había pintado en la puerta de la nevera.

Frida por poco se atraganta con el gofre.

—¡Si os he visto! —le advirtió Wilma, que al mismo tiempo le dio a Frida unos golpecitos en la espalda hasta que recuperó el aliento—. A ti y al guardaespaldas de Fred.

—¡No es el guardaespaldas de Fred! —espetó Melanie—. ¿Es que no tienes nada mejor que hacer que espiar a los demás?

—¿Sabes cuál es la última noticia? —intervino Frida para cambiar de tema?

Sardine tuvo que explicar otra vez cuáles eran sus planes para las vacaciones.

—¿Y cuánto tiempo te vas? —le preguntó Melanie mientras daba cuenta del gofre caliente que Frida le había servido en un plato.

—Cinco o seis días, casi toda la primera semana —murmuró Sardine—. Y ahora dejemos ya ese tema, ¿vale? Cada vez que pienso en la cantidad de niñas repipis que habrá allí, me pongo mala. Seguro que se pasan el día hablando de los caballos y de lo monos que son —se quejó, llevándose las manos a la cara.

—¡Tengo una idea! —exclamó Wilma tras dejar el vaso en la mesa—. ¿Por qué no vamos todas? Podrían ser las mejores vacaciones de nuestra vida.

Las demás se miraron sorprendidas.

33

—Es verdad, sería genial —murmuró Frida—. A mí me encantaría volver a montar a caballo.

—¿Y quién lo va a pagar? —apuntó Melanie frunciendo el ceño—. Si se lo pido a mis padres, me van a decir que tururú.

El padre de Melanie llevaba dos años en el paro y su madre, por el momento, sólo había conseguido trabajillos temporales mal pagados. De hecho, el otoño anterior habían tenido que mudarse a un piso más pequeño.

—Bueno, no creo que salga muy caro —observó Wilma—. Si costara mucho dinero, la madre de Sardine tampoco podría pagarlo, ¿no?

Sardine asintió.

—¿De verdad os gustaría venir? —preguntó con incredulidad.

—Pues claro —respondió Frida, encogiendo los hombros—. No veas las vacaciones que me esperan. A mi madre le toca hacer una sustitución en el trabajo y Titus tiene uno de esos torneos de kárate, así que seguro que se escaquea de cuidar a Luki.

Frida tenía dos hermanos. El mayor se llamaba Titus y las Gallinas no podían ni verlo. Sin embargo, Luki, el más pequeño, les parecía muy mono, aunque era agotador cuidar de él.

—¿Y tú, Trude? —preguntó Wilma.

Trude se ajustó las gafas.

—A mí me encantaría ir —respondió, no muy convencida—. Pero... lo de montar a caballo...

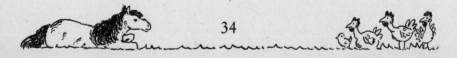

—Bah, no es tan complicado —señaló Frida.

Ella era la única que había recibido clases de equitación alguna vez, pero el profesor era tan estricto con los caballos y con los alumnos que desde las vacaciones de verano no había vuelto a ir. Wilma, sin embargo, lo había tenido más fácil. Una tía suya vivía en el campo y la primera vez que se sentó a lomos de un caballo tenía tan sólo cuatro años.

—¡Vamos todas! —exclamó Wilma, y zarandeó tanto la mesa que el té comenzó a agitarse violentamente dentro de las tazas—. ¡Todas juntas! ¡Tenemos que conseguirlo! Porque si no, os aseguro que voy a pasar las vacaciones más horribles y aburridas del mundo. ¡Acabaré hasta el gorro de ejercicios! ¡Por favor! —imploró alzando las manos hacia el techo de la caravana—. ¡Me juego lo que queráis a que mi madre ya ha encargado en la librería todos esos libros de ejercicios de mates y de lengua tan maravillosamente entretenidos!

—¡Eso no lo dudes! —afirmó Frida. A decir verdad, ninguna de ellas envidiaba a Wilma por tener la madre que tenía.

—Entonces, ¿queréis que le pregunte a mi madre si podéis venir? —Sardine no se podía creer que la peor de las suertes pudiera convertirse en unas magníficas vacaciones con las Gallinas Locas—. ¿Vamos todas?

—¡Sí! —exclamó Frida, alzando su vaso—. Para eso somos las Gallinas Locas. ¡No nos separarán!

—Sólo en casos de emergencia —apuntó Wilma, y entrechocó su vaso con el de Melanie—. ¡Una para todas y todas para una!

—Esa frase es buena —observó Melanie—. ¿También es de *Romeo y Julieta*?

Cuando Sardine llegó a casa por la tarde, el señor Sabelotodo ya se había marchado. Su madre estaba sentada frente a la ventana y tenía los ojos rojos de haber llorado.

—¿Qué ha pasado? —preguntó Sardine preocupada—. ¿Qué te ha hecho?

—¡Él no ha hecho absolutamente nada! —Su madre se sonó con un pañuelo de papel arrugado—. Si hasta ha dicho que a lo mejor deberías venir con nosotros. ¿Cómo has podido ser tan cruel sólo porque, por una vez, quiero hacer algo sin ti? Es que es, es...

Su madre comenzó a sollozar con tanta angustia que Sardine no sabía hacia dónde mirar. Con sentimiento de culpa, se sentó junto a su madre.

—Tranquila, ya está —susurró—. No quiero ir con vosotros. Iré al picadero si dejas que las demás vengan conmigo.

—¿Quiénes son las demás? —preguntó su madre desconcertada tras levantar la nariz enrojecida del pañuelo.

—Pues Wilma, Trude, Frida y Melanie. Pero sólo si no es demasiado caro. Porque si cuesta mucho, Meli no podrá venir. Así que tienes que llamar a tu amiga y preguntarle si quedan cinco plazas libres y si nos puede hacer un precio especial a cambio de... no sé... que ayudemos a limpiar los establos o algo así.

—Los caballos de Mona no están en un establo —replicó su madre frotándose los ojos llorosos—. Son caballos islandeses y duermen al aire libre, incluso en invierno. De todas formas, puedo preguntarle si necesitan ayuda. Pero... —agregó sacudiendo la cabeza—, ¿queréis ir todas juntas? ¿Todas las Gallinas Locas?

—¡Claro, ya te lo he dicho! —exclamó Sardine. Le dio un pañuelo limpio a su madre y dejó el otro hecho una bola en el cenicero, un objeto que su madre tuvo que rescatar del fondo de algún cajón cuando apareció el señor Sabelotodo.

—Todas las Gallinas Locas —repitió su madre, volviéndose hacia Sardine con gesto de preocupación—. Por lo que más quieras, Sardine, no armaréis ninguna de las vuestras en el picadero de Mona, ¿verdad?

—¡No digas tonterías! —Sardine torció el gesto, ofendida—. Ya no somos niñas pequeñas.

—Pues por eso mismo —apuntó su madre tras bajar el volumen del televisor.

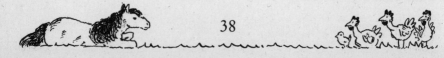

—¿A qué te refieres? —Sardine entornó la mirada—. Seguro que allí no hay chicos, si lo dices por eso. Los chicos no montan a caballo; no les gusta.

—Ah, ¿no? —Su madre no parecía muy convencida—. Pues el hijo de Mona sí monta a caballo. Mona tiene una hija y un hijo. Bess es más o menos de vuestra edad y Maik tiene un par de años más. ¡Y pobres de vosotras como se os ocurra tratarlo igual que a vuestros amigos los Pigmeos!

A eso Sardine prefirió no responder.

—Entonces, ¿la vas a llamar? —preguntó—. Si mis amigas no vienen conmigo, me quedo aquí.

—Bueno, bueno —murmuró su madre, y volvió a subir el volumen del televisor—. Ya hablaré con Mona, pero después del día que he tenido, necesito recuperarme un poco. ¿Podrías traerme una copa de vino?

—Cincuenta euros al día —anunció Sardine al día siguiente durante el recreo mientras la pandilla de las Gallinas al completo disfrutaba de aquel sol otoñal en el patio del colegio—. Comida, clases y paseos a caballo incluidos. Mamá dice que su amiga no nos lo puede dejar más barato, pero que cincuenta euros es un chollo, que es como un regalo. Ya sólo le queda una habitación libre para cinco noches.

—Cincuenta por cinco —murmuró Melanie, quien entornó los ojos para hacer el cálculo mentalmente—.

Aun así, siguen siendo doscientos cincuenta euros. Y además, supongo que tendremos que llevar algo de dinero por si queremos salir algún día por ahí. ¡Uf! Yo tengo sesenta ahorrados. Mis padres me pueden adelantar la paga del mes que viene y, si insisto un poco, a lo mejor también la del mes siguiente, pero ni siquiera juntándolo todo me llega; y, aparte de la paga, no creo que me den más de cuarenta euros. En cuanto lo pregunté en casa, mi hermana empezó a protestar y dijo que si yo me voy de vacaciones, ella también quiere irse. ¡Me faltan todavía más de cien euros!

Las demás se miraron sin saber qué decir. El día anterior, cuando Wilma había vaciado la hucha de la pandilla, habían contado once euros y treinta y tres céntimos.

—Bueno, ya se nos ocurrirá algo —afirmó Wilma, pero no sonó muy convincente.

—Sí, espero que sí. A mí sí me dejan ir. —Frida se apoyó contra el muro del patio en el que daba el sol—. Tendríais que haber visto la cara de Titus cuando se enteró de que a lo mejor me voy. ¡Casi se cae de la silla! Ahora va a saber lo que es pasarse las horas pasando frío en el parque.

—A mi madre le ha encantado la idea —explicó Trude—. Yo creo que se alegra de que me vaya unos días. Y el dinero me lo va a dar mi madrina.

—Ya quisiera yo tener una madrina como la tuya —murmuró Melanie. Su rostro reflejaba una terrible

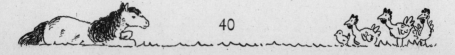

desolación—. ¿Qué ha sido de tu primo, Trude? ¿No iba a venir a pasar las vacaciones con vosotras?

Trude se quitó las gafas para limpiarlas. Desde hacía once meses Trude se escribía con su primo Paolo y él, además de responder a las cartas, le enviaba corazones de mazapán como recuerdo de los días que habían pasado juntos el otoño anterior.

—Sí, quería venir —respondió mientras se colocaba las gafas cuidadosamente—, pero ya le he escrito para contarle que probablemente no estaré. A lo mejor viene de visita algún día al final de las vacaciones.

—Vaya, parece que el amor se ha enfriado —comentó Sardine.

—¡Es que me manda unas cartas larguísimas, pero sólo me habla de los resultados del fútbol y de las buenas notas que saca! —se defendió Trude—. Ni siquiera nos gustan las mismas películas.

—Bueno, si te sirve de consuelo, a mí nunca me pareció nada del otro mundo —apuntó Wilma encogiéndose de hombros.

—¡Pero es que a ti ningún chico te parece nada del otro mundo! —exclamó Melanie—. ¿Qué te han dicho tus padres? ¿Tu madre te deja ir de vacaciones o tienes que quedarte estudiando para ver si en lugar de un sobresaliente en lengua consigues sacar una matrícula de honor?

—¡Muy graciosa! —replicó Wilma—. Pues sí, sí que me dejan ir, ¡así que el único problema eres tú!

—¡No te pases, Wilma! —la regañó Frida, enfadada—. Eso ha sido muy cruel por tu parte.

Melanie se mordió los labios. Las demás observaron que trataba de contener las lágrimas.

—Da igual —añadió con la voz quebrada—. No creo que a Willi le hiciera mucha gracia que me fuera en vacaciones.

—¡Por supuesto que no! —exclamó alguien y, de entre unos arbustos que habían plantado recientemente para darle un toque de color al desangelado patio del colegio, surgió una figura que reconocieron al instante. —Era Torte— ¡Eh, Fred! ¡Ven aquí! —gritó hacia el otro lado del patio. Luego, ayudándose de los dedos, emitió un silbido tan agudo que Trude tuvo que taparse los oídos con las manos—. ¿Sabéis cuál es la última noticia? ¡Que las Gallinas quieren huir!

Los otros tres Pigmeos estaban unos metros más allá, peleándose con dos chicos de la otra clase. Cuando oyeron los gritos de Torte, dejaron a los chicos en paz y se dirigieron hacia las Gallinas a un ritmo parsimonioso.

—¡Oh, no! —susurró Melanie—. No les digáis que yo también quiero ir. Como Willi se entere por ellos, se pillará un cabreo...

—¿Por qué? ¡Ni que estuvierais casados! —comentó Wilma.

—No tienes ni idea —replicó Melanie, y comenzó a enroscarse un mechón de pelo con gesto nervioso.

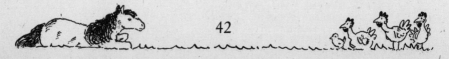

Las Gallinas observaron que Torte se acercaba a los demás y les decía algo al oído.

—¿Por qué no nos largamos, sin más? —preguntó Trude.

—¿Para que luego se pasen la siguiente hora bombardeándonos con notitas? ¡No, gracias! —Sardine puso cara de resignación al ver que Fred le hacía una señal.

—¡Yo ya os dije que aquí no estaríamos a salvo de los Pigmeos! —les reprochó Wilma—. Pero como os habéis empeñado en que nos pusiéramos al sol...

Allí estaban los Pigmeos, plantados delante de ellas: Fred, Willi, Steve y Torte. Todos con un arito en la oreja y una sonrisa socarrona en los labios. Unas veces amigos de las Gallinas Locas, otras, sus enemigos; y otras, como en aquel preciso instante, un auténtico incordio.

—Ya os estáis largando de aquí. —Así los recibió Sardine—. Tenemos cosas de que hablar.

—¿Te vas fuera por vacaciones? —le preguntó Willi a Melanie haciendo caso omiso de las órdenes de Sardine—. ¿Por qué no me lo habías dicho?

—Porque los planes se han quedado en nada —respondió Melanie sin mirarlo—. Es demasiado caro.

—¿Qué es demasiado caro? —Fred le lanzó una mirada interrogante a Sardine.

—Sardine se va de vacaciones a un picadero —intervino Frida—. Y como el plan no le hace ni pizca de gracia, hemos decidido que podríamos ir todas juntas. Eso es todo. Nada que os interese. Ya podéis largaros. ¡Adiós!

Frida alzó el brazo, sonrió con dulzura y les despidió con la mano, pero los Pigmeos no se inmutaron.

—¿Un picadero? ¿Y no te hace ilusión pasar las vacaciones allí? —Fred esbozó una sonrisa burlona tan descarada que Sardine sintió el impulso de arrancarle la nariz de un mordisco—. ¿Pero qué clase de chica eres tú? Los caballos son la maravilla de las maravillas. Yo pensaba que a todas las chicas les gustaban los caballos.

—¡Qué casualidad! Cada vez que piensas, te equivocas —replicó Sardine.

Willi continuaba sin apartar la vista de Melanie como si acabara de descubrir que ella lo había engañado, por lo menos, con otros tres chicos.

—¿Por qué me miras así? —le recriminó ella, irritada—. Ya lo has oído, yo tengo que quedarme aquí. —Melanie sacó un pañuelo de papel usado del bolsillo de los vaqueros—. Las demás se divertirán como locas, y yo tendré que pasarme las vacaciones peleándome con mi hermana mayor. Porque en tu casa no hay un huequito para mí, ¿a que no?

Willi se quedó callado, con la mirada clavada en la punta de sus botas. Todos conocían al padre de Willi y estaban al corriente de los moratones y los cardenales que el chico tenía por su culpa. Sardine y Fred también se las habían tenido que ver con él en alguna ocasión. Ni hablar: Melanie no iba a poder hacerse un hueco en casa de Willi para librarse de su hermana.

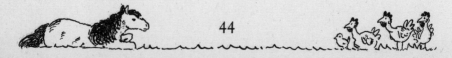

—Oye, lo siento, pero nosotros no podemos prestarte nada —se excusó Fred—. Ahora mismo estamos sin blanca.

—No pasa nada —murmuró Melanie, secándose las lágrimas con un pañuelo de papel—. Yo sé lo que es eso.

—Lo del dinero ya lo solucionaremos —aseguró Sardine—. Por eso no hace falta que os estrujéis vuestros cerebros de enanito. Aunque podéis ayudarnos con otra cosa, eso sí. Necesitamos que alguien les dé de comer a las gallinas mientras estemos fuera.

Fred sonrió con sorna.

—Claro, ¿por qué no? —dijo—. No vamos a dejar que esas pobres gallinitas se mueran de hambre.

—Es verdad —dijo Torte—. Pero tenéis que dejarnos la llave de la caravana para que podamos tomar algo caliente después de darles de comer.

Las Gallinas se miraron desconcertadas.

—Claro, teníamos que haberlo supuesto —gruñó Wilma—. No se os puede pedir un pequeño favor como amigos sin que nos chantajeéis.

—Tranquilas, prometemos no pintarrajear el póster de Meli y no hacer pis en el lavabo —exclamó Steve—. Os damos nuestra palabra de Pigmeos.

Sardine le lanzó una mirada gélida.

—Está bien —accedió—. Os daremos la llave. Pero os lo advierto: si, cuando volvamos, la caravana tiene aunque sea un rasguño minúsculo, ya podéis iros despidiendo de vuestra guarida del árbol.

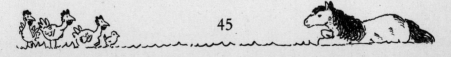

Sardine acababa de terminar los deberes. Se estaba probando los pantalones de montar que le había comprado su madre en la tienda de segunda mano de la esquina, cuando Melanie llamó por teléfono.

—¡No me llega el dinero! —exclamó angustiada. Estaba tan desesperada que Sardine pensó que en cualquier momento empezarían a salir lágrimas del auricular—. Mis padres sólo me dan por adelantado un mes de paga porque mi hermana les ha vuelto a montar un numerito y, de aquí a que nos vayamos, puedo trabajar de canguro dos o tres días como mucho. ¡No me llega el dinero!

Sardine se quedó mirando al corcho que había junto al teléfono. Su madre había colgado una postal de un caballo islandés junto al programa de vacaciones.

—Cuéntaselo a las demás, ¿vale? —le pidió a Sardine entre sollozos—. Mañana no voy al cole porque,

total, ya es el último día... ¿Cuándo os vais? ¿El domingo o el lunes?

—El lunes —respondió Sardine y acarició la postal con los dedos—. Escucha, Meli, a lo mejor se me ocurre algo. Todavía hay tiempo...

—Bah, déjalo —murmuró Melanie—. Que os lo paséis muy bien. Y no os caigáis del caballo, ¿eh?

—¡Eh, espera, Meli! —exclamó Sardine, pero ella ya había colgado.

—¿Quién era? —preguntó la madre de Sardine desde su dormitorio.

Desde que habían terminado de comer, su madre se había puesto a hacer dos maletas, una grande y otra pequeña. Metía y sacaba cosas sin parar y estaba más feliz que unas pascuas.

—Vaya, sí que te alegras de perderme de vista —comentó Sardine apoyándose contra el marco de la puerta.

—¡No empieces otra vez! —respondió su madre, y metió en la maleta grande un vestido verde horrible que Sardine no le había visto nunca—. ¿Quién ha llamado?

—Meli. —Sardine recorrió el marco de la puerta con los dedos—. No puede venir. No le alcanza el dinero.

Su madre levantó la vista.

—Vaya. ¿Y las demás?

Sardine se encogió de hombros.

—Las demás sí.

—Qué faena —murmuró su madre. Acto seguido extendió dos camisones, indecisa—. ¿Cuál me llevo? ¿El blanco o el de flores?

—Ninguno de los dos —respondió Sardine, y se refugió en su habitación.

Ella también tenía que hacer el equipaje, pero al entrar en su dormitorio, se tumbó en la cama y se quedó mirando al techo. No podía dejar de pensar en Melanie.

En plena noche, después de haber dado vueltas y más vueltas en la cama sin lograr conciliar el sueño, encontró la solución. Tiritando de frío, se levantó de la cama, recorrió sigilosamente el pasillo hasta llegar al dormitorio de su madre y escuchó a través de la puerta. Oyó roncar al señor Sabelotodo. ¿Cómo podía dormir su madre con aquel ruido? Abrió la puerta con cuidado.

—Mamá. —Se arrodilló junto a la cama y le acarició la nariz a su madre. Era el mejor truco para despertarla.

Su madre se frotó la nariz y abrió los ojos totalmente adormilada. Cuando vio a Sardine, pegó tal respingo que el señor Sabelotodo gruñó malhumorado y se dio media vuelta.

—¿Qué pasa? —preguntó asustada.

—Tengo que hablar contigo —le respondió Sardine entre susurros.

Su madre miró el reloj y resopló. Luego sacó las

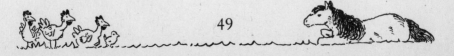

piernas de la cama, se puso la bata y, medio dormida, fue haciendo eses hasta el salón.

—¡Espero que tengas una buena razón para sacarme de la cama de esta manera! —murmuró mientras se acurrucaba en el sofá, tiritando de frío.

Sardine encendió la calefacción.

—Yo tengo la libreta de ahorro de la abuela —explicó Sardine—. Ya sabes, esa que ella llama la libreta de seguridad o algo así, donde mete dinero todos los meses, ¿no?

La madre de Sardine se frotó los ojos, hinchados por el sueño, y asintió.

—Sí. Te darán el dinero cuando cumplas los dieciocho. Ni un día antes. Ésa fue la condición que puso ella.

—Ya, ya lo sé —asintió Sardine impaciente—. Pero tú me has contado que en casos de emergencia puedes coger dinero de ahí, ¿no? —prosiguió, mirando a su madre con expresión de súplica—. Meli necesita ciento veinte euros, mami. En esa cuenta tiene que haber mucho dinero y la abuela no se va a enterar si sacamos un poquito. Y Meli nos lo devolverá todo en cuanto pueda.

Su madre se frotó la frente.

—Pero ¿tú sabes el número que me puede montar tu abuela si se entera? —le respondió—. Ese dinero es para tus estudios.

—¡Sólo ciento veinte euros, mami! —le imploró

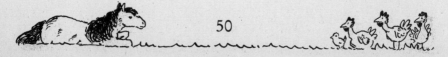

Sardine—. ¡No podemos irnos todas y dejar a Meli aquí! Si ella no viene, entonces yo, yo... —Sardine se levantó—. ¡Yo tampoco voy!

Su madre cerró los ojos y, entre suspiros, dejó caer la cabeza sobre el brazo del sofá.

—Esto es chantaje puro y duro —murmuró—. Meli nunca podrá devolvernos el dinero. Se gasta todo lo que tiene en pintalabios y cremas para el acné...

—No es verdad, tiene dos trabajos de canguro. ¡Lo que pasa es que no le llega el dinero para ir de vacaciones! Por favor. ¿Vas a sacar el dinero de la cuenta?

Su madre se quedó en silencio durante unos instantes que se hicieron eternos. Absorta en sus pensamientos, se frotó una mancha de café que tenía en el camisón. Luego alzó la vista y dijo:

—Yo creía que Meli no te caía especialmente bien.

—Pues sí me cae bien —sentenció Sardine, tratando de esquivar el ataque—. Además, es una Gallina Loca.

—Claro, ¿cómo he podido pasar eso por alto? —Su madre estiró los brazos y bostezó—. Vale, sacaré el dinero —accedió mientras se levantaba del sofá—. Pero si la abuela me cuelga de un pino, tú tendrás la culpa.

Cuando Melanie se enteró de que ya tenía dinero para ir de vacaciones, se abalanzó sobre Sardine. Le dio hasta cinco veces su palabra de Gallina de que le devolvería el dinero, como muy tarde, en primavera (cosa que luego no pudo cumplir del todo). Además, el día que salieron de viaje, le llevó un pequeño pastel a Sardine con cinco gallinas de mazapán.

—Lo he hecho yo —aclaró mientras colocaba su gigantesca bolsa en el maletero del taxi—. Sólo para ti, aunque supongo que nos darás un trocito, ¿no?

La madre de Sardine había advertido con cierto temor que ella no podría llevarlas a las cinco en el taxi, así que la madre de Wilma se había ofrecido a acompañarlas con su coche. A la madre de Sardine le pareció una idea fantástica; a Wilma le pareció espantosa, aunque le resultó menos terrible cuando Frida se ofreció voluntariamente a hacer el viaje con ella y con su madre.

De modo que, el primer lunes de las vacaciones, se pusieron en camino con los dos coches. La tremenda ilusión que le hacía a Sardine emprender las primeras vacaciones con las Gallinas, sin padres y sin profesores, se vio truncada en parte cuando supo que el señor Sabelotodo las acompañaría también en el coche. Por supuesto, él fue sentado en el asiento del acompañante y, cada vez que Sardine veía que le ponía la mano en el muslo a su madre, le clavaba la rodilla en la espalda.

El viaje fue un auténtico desastre. Salieron con retraso, encontraron caravana al salir de la ciudad y se perdieron, por lo menos, en una docena de ocasiones. El señor Sabelotodo se empeñó en que hicieran una parada en una fonda y, después de comer, Trude se encontraba tan mal que la madre de Sardine tuvo que parar cada dos por tres. De modo que, cuando al fin vieron el cartel que la compañera de colegio de la madre de Sardine había descrito por teléfono, estaba anocheciendo. El cartel indicaba «Escuela de equitación Mona, 3 Km», y al lado había un caballo dibujado que señalaba con la pata hacia una estrecha carretera flanqueada de tilos.

—¡Jo! ¿Habéis visto? ¡Esto está en medio de la nada! —susurró Melanie—. ¡Seguro que aquí es imposible encontrar un sitio para tomar un refresco!

Pero al poco rato, al final de la carretera, apareció una casa, una inmensa casa antigua de piedra roja, cubierta de hiedra y parras silvestres. La carretera acababa justo delante, en una gran pista cubierta de arena. A la

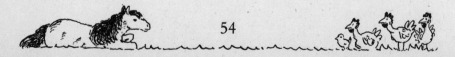

derecha de la casa se divisaba un establo gigantesco cuyas puertas estaban pintadas de rojo. Todo parecía desierto: la pista, el establo y la casa. Sólo la luz en algunas ventanas y el humo procedente de la chimenea confirmaban que aquel lugar estaba habitado.

Salieron del coche con las piernas entumecidas. La madre de Wilma aparcó el coche detrás del taxi.

—¿Pero dónde están los caballos? —preguntó Frida, mirando a su alrededor con gesto de decepción. Con la oscuridad no se veía ni un solo caballo en los prados.

La madre de Wilma se limitó a encogerse de hombros y examinó con el ceño fruncido la casa y el establo.

—Un poco destartalado —sentenció—. Espero que el interior esté un poco más cuidado.

—Pues a mí me parece un sitio precioso —señaló Frida—. Es como... romántico.

—Romántico. Uy, sí, muy romántico que la pintura esté desconchada... —gruñó la madre de Wilma, torciendo el gesto.

—¡Ahí están! —exclamó Wilma corriendo hacia la cerca que separaba la pista de arena de la dehesa—. Allí detrás, debajo de los árboles. ¿Los veis?

Trude y Frida salieron corriendo tras ella. Melanie y Sardine las siguieron con menor entusiasmo. Tres de los caballos levantaron la cabeza al oírlas y se acercaron trotando hacia la cerca.

Melanie se detuvo en seco.

—Oye, ¿los caballos muerden?

—A veces sí —respondió Wilma, y se asomó por encima de la cerca. Uno de los caballos acercó el hocico y comenzó a husmearle con curiosidad los fríos dedos.

—¿A veces? —repitió Melanie, retrocediendo un paso.

—No seas tonta —espetó Frida, que se había apoyado contra la cerca—. Primero tienes que dejar que te olisqueen. Sólo dan bocados si llevas algo que haga ruido en los bolsillos. Y normalmente lo único que muerden es el abrigo.

Melanie asintió y, acto seguido, metió las manos hasta el fondo de los bolsillos del abrigo.

—No son tan grandes —comentó aliviada.

A Sardine le parecía que el tamaño era adecuado. Perfecto. Además, eran muy bonitos. Las espesas y largas crines les caían sobre el cuello y los ojos. Los dos que se habían acercado a la cerca eran de color marrón oscuro, pero a Sardine le parecía que el más hermoso de todos era el tercero, que se abrió paso con impaciencia entre los otros dos. Su pelaje cobrizo brillaba como el de un zorro y, sin embargo, sus crines y su cola eran negras como el azabache. Impulsado por la curiosidad, el animal pasó su enorme cabeza sobre la cerca, olisqueó aquellas manos desconocidas, retrocedió asustado y luego volvió a acercarse. Sin pensarlo dos veces, Sardine comenzó a acariciarle el hocico. Sintió el aliento

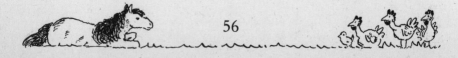

caliente en la mano, la mirada de los ojos oscuros que la observaban con aire sereno, salvaje.

—¿Qué? ¿Te gustan? —La madre de Sardine posó la mano sobre el hombro de su hija. El señor Sabelotodo estaba a su lado. Sardine trató de disimular aquella extraña sensación de felicidad poniendo cara de indiferencia.

—¿Señora Slättberg? —Era la madre de Wilma, que se había quedado de pie junto al coche—. Creo que por fin alguien se ha percatado de nuestra presencia.

—Me va a dejar en ridículo —murmuró Wilma—. Lo veo venir.

La puerta principal del caserón se abrió, la luz se extendió por la pista de arena y una mujer se dirigió hacia ellos a paso vivo. Era un poco más alta que la madre de Sardine, tenía el cabello oscuro y bastantes canas, y vestía unos pantalones de montar y unas botas que probablemente, para la madre de Wilma, no eran exactamente un buen ejemplo de limpieza.

—¡Por fin habéis llegado! —exclamó—. Os estamos esperando desde primera hora de la tarde. Los demás niños están cenando, así que el comité de bienvenida soy sólo yo. Aparte de los caballos, claro, que al fin y al cabo son lo más importante, ¿no? —Le dio la mano a todo el mundo, tanto a las chicas como a los adultos, y al final abrazó a la madre de Sardine exclamando—: ¡Cuánto tiempo sin vernos! ¿Cuál de las cinco es tu hija?

Se quedó mirándolas a todas hasta que Sardine levantó la mano.

—Yo —dijo—. Hola.

—Geraldine, ¿verdad?

Sardine asintió y señaló hacia las demás.

—Y ellas son mis amigas: Melanie, Frida, Wilma y Trude.

La amiga de su madre asintió.

—Yo me llamo Mona. Aquí todos me llaman así. Mona loca, Mona tonta, depende, pero siempre Mona. Bess, mi hija, tiene más o menos vuestra edad. Luego os llevará a dar una vuelta para que lo veáis todo.

—A mí también me gustaría echarle un vistazo a todo —apuntó la madre de Wilma—. Sobre todo a la habitación en la que estarán las niñas, y también a la cocina, a los baños y al comedor.

Wilma palideció y se mordió los labios.

Mona asintió.

—Por supuesto. Si no tiene prisa, le propongo que antes tomemos un café.

Sardine miró a su madre. ¿Tendría prisa?

No, nadie tenía prisa. Ni siquiera el señor Sabelotodo, y eso que ya llevaba una caca de caballo pegada al zapato. Mientras los adultos se dirigían a la oficina de Mona a tomar un café, Bess, su hija, acompañó a las Gallinas a ver su habitación.

—¿Os habéis fijado en esas enanas? —susurró Melanie mientras esperaban a Bess delante del comedor—.

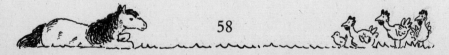

58

Dos mesas llenas de pequeñas. Vamos a ser las mayores.

—Espero que esas crías no nos molesten mucho —murmuró Wilma, que siguió a su madre con mirada de preocupación hasta que ésta entró en la oficina de Mona.

—¡Que nos molesten y verán! A nosotras no nos gana nadie haciendo jugarretas —aseveró Sardine, recorriendo con los ojos el inmenso vestíbulo de la entrada.

El suelo de madera estaba cubierto con alfombras de colores; al lado de un sofá rojo oscuro había una mesa y, sobre ésta, una pila de revistas de hípica. Las paredes estaban llenas de fotos y cuadros que probablemente habían pintado los alumnos de Mona. Eran dibujos de caballos marrones, blancos, grises y negros; y en casi todos ellos había también un sol con una resplandeciente sonrisa y al menos un niño igual de sonriente. Del enorme perchero que se hallaba junto a la puerta de entrada colgaban los abrigos y chubasqueros y, debajo, colocados en fila, todas las botas de goma y los zapatos sucios de barro.

A Sardine le gustó todo aquello. A pesar de que todo era nuevo, le encantaba, aunque a su madre, por supuesto, no se lo dijo. Quería que se marchara al mar Báltico con un poco de remordimiento.

Bess, la hija de Mona, era igual de alta que Frida y tenía el pelo tan oscuro como su madre, pero por lo demás no se parecía mucho a ella.

—¿Os habéis perdido por el camino? —les preguntó a las Gallinas mientras las guiaba hacia el segundo piso por unas anchas y destartaladas escaleras de madera.

—¡Ya lo creo! —respondió Melanie—. ¿Hay por aquí algo más, aparte de vuestro picadero?

Bess se volvió hacia ella con una sonrisa burlona.

—El pueblo más cercano está a diez minutos en coche. A caballo se tarda más o menos una hora, pero allí no hay nada del otro mundo. En Dagelsbüttel lo único que se puede hacer es tomar un café de pie en la panadería. No hay nada más.

—Dagelsbüttel. Uf. —Melanie resopló y siguió arrastrando la bolsa escaleras arriba por los ruidosos escalones—. Con ese nombre, la verdad es que no dan ganas de ir allí ni borracho.

Bess se encogió de hombros.

—¿El sitio donde vivís vosotras es muy divertido?

—¿Divertido? No, yo no lo definiría como divertido —respondió Sardine—. A mí me parece que esto es más divertido.

Bess sonrió y subió los últimos escalones.

—Ya llegamos —anunció—. Vais a estar solas en el segundo piso. A las pequeñas les da miedo dormir justo debajo del tejado. La chimenea silba con el viento y a veces los lirones merodean por el desván.

—¿Lirones? —preguntó Trude, un poco inquieta—. ¿Qué son lirones?

—Son unos animalitos muy monos —explicó Frida—. Se alimentan sólo de madera, nada de personas.

—Genial —murmuró Trude. Luego se quedó en silencio para comprobar si se oía algún ruido, pero aparte del viento que soplaba sobre el tejado, no oyó nada.

Bess las guió por un estrecho pasillo donde había muchas más fotos: colgaban unas debajo de otras, a los lados, por todas partes; había por lo menos veinte instantáneas. Sobre los marcos de madera habían puesto los nombres de los caballos en unos letreritos. Frida se iba parando delante de todas las fotos para leerlos: *Fleygur*, *Fafnir*, *Lipurta*...

—¡Qué nombres más raros! —exclamó.

—Son nombres islandeses —aclaró Bess. Y abrió una puerta—. Bueno, ésta es vuestra habitación. Lejos de las niñas pequeñas. Nos pareció que sería lo mejor para vosotras.

—¿Cuántos años tienen las demás? —preguntó Sardine al pasar junto a Bess con su maleta.

—Entre ocho y nueve —respondió Bess—. Son muy simpáticas, pero bastante revoltosas. La mayoría llegó el viernes y, por suerte, de momento ninguna quiere irse a casa ni echa de menos a sus padres. ¿Qué más os tenía que decir? ¡Ah, sí! El cuarto de baño está ahí enfrente, al final del pasillo. El desayuno se sirve a las ocho y media y la comida a la una. Mi madre es muy simpática excepto si se la molesta durante la siesta, o si tiene que levantarse a reñir a alguien por la noche por-

que está saltando en la cama. En esos casos, puede llegar a ser un auténtico ogro.

La habitación que Mona les había asignado a las Gallinas era grande, aunque tenía el techo abuhardillado y Sardine debía ir con cuidado para no darse en la cabeza. Allí no había fotos de caballos. Las paredes estaban empapeladas con un estampado de enormes rosas rojas. Había unas cuantas alfombrillas alargadas sobre el suelo de madera y cinco camas pegadas a la pared.

—¿Podemos cambiar las camas de sitio? —preguntó Wilma.

—Claro —asintió Bess, y descargó la segunda maleta de Melanie, que había acarreado desde el vestíbulo—. Espero que no tengáis pesadillas por culpa del papel. En invierno queremos pintar —añadió, encogiéndose de hombros como para excusarse—, pero de momento se ha quedado así.

—¡Es fantástica! —exclamó Frida, al caer sobre una de las camas.

Al lado de cada cama había una pequeña mesilla de noche con una lámpara. Las puertas del armario de madera que había al entrar a la habitación estaban tapizadas de pegatinas: caballos, gatos, perros y hasta un equipo de fútbol. Alguien incluso había grabado su nombre en la madera.

—Después del desayuno solemos salir a montar —les explicó Bess—. Cuando mi madre está dando

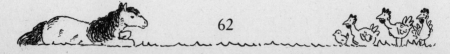

clases, yo acompaño a los alumnos que salen con los caballos. Después de comer hay descanso hasta las tres, y luego el que quiera puede salir a montar otra vez. Después se limpia y se da de comer a los caballos y todo el mundo ayuda durante más o menos una hora en los establos, en los pastizales o en casa. Luego se cena y a las nueve a la cama, aunque mi madre ha dicho que vosotras podéis acostaros a las diez. Pero no se lo digáis a las pequeñas porque, como se enteren, seguro que se rebelan.

Las Gallinas asintieron. Frida y Wilma ya habían empezado a deshacer el equipaje mientras Melanie contemplaba preocupada sus bolsas y el único armario de la habitación.

—Pues ya está —concluyó Bess dándose la vuelta, pero al llegar a la puerta se detuvo—. He oído que formáis algo así como una... ¿pandilla?

—Pues has oído bien. —Wilma alzó los brazos y exclamó—: ¡Estás ante las célebres Gallinas Locas!

—¡Wilma! —protestó Frida enterrando la cara en la almohada.

—¿Las Gallinas Locas? —Bess sonrió—. El nombre suena bien. ¿Y qué hacéis en la pandilla?

—Uf. —Trude se encogió de hombros y miró a las demás—. Pues tomamos té, hablamos...

—Les hacemos gamberradas a los chicos —añadió Wilma.

—La madre de Sardine nos ha contado que tienes

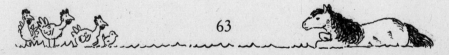

63

un hermano —apuntó Melanie, intentando fingir que en realidad no le importaba.

Sardine resopló. ¡Cómo no! Quién si no iba a preguntar algo así... Sin embargo, a Bess no pareció extrañarle la pregunta.

—Sí, se llama Maik. Es dos años mayor que yo. Y, en general, es bastante majo.

Sardine esperaba que en aquel momento Melanie le preguntara a Bess si su hermano era guapo, pero por suerte se mordió la lengua.

—¿Cuántos caballos tenéis? —preguntó Frida, que ya había colocado en la mesilla el libreto de *Romeo y Julieta* y una foto de su hermano pequeño.

—Dieciocho —respondió Bess antes de salir de la habitación—. Bueno, voy a ir bajando antes de que las pequeñas se desmanden. ¡Son capaces de ponerse a bailar encima de las mesas!

Las Gallinas Locas oyeron que los pasos de Bess se alejaban por la desvencijada escalera.

—Qué acogedora, ¿verdad? —señaló Frida mientras recorría con la mirada sus nuevos aposentos.

—Mucho más que la habitación que nos tocó en el último viaje de fin de curso —comentó Trude.

—Y sin Pigmeos en la habitación de al lado —añadió Wilma, aunque se notaba cierta melancolía en su voz.

Juntaron todas las camas y colocaron las mesillas en las cabeceras. Luego buscaron un enchufe para el

radiocasete que había llevado Melanie y, junto a la ventana, colocaron las velas que, por fortuna, Frida se había acordado de llevar. Sardine metió su linterna debajo de la almohada y tapó con el edredón a la gallina de peluche con la que seguía durmiendo todas las noches. Justo cuando Melanie y Wilma estaban discutiendo por el espacio del armario, Trude intentaba programar el despertador a las ocho y Frida acababa de abrir el estrecho tragaluz para ventilar, se abrió la puerta.

—Por fin. Pensé que no íbamos a llegar nunca —rezongó la madre de Wilma.

Ésta irrumpió en la habitación con el ceño fruncido, miró a su alrededor con escaso entusiasmo y se apartó para dejar pasar a la madre de Sardine. Mona fue la última en entrar. El señor Sabelotodo no las acompañaba. «Seguro que ya está en el coche —pensó Sardine—, deseando largarse para quedarse a solas con mamá.»

—Ah, veo que ya os habéis acomodado —afirmó Mona.

—Bueno, es bastante... sencilla —sentenció la madre de Wilma. Se acercó al alféizar de la ventana, apartó a Frida a un lado y pasó el dedo por el marco.

Wilma no sabía dónde meterse. Se puso como un tomate y comenzó a estirar el jersey hacia abajo con un gesto nervioso. Rápidamente, Trude y Frida se sentaron junto a ella, una a la derecha y otra a la izquierda. Wilma las miró con expresión de agradecimiento.

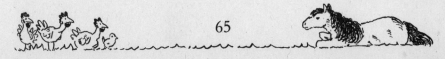

—Pagan cincuenta euros al día —aclaró Mona dirigiéndose a la madre de Wilma—. Comida, clases y paseos incluidos. Y eso sólo porque la madre de Geraldine y yo estudiamos juntas en el colegio durante ocho años. Si tuviera que hacerle un precio especial a todo el mundo, ya me habría arruinado.

Mona pronunció todas aquellas palabras con una amable sonrisa, algo que a Sardine le pareció admirable. Ésa debe de ser una de las cosas que uno aprende al convertirse en adulto: a disimular los sentimientos y esconderlos tras una expresión amable. Tiene que ser muy práctico poder hacer eso.

—¿Wilma? —La madre de Wilma simuló que no había oído lo que Mona acababa de decir—. ¿Te resulta aceptable el alojamiento para esta semana?

Wilma se arrimó un poco más a Frida.

—Me resulta fantástico —respondió con un hilo de voz—. Mucho mejor que en casa, mamá.

Su madre torció el gesto y esbozó una avinagrada sonrisa.

—Bueno, entonces ¡para qué voy a andar preocupándome yo!

Antes de irse, echó un último y despectivo vistazo al papel pintado de las paredes. Luego se abrió paso entre la madre de Sardine y Mona para salir airadamente de la habitación.

—Ahora me gustaría ver el cuarto de baño y la cocina —anunció al pasar junto a Mona.

—Cómo no. —Mona sonrió a las chicas y la siguió—. ¿Quieres venir a ver algo más tú también? —le preguntó a la madre de Sardine.

Ésta negó con la cabeza y le devolvió la sonrisa.

—No, nosotros nos vamos ya. Ve a atenderla a ella.

—¡Tenga cuidado! ¡No se vaya a dar un golpe en la cabeza! —oyeron exclamar a Mona. Trude soltó una risita.

—A vosotras os gusta el sitio, ¿verdad? —les preguntó la madre de Sardine a las Gallinas con cierta preocupación.

Sardine no dijo nada. «Tiene que irse sintiéndose culpable —pensó—. Sí, se lo merece.» Pero Melanie le dio un codazo.

—Venga, dile de una vez que te encanta.

—Bueno, ya veremos —replicó Sardine.

—¿Me acompañas al coche? —preguntó su madre.

—Sí, claro que la acompaña —se apresuró a responder Melanie, quien tiró del brazo de Sardine para que se levantara de la cama—. Venga, ve con ella.

—¡Y de paso pide en la cocina una jarra de té! —exclamó Frida tras ella.

—¡O de vino caliente! —añadió Melanie.

Wilma la fulminó con la mirada.

—Mona es muy simpática, ¿a que sí? —comentó la madre de Sardine mientras bajaban las escaleras.

—Ajá —murmuró Sardine.

—Te voy a dar el número de teléfono de la pensión

donde vamos a quedarnos —dijo su madre—. De todas formas, ya te iré llamando yo. Te llamaré todas las tardes, ¿de acuerdo?

—No es necesario que llames ningún día —gruñó Sardine—. Ya no soy una niña pequeña.

Después de aquello, su madre ya no dijo nada más. Igualmente en silencio atravesaron el vestíbulo, que estaba decorado con un ramo de flores secas y fotos de niños a caballo. La madre de Sardine entró en la oficina de Mona a despedirse, pero Mona seguía enseñándole la casa a la madre de Wilma y la madre de Sardine tardó un buen rato en encontrarlas. Sardine se quedó esperándola delante del comedor y, como la puerta estaba entreabierta, por la rendija vio a Bess, que justo en ese momento procuraba impedir que una niña lanzara unos espaguetis por los aires.

—¿La madre de Wilma es siempre así? —le preguntó su madre cuando al fin regresó.

—Normalmente es peor —respondió Sardine, siguiendo a su madre hacia la calle. Había anochecido y Sardine se dio cuenta de que jamás había visto una noche tan oscura como aquélla. Sólo resplandecía la luz del taxi, en cuyo interior aguardaba el señor Sabelotodo.

—¡Ya era hora! —exclamó él cuando abrieron la puerta del coche.

Sardine se quedó parada.

—¡Pásatelo bien! —exclamó su madre, y abrazó tan fuerte a su hija que por poco le corta la respiración.

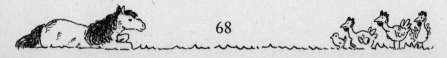

—Tú también —murmuró Sardine, aunque no se lo deseaba de verdad.

—Sigues enfadada conmigo —se lamentó su madre en voz baja—. La próxima vez nos iremos de vacaciones las dos juntas. Nosotras solitas. ¿Trato hecho?

Sardine asintió.

—Cuando volváis —susurró—, ¿se va a venir a vivir con nosotras?

—¡No digas disparates!

—¡Nos van a dar las uvas! —exclamó el señor Sabelotodo desde el coche.

—Corre, sube —dijo Sardine empujando a su madre hacia el taxi—. Y llévate una pinza para ponérsela en la nariz; ¡hay que ver cómo ronca!

Su madre le dio otro abrazo, se frotó los ojos y subió al coche. Sardine se quedó de pie en la mitad de la pista y siguió el coche con la mirada hasta que los faros de atrás desaparecieron por completo.

Se subió el cuello del abrigo tiritando. Las noches eran cada vez más frías. En la oscura copa de un árbol se oyó el chillido de un pájaro. Desde donde estaba, Sardine oía los resoplidos de los caballos en el pastizal. La arena crujía bajo sus pies a medida que se acercaba a la valla y trepaba por la cerca.

Había leído en alguna parte que los caballos dormitan de pie, sólo durante unos minutos, y luego se vuelven a despertar. Uno de los caballos, cuyas claras crines resplandecían incluso en la oscuridad, volvió la mirada

hacia Sardine. Por unos instantes el caballo se quedó inmóvil, contemplándola fijamente. Al cabo de un ratito, muy despacio, como si apenas pudiera con su propio peso, el caballo levantó las patas de la hierba húmeda, resopló y sacudió las crines. Tenía el pelo marrón y las crines tan claras como la luna, que ya lucía sobre el bosque cercano al picadero. Sardine tendió la mano y el caballo le olisqueó los dedos. Con extrema cautela, Sardine le rascó suavemente debajo del hocico y le acarició los suaves ollares.

—¿Cómo te llamas? —le preguntó en voz muy baja.

El caballo irguió las orejas. Del interior de éstas salían unos pelos grises y ásperos.

De pronto Sardine oyó pasos. Se asustó tanto que estuvo a punto de caerse de cabeza desde lo alto de la cerca. Alguien había salido del establo. Un chico. Seguro que era el hijo de Mona, Maik. Debía de haber oído a Sardine y había salido con la linterna, con la que en ese momento la estaba apuntando. Sardine parpadeó abochornada y cegada por la luz.

—Hola —saludó el chico—. ¿Eres una de las que han llegado hoy?

Sardine asintió y bajó rápidamente de la cerca. El chico era más alto que ella, le sacaba un buen trocito.

—Sois cinco, ¿no? —preguntó.

—Sí —respondió Sardine, sin entender por qué de pronto le latía el corazón tan deprisa—. ¿Cómo se llama este caballo? —preguntó señalando hacia atrás.

Maik se apoyó contra la cerca y acarició las crines del caballo.

—¿Ésta? Se llama *Kolfinna*.

—*Kolfinna*. ¿Es otro nombre islandés? —preguntó Sardine—. ¿Como los de las fotos que hay en el piso de arriba? Suena igual de... raro.

Maik sonrió.

—A los caballos islandeses no creo que les suenen tan raros. Y tú, ¿cómo te llamas?

—Geraldine.

¿Por qué había dicho eso? ¡Pero si a ella no le gustaba su nombre!

—Bueno, tampoco es un nombre muy común.

Maik esbozó una sonrisa burlona, se metió la mano en el bolsillo y le dio un trozo de pan a *Kolfinna*.

—No pretendía ofenderte. Y tus amigas, ¿cómo se llaman?

—Melanie, Frida, Wilma y Trude —respondió Sardine.

—Trude. —Maik se rió—. Ese nombre sí que es raro, ¿no te parece? Bueno, tengo que volver a casa. Vosotras dormís arriba, ¿no? Si os marean mucho los lirones, dad unos golpecitos en la pared. Casi siempre funciona.

Maik se dirigió a la casa. Sardine lo siguió con la mirada. «Seguro que ha pensado que soy idiota —se dijo para sus adentros—. Idiota de remate.»

Al llegar a la puerta, Maik se topó con Frida. Am-

bos se detuvieron bajo la luz de la entrada y ella se echó a reír. Luego Maik señaló en dirección a Sardine y Frida comenzó a andar hacia su amiga.

—¿Dónde te habías metido? —gritó desde lejos, dirigiéndose a Sardine—. Te hemos estado buscando por todas partes. En la cocina, en el comedor, hasta hemos entrado en la oficina de Mona a preguntar por ti.

—¿Y eso? —Sardine se alegraba de que todo estuviera tan oscuro. Así tal vez Frida no se diera cuenta de nada. Es decir, así tal vez no se diera cuenta de que a Sardine le latía el corazón muy deprisa, de que sentía algo que... ¿Cómo explicarlo? Algo que no había sentido jamás. Un cosquilleo en la barriga. Un temblor en las rodillas—. Estaba... estaba con los caballos —murmuró—. ¿Os ha molestado?

—¡No! Claro que no. ¡Pero estoy segura de que te pasa algo! —exclamó Frida, mirándola de reojo con preocupación. Nadie conocía a Sardine mejor que ella. Nadie. Ni siquiera su madre. Es por lo de tu madre, ¿verdad? —insistió—. Porque se ha ido de vacaciones con ese profesor de autoescuela y no contigo. Venga, si sólo son seis días, eso no es nada. Además, nos tienes a nosotras. Y este sitio es genial, ¿no te parece? —Frida entrelazó su brazo con el de Sardine y la llevó de nuevo hasta la cerca. *Kolfinna* continuaba allí, probablemente a la espera de que alguien le diera otro mendrugo—. ¿Cómo se llamará? —se preguntó Frida mientras le acariciaba las crines.

—*Kolfinna* —dijo Sardine.

—¿Y tú cómo lo sabes? —inquirió Frida, atónita—. ¿O te lo acabas de inventar?

Sardine meneó la cabeza.

—Qué va, ¿cómo iba a inventarme un nombre así de raro en un momento? Lo he oído por ahí.

Kolfinna dio media vuelta y regresó trotando al pastizal. Sardine divisó otros ocho caballos en la oscuridad.

—Lo has oído por ahí, ya. —Frida apoyó los brazos cruzados encima de la cerca y cerró los ojos—. Hummm, este aire es maravilloso, ¿no te parece?

Sardine asintió y siguió esperando a que se calmara el revuelo que sentía en su interior.

—¡Venga, vamos a buscar a las demás! —exclamó Frida.

Y entraron en la casa a buscarlas. Pero antes, pasaron por la cocina de Mona para pedirle a la cocinera una gran jarra de té. La cocinera se llamaba Hedwig y era casi tan alta como ancha. Además del té, les entregó un plato de galletas como detalle de bienvenida, según ella misma les dijo.

Todo allí era maravilloso. Mucho más bonito de lo que Sardine se había imaginado. Ojalá no tuviera el corazón tan acelerado... ¿A qué se debía aquella sensación? No lo sabía, aunque sí tenía la certeza de que nada de lo que sentía estaba en modo alguno relacionado con su madre.

Sardine durmió de maravilla en su cama nueva, con Frida a la izquierda y Wilma a la derecha. Cuando abrió los ojos, fuera todavía era de noche, pero Frida ya estaba despierta. Estaba sentada en la cama, estudiándose el papel de la obra de teatro. Sardine veía cómo movía los labios mientras recitaba:

—*Volved, insensatas lágrimas, regresad a vuestra fuente; al dolor pertenece el tributo de vuestras gotas, que por...*

—¡Eso no te lo aprendes ni loca! —exclamó Sardine.

Frida dio un respingo, como si la voz de Sardine la hubiera hecho volver a la realidad.

—¡Claro que me lo aprenderé! —le respondió en susurros—. Me lo sabré todo de memoria, de pe a pa; lo que pasa es que cuando tenga que subir al escenario y todo el mundo me esté mirando, me voy a quedar en

blanco. —Y al decir esa frase se dejó caer sobre la almohada y se tapó la cara con el libreto.

—Pues con la pinta que tiene Nora en leotardos —replicó Sardine—, no creo que te inspire mucho romanticismo.

Romanticismo. Sardine tragó saliva y recordó la noche anterior. Bah, qué tontería, se había sentido rara por culpa de su madre y el señor Sabelotodo. Seguro que había sido por eso.

Frida se apartó el libreto de la cara y volvió a sentarse en la cama.

—¿Por qué no bajamos al piso de abajo sin hacer ruido y nos preparamos un té en la cocina?

Sardine miró el despertador de Trude. Acababan de dar las siete.

—Vale —asintió entre bostezos—. Creo que a Wilma todavía le quedan galletas en la maleta.

Con cuidado, para no despertar a las demás, Frida y Sardine se vistieron y bajaron las escaleras en calcetines. En la casa reinaba el más absoluto silencio. Tan sólo en una habitación se oían risas y unos ruidos amortiguados, como si alguien estuviera lanzando almohadas contra la puerta. Pero cuando estaban atravesando el vestíbulo, por un instante Sardine tuvo la sensación de que alguien las observaba desde las escaleras. Se volvió, pero no vio a nadie.

Para llegar a la cocina había que cruzar el comedor. El sol entraba por las cristaleras de las ventanas e ilumi-

naba los manteles azules. Las mesas estaban listas para el desayuno. En una de ellas había una gallina de paja.

—Seguro que ésa es la nuestra —comentó Frida—. Tu madre le debe de haber contado a Mona muchas cosas de nosotras.

Al abrir la puerta de la cocina, Frida frenó en seco tan bruscamente que Sardine estuvo a punto de pisarla. Maik estaba delante del frigorífico, vestido con una camiseta y unos calzoncillos a rayas.

—Buenos días —las saludó, pasándose los dedos por el pelo desgreñado—. ¿Os gusta madrugar, o también os han despertado las dichosas pequeñajas?

—Eh... —Frida se volvió tímidamente hacia Sardine—. Queríamos prepararnos un té.

—¿Un té? ¿Os gusta el té a estas horas de la mañana? —les preguntó Maik, estremeciéndose sólo de pensarlo—. Bueno, pues servíos vosotras mismas.

Cogió la taza humeante que había sobre la mesa y el yogur que acababa de sacar de la nevera y se dirigió hacia la puerta. Frida y Sardine se apartaron inmediatamente para dejarlo pasar.

—Hasta luego —se despidió y, con la taza en la mano, se alejó sorteando las mesas del comedor.

Sardine lo siguió con la mirada hasta que se dio cuenta de que Frida estaba haciendo lo mismo.

—¿De manzana o de escaramujo? —preguntó ésta al notar que Sardine la observaba. Abochornada, como si la hubieran sorprendido haciendo algo malo, se vol-

vió y se puso de espaldas a la puerta—. Es lo único que hay. Nos lo dijo Hedwig ayer.

—De manzana —murmuró su amiga.

El corazón volvía a latirle a toda prisa. ¿Qué podía hacer para evitarlo? ¿Qué tal si respiraba hondo? Lo intentó para ver si servía de algo.

Frida colocó la tetera en el fogón, sacó dos tazas del armario que había encima del fregadero y metió dos bolsitas de té dentro.

—Tengo ganas de ver qué tal se os da la primera clase —comentó—. Me da que Trude sigue creyendo que ni siquiera será capaz de subirse al caballo.

Frida siguió hablando y hablando. De hecho habló por los codos, algo que sólo hacía cuando estaba nerviosa. Y es que lo estaba, de eso no cabía duda.

—Bah, no creo que sea para tanto —murmuró Sardine, y se puso a mirar por la ventana.

Bess y Mona ya estaban en el pastizal. A la luz del día, los caballos parecían más hermosos aún que la noche anterior.

—Ya verás, montar a caballo es genial. Te va a encantar —aseveró Frida.

—Sí, seguramente —respondió Sardine, ausente.

Cogieron las tazas y volvieron a la habitación. Por el camino hablaron de tal y de cual; de lo único que no dijeron ni una sola palabra fue de los latidos y del temblor en las rodillas. Ni siquiera las amigas más íntimas hablan de todo.

En las habitaciones del primer piso el alboroto era tremendo y, al llegar al segundo piso, oyeron gritar a Wilma desde el otro lado del pasillo:

—¡Dichosas niñatas! ¡Menuda pandilla de atontadas! ¡Les voy a retorcer el pescuezo!

—¿Pero qué pasa aquí? —preguntaron Sardine y Frida al entrar en la habitación.

En ese momento Trude y Melanie estaban sacando los pantalones de montar de la maleta. No había ni rastro de Wilma.

—¿Qué han hecho las pequeñajas? —preguntó Frida, sentándose en la cama con la taza de té.

—¡Han esparcido betún negro por toda la taza del váter! —exclamó Trude entre risitas mientras intentaba meterse la camiseta por dentro de los pantalones—. Menos mal que no he sido la primera en ir al cuarto de baño. Uf, embutida en estos pantalones parezco una salchicha.

—Wilma lleva cinco minutos en la ducha frotándose la piel para quitarse el betún —explicó Melanie mientras se peinaba los rizos—. Pues tus pantalones sientan mejor que los míos. Me los ha dejado mi prima, y tiene un trasero que no veas. —Luego se volvió hacia Frida y Sardine con expresión de curiosidad y les preguntó—: ¿Habéis visto ya al hermano de Bess? ¿Cómo es?

Ninguna de las dos respondió. Frida le dio un sorbo a la taza de té y se escondió tras el libreto de *Romeo y Julieta*; Sardine se puso a mirar por la ventana con

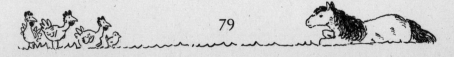

muchísimo interés, como si fuera la primera vez en su vida que veía prados y árboles como aquéllos.

—¡Yo lo vi ayer por la noche! —apuntó Trude, que en ese momento se estaba poniendo el jersey—. La verdad es que me parece muy guapo.

—¡Sí, bueno, también te parecía que tu primo era irresistible! —le espetó Melanie con malicia mientras se perfilaba las cejas delante de un diminuto espejo de viaje—. Será mejor que lo compruebe con mis propios ojos.

—¡Jolines, Meli! —La irritación que traslucía la voz de Frida era evidente—. ¡Creía que estabas con Willi! ¿Por qué te preocupa tanto cómo son los demás chicos?

—¡Es la costumbre! —murmuró Sardine.

—¡Eso no tiene nada que ver con Willi! —le reprochó Melanie a Frida—. Y para que lo sepáis, cotorras, lo llamé ayer por la noche.

—Cotorras no, gallinas —apuntó Sardine, y vio que Maik atravesaba la pista y se paraba a hablar con su madre. Inmediatamente, como si temiera que él la descubriera, se apartó de la ventana.

Melanie la miró extrañada, pero, por fortuna, en ese momento entró Wilma en la habitación.

—¡Como las pille, se van a enterar! —exclamó con la cara incandescente de ira—. ¡Me he tenido que frotar tan fuerte, que ahora me duele el culo como si llevara mil horas montando a caballo!

—¿Quieres que te lo mire, para ver si todavía lo tienes sucio? —se ofreció Melanie.

—No, gracias. —Wilma se calzó las botas y sacó un chaleco del armario—. Lo único que quiero es saber cuál de esas mocosas ha hecho esto.

—Pues pregúntaselo a Bess. A lo mejor ella sabe quién ha sido —sugirió Trude.

Pero Bess no resultó de gran ayuda.

—Sí, siempre que llega alguien nuevo le hacen alguna novatada —les explicó tras sentarse a la mesa donde desayunaban las Gallinas.

En la mesa de al lado estaban desayunando tres de las posibles autoras de la broma. Cada vez que alguna de las Gallinas las miraba, las otras cuchicheaban y se echaban a reír. Wilma las examinó de arriba abajo muy seria, con la esperanza de que alguna se ruborizara y se delatara sólo con mirarla, pero no sirvió de nada.

—La última vez, cuando llegaron las nuevas —prosiguió Bess en susurros—, un grupo de las pequeñas fue a la habitación por la noche y les metió las manos en un cuenco con agua caliente.

Trude se quedó blanca como la pared.

—¿Y para qué? ¿Qué pasa si te hacen eso? —preguntó Wilma sin entender a qué se referían.

—Que te haces pis en la cama —respondió Sardine—. Esas mocosas se las saben todas.

Wilma miró a su alrededor estupefacta, como si de pronto acabara de descubrir que quienes estaban sentadas en la mesa de al lado en realidad no eran niñas, sino auténticos monstruos.

—¡Será posible! —exclamó asombrada—. Yo jamás haría algo así.

—Claro que lo harías —sentenció Melanie mientras observaba a las niñas de las otras dos mesas—. Siete —afirmó al acabar de contar—. Nos ganan en número, así que esperemos que no se pongan todas en el mismo bando.

Bess le dio un sorbo a su té.

—Eso seguro que no. Esas cuatro son muy educadas —dijo, señalando hacia la mesa de la ventana—. No hemos tenido ningún problema con ellas. Sólo con Dafne, que de noche echa de menos su casa, aunque por suerte es muy fácil consolarla. Pero esas tres —añadió, inclinando la cabeza hacia la mesa de al lado— son muy revoltosas. Se pasan el día armando jaleo. Y menos mal que Verena les para los pies a Lilli y a Bob de vez en cuando, porque como las otras dos ya han venido tres veces, se creen las reinas del mambo y a cualquiera que llega la tratan como a un intruso. Ellas fueron las que hicieron lo del agua caliente.

Trude miró alrededor con nerviosismo y las tres estallaron en carcajadas.

Melanie les lanzó una mirada despectiva.

—¡No me digas que tenemos que ir a clase con esos monstruos! —exclamó dirigiéndose a Bess.

Ésta se encogió de hombros y se sirvió otra taza de té.

—Depende del nivel que tengáis. Las pequeñas montan todas bastante bien.

Melanie, Trude y Sardine se miraron apuradas.

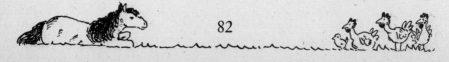

—Es que nosotras, eh... —titubeó Melanie pellizcándose los pantalones de su prima, que realmente le quedaban enormes—, nosotras es que no montamos tan bien, o sea que...

—¡Nosotras no tenemos ni idea! —interrumpió Sardine acabando la frase por Melanie.

—¡Ah, bueno! —Bess trató de contener la risa, pero no lo logró del todo—. Entonces mi madre os dará la primera clase y mientras tanto yo saldré a cabalgar con las pequeñas.

—¿Y tu hermano? —preguntó Frida, que acto seguido se mordió los labios, como si deseara no haber formulado esa pregunta.

—¿Maik? Ni idea. Por las mañanas siempre tiene cosas que hacer en el hipódromo o en el establo. Y cuando acaba, suele irse a Dagelsbüttel a caballo a ver a sus amigos.

—¿Bess? —Una de las niñas de la mesa de al lado apareció de pronto junto a Bess—. ¿Podemos ir a mirar cuando... —se limpió con la lengua un poco de mermelada de los labios—, cuando monten por primera vez? Seguro que será divertido.

Sus dos amigas comenzaron a troncharse de risa sobre la mesa y casi meten la nariz dentro del plato.

—No, Lilli, no podéis ir a mirar —replicó Bess—. Cuando vosotras empezasteis nadie fue a ver cómo lo hacíais.

—¡Gracias! —resopló Trude aliviada.

Después de desayunar, todas las niñas se arremolinaron alrededor de Bess suplicándole que las dejara montar en sus caballos favoritos. Para salir del paso, ella escribió los nombres de los caballos en trocitos de papel, los metió cuidadosamente doblados en una cesta de pan y fue pasando la cesta para que cada niña cogiera un papelito. Luego acompañó a Wilma y a Frida hasta el pastizal y les enseñó los caballos que iban a montar. Melanie, Trude y Sardine se quedaron de espectadoras junto a la cerca hasta que Mona fue a buscarlas.

—La primera clase de equitación —dijo Mona tras ponerles una brida y unas riendas en la mano— es una experiencia fascinante. En cuanto Bess se haya marchado con las demás, iremos a buscar a los tres caballos que os enseñarán a montar.

Pasó un buen rato hasta que el grupo de Bess acabó de ensillar y embridar a los caballos, pero al final lo consiguieron. Frida fue la última en salir del picadero. Antes de que su caballo desapareciera tras los árboles engalanados de colores otoñales, se volvió para despedirse con la mano.

—Qué envidia, ¿verdad?—murmuró Melanie mientras Sardine examinaba la brida que le había dado Mona. Por más vueltas que le daba, era incapaz de descifrar cómo había que poner aquellas cintas en la cabeza de un caballo.

—No os preocupéis, nosotras también nos lo va-

84

mos a pasar de maravilla —aseguró Mona tras abrir el portillo del pastizal. A lo lejos, vieron otros siete caballos que pacían bajo unos árboles. Cuando Mona y las chicas se acercaron, sólo tres de ellos levantaron la cabeza.

—Como vais a estar aquí pocos días —empezó Mona—, lo mejor será que os acostumbréis a un solo caballo. A Melanie le daremos a *Fafnir*, *Freya* para Trude, y Geraldine aprenderá a montar con *Snegla*.

Fafnir era el único caballo blanco de Mona. *Freya* era negra como el carbón, y *Snegla* tenía todo el pelaje marrón, a excepción de una pequeña mancha irregular en la frente en forma de ese.

—*Kolfinna* es demasiado peligrosa para nosotras, ¿verdad? —preguntó Sardine, que trataba de colocarle la brida a *Snegla* sin doblarle las orejas, pero no resultó una tarea en absoluto sencilla. La yegua retiraba la cabeza cada dos por tres y miraba a Sardine como si fuera la primera vez que tenía ante sí a una persona tan inexperta.

—¿*Kolfinna*? —Mona sonrió y ayudó a Melanie a meter las blancas orejas de *Fafnir* en la brida—. Sí, es demasiado peligrosa para vosotras. ¿Qué pasa? ¿Ya ha vuelto a mendigar comida junto a la valla? Es de Maik y la tiene muy consentida. *Fafnir*, *Freya* y *Snegla* también se revolucionan de vez en cuando, pero con los principiantes tienen mucha paciencia. Es decir, que no se desbocarán ni se pondrán tercos cuando cometáis algún

error. Al principio se cometen muchos errores al montar, pero eso es normal. Lo que más daño le hace a un caballo es que el jinete tire de las riendas. Acariciad el hocico de los caballos. —Las Gallinas obedecieron—. ¿Notáis lo suave y sensible que es? Pues debéis tenerlo en mente cuando tengáis las riendas en la mano.

»Cuando saquéis a los caballos del prado —prosiguió Mona, y le quitó a Trude el ronzal de *Freya* de la mano—, tenéis que llevarlos así, siempre con la cabeza a vuestra altura. Luego os explicaré a qué debéis prestar atención cuando salgáis con ellos a la carretera.

Sardine procuró imitar a Mona. Se puso delante de *Snegla* y la yegua comenzó a andar lentamente junto a ella. Resultaba extraño sentir cerca a un animal tan grande, percibir su fuerza, notar el calor que desprendía su cuerpo. Trude no logró que *Freya* la siguiera tan fácilmente, pero al cabo de un rato las tres consiguieron llegar hasta el portillo. Mona abrió la cerca y las Gallinas guiaron cautelosamente a los caballos hacia fuera, los ataron al amarradero y allí Mona les mostró el guadarnés, es decir, el cuarto donde guardaban las sillas y las cajas con el material de aseo de los caballos.

—En lo que se refiere a la limpieza, los caballos islandeses no necesitan muchos cuidados —les explicó Mona, mientras Melanie, desconcertada, iba sacando todos los cepillos de una caja—. Pasan muy poco tiempo en las cuadras y se limpian el pelaje los unos a los otros con la boca. Se revuelcan por el suelo para prote-

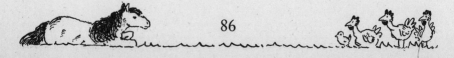

gerse de los parásitos y les gusta mojarse cuando llueve. Ahora los vais a cepillar, pero es sólo para que se familiaricen con vosotras.

—¡Pues manos a la obra! —exclamó Sardine, cogiendo uno de los cepillos grandes.

Y así, las tres Gallinas comenzaron a cepillar el pelaje y las densas crines de los caballos con suma delicadeza. Eso sí, ninguna de las tres se atrevió a cepillarles la cola.

—También podéis rascarles el pelo y las crines con la mano, como hacen ellos con los dientes, ¿lo veis? —Mona dobló los dedos y recorrió el lomo de *Fafnir* con un movimiento suave hasta que el caballo empezó a resoplar—. ¿Habéis oído? Hace ese ruido para demostrar que le gusta. —Mona soltó una suave carcajada antes de proseguir—: Ahora pasaremos a las pezuñas y os enseñaré a hacer algo que a los caballos no les hace mucha gracia —explicó tras sacar de la caja una extraña herramienta de metal que tenía un gancho en un extremo y un pequeño cepillo en el otro—. Fijaos en cómo tenéis que limpiarles los cascos antes y después de montar.

—¿Los cascos? —exclamó Trude, retrocediendo un paso—. Pero ¿no nos van a pisar?

—Qué va.

Mona se agachó, acarició la pata delantera izquierda de *Fafnir* hacia abajo y le agarró la pezuña. El caballo levantó amablemente el casco. A continuación, Mo-

na extrajo cuidadosamente con el gancho la tierra y las piedrecitas que se le habían metido dentro y lo soltó para que pudiera volver a apoyar la pezuña.

—Evidentemente, con los cascos traseros debéis tener mucho cuidado —les advirtió—. Seguro que ya conocéis la norma de que uno no debe colocarse jamás detrás de un caballo, por muy manso que sea.

Las Gallinas asintieron y se pusieron manos a la obra. Pero cuando Sardine quiso levantar la pezuña de *Snegla*, la yegua apartó la pata delantera.

—Ríñela —ordenó Mona—. Está poniéndote a prueba para ver hasta dónde puede llegar contigo.

Fafnir se tiró un pedo en la cara de Melanie cuando ésta le estaba limpiando una de las pezuñas de atrás y Mona les explicó que, por desgracia, eso sucedía a menudo. En cuanto a Trude, tuvo que pedirle a Sardine que sujetara la cola de *Freya* mientras ella le limpiaba las pezuñas traseras para que la yegua dejara de darle coletazos en las orejas.

—Por el momento no necesitaremos ni sillas ni bocados —anunció Mona cuando las chicas acabaron de cepillar a los caballos—. Empezaremos con un poco de trabajo a la cuerda. —Mona entró en el guadarnés y salió con una cuerda larga y una correa de cuero ancha en la mano—. Bueno, ¿alguna de las tres sabe qué es esto? —les preguntó mientras le colocaba la correa a *Fafnir* alrededor del vientre. La cincha tenía dos agarraderas forradas también de cuero.

—Sí, es un cinchuelo —respondió Trude, que antes de las vacaciones había sacado de la biblioteca un montón de libros sobre equitación.

—Exacto —asintió Mona—. Esto lo utilizaremos para que veáis que uno también puede montar a caballo sin riendas y sin silla. ¿Quién quiere ser la primera?

—¡Yo! —se apresuró a exclamar Sardine, que acto seguido se ruborizó y miró avergonzada a sus amigas—. Bueno, si no os...

—No, no, ve tú primero —señaló Melanie—. No nos importa esperar, ¿verdad, Trude? ¿O tienes prisa por salir ahí a hacer el ridículo?

Trude sonrió tímidamente y comenzó a toquetearse el pendiente de aro con la mirada fija en el lomo de *Fafnir*, como si fuera incapaz de imaginarse subida allí arriba.

—Pues venga —indicó Mona y, tras desatar la cuerda con la que habían amarrado a *Fafnir*, se la puso a Sardine en la mano—. De momento *Snegla* y *Freya* se quedan aquí.

Sardine, con el corazón en un puño, cogió la cuerda y condujo al caballo. El hipódromo estaba detrás del establo, pero Mona se dirigió a la pista circular que había unos metros más allá, cercada por una valla de gran altura. Al llegar, abrió la puerta y les cedió el paso a Sardine y a *Fafnir*.

—¡Estad atentas! —exclamó dirigiéndose a Melanie y a Trude, que se habían quedado fuera—. Luego

os toca a vosotras. —A continuación ató la cuerda a la cabezada de *Fafnir* y ayudó a Sardine a subir—. Lo único que tienes que hacer es mantener el equilibrio —le explicó mientras volvía al centro de la pista—, y familiarizarte con el movimiento del caballo.

Sardine asintió y notó el calor del vientre del caballo al apretar las piernas contra él. Con una sacudida, *Fafnir* se puso en marcha y Sardine, asustada, se agarró con fuerza a los asideros del cinchuelo.

—¡Relájate! —exclamó Mona. Decirlo era muy fácil, pero desde allí arriba no resultaba tan sencillo. Sardine nunca había imaginado que el lomo de un caballo fuera tan resbaladizo.

Después de dar unas cuantas vueltas a la pista, Sardine logró mantener el equilibrio y coordinar sus movimientos con el paso del caballo. De pronto, comenzó a sentir tal sensación de ligereza que casi se marea de pura felicidad.

—Muy bien, ¡ya empiezas a cogerle el tranquillo! —exclamó Mona—. Sigamos. Ahora intenta soltar una mano.

Sardine la miró aterrada. Luego asintió con un gesto, apretó los labios con fuerza y probó a soltar una mano. Una vez más, estuvo a punto de escurrirse, pero aquel caballo albino trotaba tan lentamente alrededor del picadero que Sardine no tardó en recuperar el equilibrio.

—¡Con una mano! —exclamó Melanie—. ¿Has

visto, Trude? ¡La jefa de la pandilla está poniendo el listón muy alto!

Sardine le sacó la lengua al pasar por delante mientras Trude la miraba tan atónita que sus ojos parecían casi tan grandes como los cristales de sus gafas.

Tras unas cuantas vueltas de indecisión, Sardine se atrevió a cambiar de mano y, finalmente, logró soltar las dos y montar sin manos durante unos breves pero soberbios instantes.

—¡Fantástico! —la felicitó Mona tras ayudarla a bajar del caballo—. ¿Te ha gustado?

—Genial, ha sido genial. ¡Me ha encantado! —murmuró Sardine, acariciando el hocico grisáceo de *Fafnir*.

Si hubiera sido por ella, se habría vuelto a montar, pero Melanie estaba esperando en la puerta.

—¿Has pasado mucho miedo? —le preguntó Trude, preocupada al ver que Melanie había palidecido tras dar la primera vuelta.

Sardine negó con la cabeza y siguió a *Fafnir* con una mirada celosa.

—No —murmuró—. Por un momento... he tenido la sensación de que llevaba haciéndolo toda la vida.

—¿Haciendo qué? —le preguntó Trude.

—¡Pues montar a caballo! —Sardine observó que Melanie soltaba una mano y les lanzaba una sonrisa, orgullosa, justo antes de volver a agarrarse rápidamente al asidero.

—Seguro que yo hago el ridículo —se lamentó Trude con expresión mustia—. ¡Ojalá supiera montar!

—¡Qué va! —se limitó a responder Sardine.

Y ciertamente Trude no hizo el ridículo. Se puso un poco nerviosa cuando *Fafnir* dio los primeros pasos, pero enseguida sus labios dibujaron una tímida sonrisa y, tras unas cuantas vueltas, hasta se atrevió a soltar una mano para ajustarse bien las gafas. Después logró mantener el equilibrio sin manos, al igual que sus dos amigas, y en ese momento parecía tan feliz, que Melanie, entre risitas, le dio un codazo a Sardine para que no se lo perdiera.

Cuando terminaron con el trabajo a la cuerda, Mona les pidió que ensillaran a *Snegla* y a *Freya*.

—*Fafnir* se merece un descanso —apuntó Mona.

A continuación les mostró a las Gallinas cómo se colocaba la silla y les aclaró que no les hacía ningún daño a los caballos; también les enseñó a poner el bocado y les contó que la mayoría de las veces hay que apretar la cincha para que quede bien ajustada.

—¡Madre mía! ¡Cuántas cosas hay que hacer antes de montar! —exclamó Melanie resoplando, mientras fijaba los estribos a la altura adecuada.

—Sí —admitió Mona—. Siempre es así, y en eso da igual la experiencia que uno tenga. Debéis tener en cuenta que asear y ensillar al caballo es igual de importante que montar —explicó mientras las chicas llevaban a los caballos al hipódromo—. Si lo hacéis deprisa y

corriendo o estáis impacientes, los caballos lo notarán y, al montarlos, la sensación será menos placentera.

»¡Con más delicadeza! —le advirtió Mona a Sardine cuando ésta subió a lomos de *Snegla*—. Un caballo inexperto podría asustarse y desbocarse si dejas caer bruscamente todo tu peso sobre la silla.

Sardine, arrepentida, le acarició el cuello a *Snegla*.

—Perdona —murmuró, con la esperanza de que la yegua aceptara sus disculpas.

En su interior, Sardine había alimentado la ilusión de que Mona las dejara montar solas, sin embargo Mona opinaba que todavía era muy pronto y que debían esperar, como mínimo, hasta la tercera clase. Así pues, Mona cogió el ronzal de *Snegla*, montada por Sardine, y guió a la yegua hasta el hipódromo. Melanie hizo lo mismo con *Freya* y Trude, que iba sobre la yegua con una sonrisa exultante instalada en el rostro.

La sensación sobre la silla era completamente distinta a la que habían tenido montando a pelo, y Sardine no acababa de tener claro cuál de las dos le gustaba más.

—De momento es mejor que no toquéis las riendas —les explicó Mona—. Se tiende a abusar de ellas y a utilizarlas para mantener el equilibrio, pero si hacéis eso, el caballo os acabará cogiendo manía. Acordaos de lo que os expliqué acerca de lo sensible que tienen la boca.

«Yo no me quiero bajar nunca —pensó Sardine—. Quiero montar todo el rato.» Pero, por supuesto, fueron haciendo turnos y hubo ocasiones en las que también a

ella le tocó coger el ronzal de uno de los caballos y guiarlo desde el suelo. Sardine acababa de subir a lomos de *Freya* cuando Maik salió del establo. Al ver a las chicas, se acercó a la pista y se apoyó en la valla.

Sardine intentó olvidarse de que Maik estaba allí, pero no lo consiguió: los ojos se le iban una y otra vez hacia él hasta que, en un momento dado, *Freya* pareció darse cuenta de que Sardine no estaba a lo que estaba y comenzó a trotar cada vez más y más deprisa. Finalmente Mona tuvo que acudir en su ayuda.

—Maik, nos estás distrayendo. ¡No nos conviene tener espectadores! —exclamó Mona dirigiéndose a su hijo—. ¿Le has dado a *Brunka* la medicina?

—¡Sí! —respondió él—. Yo creo que tendrías que llamar al veterinario para que viniera a verlo otra vez. Sigue teniendo mucha tos.

Sardine advirtió que Melanie observaba disimuladamente a Maik, pero afortunadamente Melanie ya no se comportaba como antes en presencia de los chicos. De hecho, ni siquiera se tocó los rizos. En cuanto a Trude, se quedó parada, mirando tímidamente al muchacho sin soltar la cuerda de *Snegla*, y cada vez que éste le devolvía la mirada, ella desviaba los ojos hacia las crines de la yegua.

—¿Y por qué no llamas tú al veterinario? —le sugirió Mona a Maik—. Yo todavía no he acabado aquí.

—¡Claro! —contestó él. Luego se bajó de la cerca y se encaminó de nuevo hacia el establo.

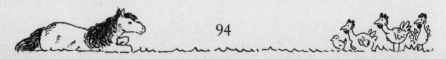

Sardine volvió a sorprenderse a sí misma siguiéndolo con la mirada; hasta que *Freya* le golpeó el hombro con la cabeza.

Mona les dejó seguir dando vueltas al hipódromo otro buen rato. Les enseñó cómo dejar caer el peso de su cuerpo sobre la silla para detener al caballo y cómo conseguir que éste reanudara la marcha. Hicieron ejercicios que consistían en soltar las manos, inclinar y girar el cuerpo en la silla, levantarse y volver a sentarse. Cuando Mona finalmente exclamó «¡Ya es suficiente por hoy!», las tres Gallinas estaban agotadas, pero felices. Caminando como cigüeñas, con las piernas rígidas, agarrotadas y doloridas por el esfuerzo, las chicas llevaron a *Snegla* y a *Freya* de vuelta al lugar donde *Fafnir* había estado esperando pacientemente.

A Sardine le costó mucho separarse de *Snegla* después de haberla limpiado. La llevó de nuevo a los prados, y cuando se adentraron un poco en el campo, le desató el ronzal de la cabezada. Por unos maravillosos instantes la yegua se quedó junto a ella, la miró y le olisqueó el abrigo, pero al ver que Sardine no sacaba del bolsillo un trozo de pan duro o una manzana, se dio media vuelta y echó a correr hacia los demás caballos, que seguían paciendo bajo los árboles. Sardine se quedó inmóvil sobre la hierba, húmeda aún por el rocío, y desde allí contempló cómo se saludaban, cómo se mordisqueaban las crines unos a otros y cómo *Fafnir* recostaba la cabeza sobre el lomo de *Freya*.

—¡Eh, Sardine! ¿Qué haces ahí parada? ¿Tú también quieres ponerte a pastar? —exclamó Melanie desde el otro lado de la cerca.

Sardine apartó la vista de los caballos de mala gana y cruzó los prados para regresar con las demás.

—Habéis sido muy valientes —aseveró Mona cuando fueron a guardar las herramientas de aseo y a lavar los bocados en un cubo de agua—. Si esta tarde no tenéis muchas agujetas, seguiremos otro rato.

—Claro que sí, estaremos bien —apuntó Trude, y se limpió las gafas con una sonrisa de oreja a oreja.

Cuando Mona se metió en la casa, las tres Gallinas se sentaron frente al cercado y contemplaron los prados en silencio. Eso sí, el aire que las envolvía exhalaba una placentera sensación de infinita felicidad.

—*Fafnir*, *Snegla*, *Freya*... —murmuró Melanie, quien parpadeó bajo la deslumbrante luz otoñal—. ¿Cuál de los tres os parece más bonito?

Sardine resopló irritada.

—Ya estamos con lo de siempre. ¡No me digas que ahora vas a aplicar la tontería esa de quién es más guapo que quién también a los caballos!

—A mí me parecen todos muy bonitos —comentó Trude entre bostezos.

—Se les podrían hacer unas trenzas preciosas —murmuró Melanie, soñadora—. Con las crines...

—Ni lo sueñes —replicó Sardine.

Al cabo de una media hora las demás regresaron del paseo.

—¡Uf, me duelen huesos que ni siquiera sabía que tenía! —protestó Wilma al bajarse del caballo.

Bess le había dejado a *Bleykja*, una yegua marrón claro con pintas blancas.

—¡No me extraña, si te has puesto a galopar como un indio por el campo! —se burló Frida. El caballo que había montado ella se llamaba *Mimir* y era color ceniza—. Es que Wilma se ha empeñado en demostrarles a las pequeñajas que ella era la mejor amazona, pero a la pobre se le ha olvidado dónde estaba el freno.

—Sí, sí, vale, esa mala bestia se me ha desbocado —reconoció Wilma mientras le secaba el pelaje a *Bleykja*, que estaba cubierta de sudor—. Seguro que es la yegua más rebelde de toda la cuadra. No os dejéis engañar por esos ojos de corderito que tiene.

—No le hagáis ni caso. No ha sido culpa de *Bleykja*. Todo lo que le ha pasado ha sido por insensata. —Frida le rascó el hocico gris a *Mimir* y le acarició suavemente encima de los ollares—. Has tenido suerte de que Bess te haya agarrado. Y de que nuestros caballos no se hayan desbocado. Un poco más y sales disparada por encima de las orejas de *Bleykja*.

—¡Qué tontería! ¡Lo tenía todo controlado! —exclamó Wilma ofendida. Luego le dio la espalda a Frida y se agachó para limpiarle los cascos a *Bleykja*.

De repente Lilli apareció a su lado.

—Mis amigas me han pedido que te pregunte una cosa —anunció dirigiéndose a Wilma—. Quieren saber si siempre que montas a caballo te acabas cayendo de lado.

Por un momento Sardine pensó que Wilma iba a arrancarle el casco de cuajo a aquella cría, pero al final su amiga se contuvo. Se limitó a fulminar con la mirada a Bob y a Verena, que estaban escondidas detrás de un caballo negro partiéndose de risa, y gruñó:

—Diles de mi parte a esas dos graciosillas que les voy a hundir la cabeza en estiércol. Y para ti, mocosa repelente —añadió apuntando con el dedo al escaso pecho de Lilli—, ya se me ocurrirá algo.

—Oh, sí, claro. ¡Piensa, piensa! ¡Me muero de ganas de saber lo que me espera! —le espetó Lilli con una sonrisa de oreja a oreja, y volvió brincando alegremente junto a sus amigas.

Frida escondió la cara detrás de las crines de *Bleyk-ja*, pero aun así se la oía reír. Y Sardine, Trude y Melanie, a pesar de sus esfuerzos por taparse la boca con la mano, tampoco lograron disimular la risa.

—¡Mira que sois tontas! —bufó Wilma, apartando a Frida a un lado—. Yo que pensaba que iba a estar unos días tranquila, sin Pigmeos, y ahora llego aquí y resulta que tengo que pelearme con una panda de mocosas que no me dejan en paz. Y encima las únicas amigas que tengo se comportan como si fueran unas... unas... —comenzó a tartamudear de pura rabia— unas gallinas chifladas.

—Bueno, es que somos Gallinas —puntualizó Melanie, que estaba apoyada en uno de los postes del amarradero de los caballos.

—Exacto —corroboró Frida tras atarle el ronzal a su caballo—. De hecho, somos las Gallinas, las únicas, las auténticas —añadió, y se fue a llevar a *Mimir* a los prados—. ¿Sabes una cosa, Wilma? —exclamó volviendo la cabeza—. Lilli me recuerda mucho a ti.

—Tiene razón —apuntó Melanie—. Les prestas demasiada atención y ellas aprovechan para hacerte rabiar. Hemos venido aquí a montar a caballo. Y te advierto una cosa: como les sigamos el juego a esas pitufas, nos van a dar la paliza a todas horas.

—Por cierto —dijo Wilma lanzando una mirada expectante a las otras tres—, ¿qué tal os ha ido la primera clase? Estamos aquí hablando sin parar de nues-

tro paseo y de esas dichosas enanas, y vosotras todavía no habéis dicho ni mu. -

—¿Qué quieres que digamos? Si desde que has llegado no has parado de hablar ni para coger aire —replicó Sardine mientras contemplaba a los caballos. *Kolfinna* se había tumbado en la hierba y *Mimir* se estaba revolcando y retozaba por el suelo como si quisiera desprenderse del olor de la silla y de la brida.

—¡Ha sido genial! —exclamó Trude, entusiasmada—. Bueno, «genial» no es la palabra, pero es que, uf, no sé cómo describirlo...

—A mí también me ha gustado, aunque no hayamos galopado como los indios —comentó Melanie. En aquel momento consultó su reloj y exclamó—: ¡Ostras! ¡Tengo que irme! ¡Le prometí a Willi que lo llamaría a las doce! —Y echó a correr hacia la casa.

—¿Otra vez? —exclamó Wilma tras ella, pero sólo obtuvo una mueca burlona como respuesta.

—Eso sí que es amor verdadero —murmuró Frida, y al decirlo, su rostro adquirió una expresión soñadora que sorprendió a Trude—. Voy a aprovechar para ensayar un rato antes de comer —anunció después—. ¿Te vienes, Wilma? Podríamos ir al establo, seguro que en el pajar no nos molestan las pequeñas.

—Si acaso ya iré luego —respondió Wilma entre estirones y bostezos—. Voy a llevar al caballo al prado y después me tumbaré un rato. No sé qué me pasa; estoy destrozada. En cambio, ¡mirad a Bess! —Ésta les

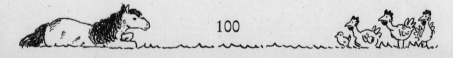

abría la puerta del cercado a Verena y a Dafne—. Antes ha estado galopando y corría que se las pelaba, pero no parece cansada.

Sardine se volvió a mirar. Frida ya se había ido a la habitación a buscar el libreto. Algunas de las niñas pequeñas estaban sentadas en la valla y otras seguían haciéndoles mimos a los caballos. Hacía un día precioso. Se había vuelto a levantar una brisa fresquita como la que había soplado la noche anterior, las hojas de los tilos resplandecían, amarillas, en el cielo azul, como si la luz del sol procediera de su interior. De pronto, un pensamiento asaltó a Sardine: cinco días era demasiado poco.

Les quedaba casi una hora hasta la comida. Trude se fue al establo para ver ensayar a Frida.

—Yo creo que Trude se muere de ganas de participar en la obra —observó Wilma cuando iban de camino a la casa—, pero le da miedo hacer el ridículo en el escenario.

—No me extraña —murmuró Sardine—. Yo no pondría un pie en un escenario ni aunque me regalaran diez caballos a cambio.

En el vestíbulo se encontraron con Melanie. Subieron las tres juntas las escaleras que llevaban a la habitación. A Sardine le dio la impresión de que el número de escalones se había triplicado y de que eran, además, más empinados que por la mañana. Y sólo era mediodía. ¿Cómo era posible que estuviera tan cansada?

—Willi dice que me echa de menos —les contó Melanie—. Dice que sin mí se aburre; y que ahora Fred piensa que las vacaciones sin nosotras no son lo mismo, pero que les gusta la caravana.

—Ah, ¿sí? —comentó Sardine frunciendo el ceño—. ¿Y cómo están las gallinas? ¿Tu amorcito te ha dicho algo sobre las gallinas?

Melanie se encogió de hombros.

—Dice que están todas bien y que devoran todas las verduras que Fred les lleva del huerto de su abuelo. Ah, sí, y también me ha contado —agregó entre risitas— que Fred le ha pegado un puñetazo a Steve. Al parecer, Steve dijo que a ver si el abuelo de Fred se daba un poco de prisa en morirse y así ellos podían usar el cobertizo de la huerta de cuartel.

—Yo también le habría pegado un buen puñetazo —señaló Sardine—. Sólo espero que no se hayan peleado dentro de la caravana.

—No creo que se les ocurra hacer algo así —apuntó Wilma entre bostezos—. ¡Oh, no! —exclamó al abrir la puerta de la habitación—. ¡No, no! ¡Noooo!

Toda la habitación estaba rosa. Llena de papel higiénico rosa. Alguien había encontrado los rollos que la madre de Wilma había metido en la maleta de su hija y que ésta, avergonzada, había escondido en el armario. Por toda la habitación había tiras inacabables de papel: colgadas del techo, de la barra de las cortinas, alrededor de las lámparas y enrolladas en las patas de las

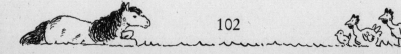

camas. Hasta el despertador de Trude estaba envuelto en papel rosa.

—¡Madre mía! ¡Qué infantiles! —exclamó Melanie con desprecio mientras desenvolvía su cepillo del pelo.

—¡Cuidado! —advirtió Sardine al levantar su almohada—. Nos han metido huevos crudos en las camas.

—¡Qué asco! —Melanie chilló tan fuerte que, del susto, a Wilma se le cayó el despertador de Trude al suelo—. Esto no tiene gracia. ¡No tiene ni pizca de gracia! ¡Me han metido una boñiga de caballo en los zapatos! ¡Mirad qué guarrería! —Asqueada, sacó los zapatos del armario, sus mejores zapatos; eran plateados y tenían una plataforma enorme.

—Asqueroso —convino Wilma—. Me da que no podrás volver a meter los pies ahí dentro. ¿Le enseñamos a Mona el pastelito, o nos encargamos nosotras mismas de la revancha?

—Será mejor que lo arreglemos por nuestra cuenta —sentenció Sardine—. Si no, esas niñatas seguirán paseándose por aquí como Pedro por su casa. Aunque, para seros sincera, esos zapatos siempre me han parecido horribles.

—¿Quién te ha pedido tu opinión? —Melanie abrió la ventana y, sin pensárselo dos veces, lanzó la boñiga. Acto seguido, dejó los zapatos en el alféizar para que se airearan.

—¡Bueno, vámonos! —exclamó Wilma, furiosa. De pronto el cansancio le había desaparecido por com-

pleto. Primero tenemos que descubrir cuál es la habitación de esa tal Lilli y compañía. ¿O hay alguna otra sospechosa?

Melanie negó con la cabeza.

—Vale, id a investigarlo vosotras —apuntó Sardine mientras apartaba los zapatos de Melanie a un lado para poder asomarse a la ventana—. Yo me quedo aquí vigilando para que no metan otra boñiga en el neceser de Meli.

Wilma se quedó mirándola, estupefacta.

—¿Cómo? ¿Es que no vienes?

—¿Por unos cuantos rollos de papel? ¡Qué bobada! Además, no creo que me necesitéis para espiar a esas tres enanas. —Sardine se reclinó sobre el alféizar de la ventana y escupió al vacío.

—Está enferma —afirmó Melanie—. Está claro que no se encuentra bien, no hay duda.

—¡No digas tonterías! —espetó Sardine, volviéndose hacia su amiga con gesto irritado—. Me encuentro mejor que nunca. Precisamente por eso no pienso meterme en líos por culpa de esas mocosas. ¡Y menos por unos cuantos rollos de papel rosa y esos zapatos tan feos! Si queréis, después de comer os ayudo a tirar a Lilli al estercolero; y también puedo planear algo para esta noche, pero lo del espionaje os lo dejo a vosotras, ¿vale?

—¡Vale, vale! —respondió Wilma, aunque no del todo tranquila.

Cuando se marcharon, Sardine se quedó en la ventana, respirando aquel aire otoñal que emanaba un peculiar olor, un tanto dulce, como a hojas secas y a..., a caca de caballo; aunque tal vez ese tufillo procediera de los zapatos de Meli.

Las demás tenían razón. Se estaba comportando de forma extraña. Ella también se sentía rara. Tenía un poco de sueño. Pero si los rollos de papel y la boñiga en los zapatos de Meli la habían dejado indiferente no era por cansancio, qué va. Era porque, tal como les había dicho a las otras, se encontraba bien; sí, estaba mejor que nunca. Todo lo que había en aquel lugar la hacía feliz, como si hubiera encontrado algo que llevara mucho tiempo buscando: los prados, la amplia vista de los campos sin una sola casa, y los caballos, los bellísimos caballos. Los caballos no se parecían en nada a los perros o a las gallinas. Sardine sonrió. ¡Desde luego, no tenían nada que ver con las gallinas!

«¡Madre mía! ¿Cómo tardan tanto en averiguar cuál es la habitación de esas mocosas?», se dijo Sardine después de un rato, extrañada de que sus amigas no hubieran regresado todavía; y entonces decidió ir al establo a ver cómo ensayaban Frida y Trude.

Al bajar las escaleras, Sardine oyó una algarabía de gritos y voces en el primer piso, pero pasó de largo.

En el establo olía a paja fresca y se estaba más fresquito que fuera, bajo el sol otoñal. Todas las cuadras estaban vacías, excepto una, en la que había un caballo grande marrón claro. Mona estaba con él.

—Hola —dijo Sardine al pasar por su lado—. ¿Por qué no está con los demás caballos?

—Porque tiene un poco de tos —respondió Mona, y echó unas cucharadas de un polvo blanco en el comedero del animal—. Pero se pondrá bien. ¿Estás buscando a tus amigas? Creo que están arriba, en el pajar.

En el pajar. Sardine divisó la escalera a lo lejos. Era larga y muy empinada; más larga aún que la que utilizaban para subir a la cabaña del árbol de los Pigmeos. A Sardine las escaleras le hacían tan poca gracia como los balcones o las torres de vigilancia. «¡Mira que subirse a un pajar a ensayar! —se decía mientras ascendía por aquella escalera tambaleante con los dientes

apretados—. Esto ha sido idea de Frida. Seguro que el pajar le parece un lugar de lo más romántico.»

Y en aquel instante comenzó a oír la voz de Trude:

—*¡Cielos! ¡Qué cabeza tengo! ¡Cómo me duele! Me palpita como si hubiera de partirse en mil pedazos. Y también la espalda... ¡La espalda, la espalda! Mal corazón tienes al echarme así a buscar la muerte, correteando arriba y abajo.*

Trude estaba leyendo el papel de la nodriza de Julieta. Sardine ya empezaba a saberse la historia. Julieta confiaba más en el ama que en su propia madre. Cada vez que la muchacha quería reunirse a escondidas con Romeo, mandaba al ama a avisarlo. En aquel momento, la mujer volvía de llevarle un recado a Romeo.

—*En verdad lamento que no te sientas bien* —declamó Frida con un tono de voz impaciente—. *Ama, querida ama, cuéntame, ¿qué dice mi amor?*

Todavía llevaba puestos los pantalones de montar, se había atado a la cintura uno de los pañuelos de seda de Melanie y se había recogido el cabello oscuro en un moño. Con aquel atuendo tenía un aspecto diferente; parecía mucho mayor. Trude lucía un mandil que debía de haber tomado prestado de la cocina. Al ver a Sardine, le lanzó una tímida sonrisa, carraspeó y volvió a ponerse seria para concentrarse en el texto.

—*Tu amor se explica como lo haría un caballero honrado, cortés, amable, guapo, y, doy fe de ello, virtuoso. ¿Dónde está tu madre?*

—*¡Que dónde está mi madre!* —Frida agarró a Trude por el hombro—. *Pues ahí dentro, ¿dónde habría de estar? ¿Qué respuesta es ésta?:* «*Tu amor se explica como lo haría un caballero honrado. ¿Dónde está tu madre?*»

A Trude se le escapó la risa. Estalló en carcajadas y ya no pudo recuperar la concentración.

—¡Jo, Frida! —exclamó casi sin aliento—. ¡Qué bien te sale!

«Ya lo creo», iba a decir Sardine en ese instante, pero alguien se le adelantó.

—¡Es verdad! —exclamó Maik, aplaudiendo—. Yo también conozco la obra. ¿O acaso representan vuestras amigas los papeles de los hombres?

Frida miró a Trude.

—No, lo que pasa es que..., en esta escena no interviene ningún hombre —respondió Frida entre titubeos.

A pesar de que allí arriba la luz era tenue, Sardine se percató de que Frida se ruborizaba. Ésta se pasó la mano por el pelo, nerviosa, con la mirada clavada en Maik.

—Bueno, si él quiere participar, podemos representar otra escena —propuso Trude, y le entregó el libreto a Maik para invitarlo a tomar parte en la obra. Él vaciló un instante, pero luego se levantó.

—Hola, Geraldine —exclamó al pasar junto a Sardine.

—Hola —murmuró ésta.

109

Ya volvían a estar allí los dichosos latidos. Maik se colocó al lado de Frida y la miró. Ella, abrumada, cruzó las manos detrás de la espalda y volvió la vista hacia Trude y Sardine.

—Venga, Frida —la animó Trude, y se sentó con Sardine sobre una bala de paja—. Ensaya con él esa escena en la que Nora siempre empieza a hacer el tonto. Ya sabes cuál...

Frida sacó el libreto que llevaba sujeto a la cintura con la goma del pantalón y comenzó a pasar las hojas. Tenía las mejillas ardiendo.

—No sé —murmuró.

—¿Qué escena es? —preguntó Maik.

Sardine se quedó sentada, mordisqueándose la uña del dedo pulgar mientras los observaba.

—La de las manos. Donde se encuentran por primera vez, ya sabes. *Si mi indigna mano profana este sagrado relicario, he aquí la dulce expiación: ruborosos peregrinos, mis labios se hallan...*

—No la encuentro —masculló Frida, que continuaba buscando entre las páginas del libreto—. Haz tú el papel de Julieta, tú...

—¡Que no, mujer! —Trude se levantó de un salto y le arrebató a Frida el manoseado libreto de las manos—. ¡Aquí, mira, aquí está! —exclamó. Le devolvió a Frida el libreto y señaló una línea con el dedo—. Página veinticuatro, a partir de aquí; ahí es donde Nora siempre empieza a hacer el tonto.

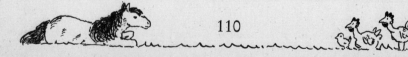

—¡Ah, esta escena! No, ésta no —objetó Frida, meneando enérgicamente la cabeza—. No, es la del bes... —Carraspeó abochornada y empezó de nuevo a pasar hojas muy de prisa—. Esta de aquí, sí, ésta está bien. En la página treinta y uno.

Maik abrió el libreto por esa página y leyó con el semblante muy serio.

—¿Dónde entro yo?

Trude se levantó otra vez para indicárselo.

—Aquí. Eso del principio te lo puedes saltar; nuestra profesora ha eliminado casi todo ese fragmento.

—Vale —asintió Maik, encogiéndose de hombros. Luego miró a Frida sonriendo y apuntó—: Empiezas tú.

Frida tragó saliva y se apartó un poco de él.

—*¿Cómo has entrado? ¿Con qué objeto? Los muros del jardín son altos y difíciles de escalar.* —Frida tenía una voz preciosa. Cuando leía en voz alta en el colegio, hasta los Pigmeos la escuchaban en silencio—. *Ten en cuenta quién eres. Si alguno de mis parientes te encuentra aquí, sin duda hallarás la muerte.*

—*Con las ligeras alas del amor he franqueado estos muros* —recitó Maik sin hacer ninguna mueca—, *pues las barreras de piedra no son capaces de contener el amor.*

«A Torte le habría entrado la risa», se dijo Sardine para sus adentros. Maik, sin embargo, declamaba aquel texto tan extraño y rimbombante con toda la naturali-

dad del mundo. Lo recitaba con un tono de voz tan suave que Sardine tenía la sensación de que las palabras le acariciaban la piel.

—Suena totalmente distinto a cuando lo recita Nora —le susurró Trude al oído.

—Ya me imagino —le respondió Sardine sin apartar la vista de Maik y Frida. Sentía algo muy raro en el corazón. Le dolía.

—¿Frida? —exclamó una voz desde abajo—. ¿Está ahí Sardine?

—¡Sí! —replicó Frida, enfadada—. ¡Estoy harta! ¿Es que no hay ni un solo sitio donde podamos ensayar tranquilas?

—¿Quién es Sardine? —preguntó Maik.

—Ella —dijo Frida, señalando a Sardine—. Sardine, Geraldine.

—O sea, que vengo a avisaros para que vayáis a comer, y ¿cómo me lo pagáis? —Wilma asomó la cara desde la escalera con gesto de indignación—. ¡Con gruñidos! Pues deberíais darme las gracias de que haya venido a llamaros. Por lo que he oído, la cocinera se pone hecha una furia cuando alguien llega tarde.

—Sí, te lanza albóndigas a la cara y te pone matarratas en la comida —aseveró Maik con una sonrisa burlona—. ¡Que no! ¡Que es broma! —confesó rápidamente al ver la cara de perplejidad de Trude.

—Bueno, ¿venís o no? —preguntó Wilma, impaciente—. A ver si encima voy a llegar tarde yo también.

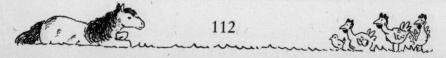

Además, tengo que hablar con Sardine de algo importante.

»Ya hemos averiguado dónde duermen las pequeñas —le susurró Wilma a Sardine mientras bajaban por las escaleras—. Esta noche les dejaremos bien clarito que nadie se burla de las Gallinas Locas.

Sardine se limitó a asentir. Maik bajaba las escaleras detrás de ella y, por alguna razón, a Sardine le daba vergüenza que se enterara de que tenían una pandilla; pero Maik lo había oído todo.

—¿Las Gallinas Locas? —preguntó—. ¿Qué es eso?

Sardine comprobó con alivio que el suelo firme estaba cerca.

—Ah, nada. Sólo es... —Saltó al suelo, alzó la vista hacia Maik y apartó la mirada a toda prisa.

—Es nuestra pandilla —le explicó Wilma. Luego cogió a Sardine del brazo y le susurró al oído—: Se me han ocurrido algunas ideas para esta noche.

—¿Una pandilla? —se oyó preguntar a Maik.

—Sí —respondió Frida riendo—, una auténtica pandilla formada por todas nosotras: Meli, Sardine, Trude, Wilma y yo. Lo que pasa es que Wilma y Sardine son las que se lo toman más en serio.

En ese momento, Sardine habría deseado que se la tragara la tierra.

La comida estaba deliciosa, pero Sardine había perdido el apetito y apenas picoteó algún que otro bocado del plato.

—¿Qué te pasa? —le preguntó Melanie—. Está riquísimo, en serio.

Frida miró a Sardine, pero agachó la vista enseguida hacia el plato.

—¡Eh, mirad! —exclamó Wilma cogiendo la nota que había llegado volando desde la mesa de al lado y había aterrizado en su salsa. Con cara de asco, la limpió en una servilleta y la desdobló—. «Gayinas: muco cuidadito con las Gayinitas Locas» —leyó en voz alta—. Esas canijas quieren guerra. —Volvió a doblar el papel y sonrió con malicia—. ¿Sabéis una cosa? Creo que esta noche nos lo vamos a pasar en grande.

—No sé si deberíamos... —Trude hablaba muy bajito y miraba con preocupación hacia la mesa donde estaban comiendo Maik y Bess con su madre—. Creo que Mona no deja pasar ni una por las noches ni a la hora de la siesta. A mí me cae muy bien y no quiero causarle problemas.

—Yo tampoco tengo ganas de andar con jueguecitos infantiles —comentó Frida, y untó una cucharada de pasta en aquella deliciosa salsa—. Yo creo que ya no tenemos edad para esas historias.

—Pero... —Wilma miró a sus amigas boquiabierta—, pero ¡no podemos dejar que sigan burlándose de nosotras! ¿O es que os da igual que esas crías nos to-

men el pelo? —Zarandeó a Sardine en busca de ayuda y le imploró—: ¡Di algo!

Sardine alzó la vista. Maik se había levantado para llevar su plato a la cocina.

—Bueno —murmuró agachando la cabeza al ver que el muchacho se volvía hacia ellas—, a lo mejor deberíamos asustarlas un poco, pero la verdad es que yo tampoco tengo muchas ganas.

Wilma la miró como a una traidora.

—¡Yo te ayudo, Wilma! —se ofreció Melanie, mirando despectivamente hacia la mesa de al lado—. Mis zapatos todavía apestan; esas canijas se arrepentirán de lo que han hecho.

Lilli le sacó la lengua. Melanie enarcó las cejas con gesto de indiferencia y le dio la espalda.

—¡Bueno, al menos alguien está conmigo! —gruñó Wilma, mirando de reojo a Sardine.

—Vale, vale —consintió Sardine, soltando el tenedor—. Yo me quedaré vigilando en el pasillo, ¿de acuerdo?

A Wilma se le iluminó la cara.

Durante la clase de equitación que recibieron por la tarde, Sardine disfrutó tanto que, por ella, habría seguido montando varias horas más. Cuando Bess regresó con las alumnas más avanzadas, se repartieron el trabajo. Cada una podía decidir dónde quería ayudar. Mela-

nie y Verena fueron las únicas que optaron por entrar en la casa y ayudar a Hedwig a hacer pasteles. Frida, Sardine, Wilma y Trude recogieron boñigas de los pastizales con Bess y las pequeñas, y luego las fueron repartiendo en carretilla por los cuatro estercoleros que había alrededor del picadero. Cada dos por tres, alguna de ellas dejaba el rastrillo en el suelo y se acercaba a acariciar las orejas o el hocico de alguno de los caballos. *Gladur* y *Lipurta* tenían una especie de heridas entre las crines y al lado de la cola. Al verlas, Trude fue a buscar a Bess y le preguntó a qué podía deberse.

—Los dos tienen eczemas de verano —le explicó Bess, que tras sacarse un pequeño tubo de crema del bolsillo del abrigo, le esparció un poco a *Lipurta* en las zonas irritadas—. Si os fijáis, veréis que además tienen las crines más cortas que los demás. A algunos caballos islandeses les salen estas irritaciones en cuanto llega la primavera y empieza a haber mosquitos. No se puede hacer nada para evitarlo; es una alergia y, por desgracia, nadie sabe muy bien si el origen es un determinado tipo de mosquitos, o un exceso de hierba... Ni idea. Algunos caballos se arrancan el pelo de la cola de tanto rascarse, así que debe de picarles mucho. En esta época, suelen disminuir las erupciones, pero no desaparecen del todo hasta que no llega el invierno.

—Es terrible —murmuró Trude, y le acarició la grupa a *Gladur* con gesto de compasión—. La neurodermatitis de los caballos.

—Si quieres —le ofreció Bess—, puedes encargarte de cuidarlos. Puedes cepillarlos y limpiarles las costras que se les van cayendo de las crines, extenderles crema en los eczemas y darles su medicina. Con tanto trabajo, Maik y yo no tenemos tiempo de hacerlo todos los días.

A Trude le encantó la propuesta de Bess. Acto seguido fue a por una cabezada y un ronzal y se llevó a *Lipurta* al establo para curarle las heridas. Frida y Sardine decidieron hacer lo mismo con *Gladur*, pero antes tuvieron que conseguir que se dejara poner la cabezada, y para eso fue necesario sobornarlo con dos zanahorias.

Cuando emprendieron el camino hacia el establo, ya empezaba a oscurecer. El problema fue que en el establo apenas se veía nada, pues las escasas bombillas que había no bastaban para alumbrar la penumbra de las cuadras y, al poco tiempo, las chicas tuvieron que dejarlo por imposible porque en la oscuridad no encontraban las lesiones de los caballos. De modo que les hicieron unos cuantos arrumacos, los cepillaron y los llevaron de nuevo junto a los demás. Y es que los caballos de Mona también pasaban las noches al aire libre. El establo sólo se utilizaba para los animales enfermos o para que se refugiaran del calor en verano, ya que, tal como les había explicado Mona, los caballos islandeses no sufrían con el frío, sino con el calor. Por eso, en verano algunos días todos los ca-

ballos se arremolinaban junto a la cerca para que les dejaran guarecerse del calor en el establo, que estaba más fresquito.

Cuando entraron de nuevo en la casa, se encontraron a Melanie sentada en el sofá del vestíbulo. Estaba abrazada a un cojín de flores con la mirada perdida en el infinito.

—¿Qué te pasa? —le preguntó Frida, sentándose a su lado.

Las pequeñas pasaron junto a ellas, riéndose y armando jaleo, y se dirigieron al comedor. Lilli no pudo resistir la tentación de hacerles burla a las Gallinas.

—Ay, es Willi... Es que está tan triste... —murmuró Melanie recostando la barbilla sobre el cojín—. Dice que se siente solo; su padre ha vuelto a las andadas y le está haciendo la vida imposible.

Frida pasó el brazo por los hombros de Melanie.

—¿Y qué hacen Fred y los demás? ¿Por qué no intentan animarlo?

Melanie negó con la cabeza.

—Al parecer ellos tampoco están muy allá. ¡Vaya una pandilla de memos! Cuando estamos allí, no nos dejan en paz; y ahora que nos hemos ido, se comportan como si no pudieran vivir sin nosotras. Además, han ingresado al abuelo de Fred en el hospital. Y, claro, eso no ayuda a mejorar las cosas.

—¿Al abuelo de Fred? —Sardine se volvió hacia Melanie, preocupada. Fred estaba muy unido a su

abuelo. Lo iba a ver al huerto casi todos los fines de semana.

Melanie asintió y volvió a abrazarse al cojín.

—Yo también echo de menos a Willi —musitó—. Este lugar es fantástico, pero aun así lo echo de menos.

A la hora de cenar apenas probaron bocado. Estaban totalmente para el arrastre.

—Yo creo que es el aire del campo —murmuró Trude, que por poco se atraganta con el bocadillo al bostezar mientras masticaba.

—Sí, supongo que ha sido una sobredosis de aire fresco —comentó Wilma—. Vamos a tener que poner el despertador para la operación antimocosas.

Frida entornó los ojos y miró disimuladamente a su alrededor. Sardine no tenía ninguna duda de adónde estaba mirando.

—¿Os hemos contado que Maik ha hecho de Romeo en el ensayo de hoy? —preguntó Trude—. La verdad es que ese chico tiene un don para el teatro.

Melanie parpadeó asombrada.

—¿Maik? ¿Romeo? ¿El Romeo de Frida?

—No, el Romeo de Shakespeare —espetó Sardine mirando a Frida. Se había puesto roja como un tomate.

—¡Hala! ¡Me habría encantado verlo! ¿Por qué no me habéis avisado?

Melanie se dio la vuelta y examinó a Maik de arriba abajo, como si intentara imaginárselo con los leotardos que Nora llevaba en la representación. Sardine sintió

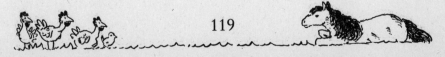

un gran alivio cuando Melanie se volvió de nuevo hacia ellas.

—Pues seguro que para Frida ha sido mucho más agradable que hacer manitas con Nora —susurró Melanie en voz baja—. Él sí que es un Romeo como Dios manda.

—¡Basta ya! —exclamó Frida, arrastrando su silla hacia atrás—. Si queréis saber mi opinión, Nora representa su papel bastante bien. Y ahora me voy a la habitación. Estoy destrozada.

—Tiene razón, en realidad Nora no lo hace mal —observó Wilma—. A mí no me gustaría tener que representar el papel que le ha tocado a ella. Prefiero mil veces el de Mercucio; lo único malo es que muere demasiado pronto. ¿Por qué no subimos ya a la habitación? —sugirió, y se bebió de un trago el resto de la taza de leche con cacao—. Con las enanas en la mesa de al lado no podremos planear la acción de esta noche, ¿no os parece?

Las demás estaban de acuerdo. Pero al levantarse y pasar junto a la mesa de las pequeñas, Lilli agarró a Wilma del brazo.

—¿Eres tú la jefa de las Gallinas? —le preguntó, mientras Bob y Verena examinaban a la pandilla de chicas mayores con una mezcla de envidia y admiración.

—En nuestra pandilla no hay jefa —respondió Wilma con aires de superioridad—. Y si la hubiera, ésa sería Sardine.

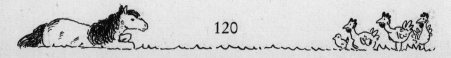

Las tres volvieron la vista hacia Sardine.

—Ajá —murmuró Lilli—. Y las plumas que lleváis colgadas al cuello, ¿qué son? ¿La insignia de la pandilla?

Sardine asintió e hizo un esfuerzo por contener la risa. Nadie la había mirado nunca con tanta admiración como las amigas de Lilli.

—Bueno. —Lilli se encogió de hombros con desparpajo—. Ahora nosotras también tenemos insignia —afirmó con orgullo mientras se sacaba de la manga una cuerda de la que colgaba una cosa irreconocible blanca y sucia.

—Es un trozo de cáscara de huevo —aclaró Bob, orgullosa—. Lo que pasa es que se rompe enseguida y, además, no es fácil hacerle el agujero para pasar la cuerda. Al principio pensamos que nuestra insignia podía ser un mechón de pelo de caballo, pero no encajaba con el nombre de nuestra pandilla.

—¿Cómo os llamáis? —preguntó Wilma.

—¡Las Gallinitas Locas! —respondió Verena, muy ufana.

Wilma torció el gesto con desdén.

—¡No sé por qué pones esa cara! —le espetó Lilli indignada—. ¡Ni siquiera me creo eso de que vosotras seáis una pandilla de verdad! No... —Volvió la cabeza hacia la mesa de Mona y bajó el tono de voz por precaución—. No os comportáis como una pandilla.

—Ah, ¿no? ¡Pues a nosotras nos ha quedado muy

claro a qué tipo de actividades os dedicáis vosotras! —replicó Melanie—. ¡Me habéis estropeado los zapatos! ¿Habéis pensado ya cómo me los vais a pagar?

Bob y Verena alzaron la cabeza asustadas, pero Lilli cruzó los brazos sin inmutarse.

—¡Qué bobada! Si no están rotos —respondió—. ¡Bah! ¡No aguantáis nada!

—¿Eso crees? ¡Pues ya veremos lo que sois capaces de aguantar vosotras! —exclamó Wilma, y acercó la cara a la de Lilli con expresión amenazadora—. De todas formas, sois una pandilla ridícula. ¡Las Gallinitas Locas! ¡Bah! Y para que lo sepáis: ¡no sois más que unas enanas copietas! ¡Queréis imitarnos y no sabéis!

—¡Pues dinos tú cómo! —replicó Lilli entre susurros—. ¿Qué tenemos que hacer para imitaros? ¿Quedarnos con la boca abierta mirando al hermano de Bess hasta que se nos caiga la baba?

Wilma se quedó de piedra y no se dio cuenta de que, detrás de ella, dos de las Gallinas habían palidecido primero, y enrojecido después.

—Mi madre quiere preguntaros si tenéis algún problema en el que ella pueda ayudaros —terció Bess, apoyándose en la silla de Lilli.

Gallinas y Gallinitas la miraron con cara de inocencia.

—No, Bess —respondió Lilli—. No pasa nada, de verdad.

—Bueno, me alegro. —Bess se volvió hacia Frida y

le dijo—: Maik me ha contado que estáis ensayando una obra de teatro. *Romeo y Julieta*. ¿Puedo ir a ver los ensayos?

Frida no contestó inmediatamente, pero Wilma olvidó por un instante la presencia de las Gallinitas Locas.

—¡Claro! —exclamó, mientras Lilli aguzaba el oído con sumo interés—. Yo hago el papel de Mercucio. Si Maik estuviera dispuesto a representar el de Tebaldo, podríamos escenificar el duelo de espadas para que lo vieras. Y también la escena de la muerte.

Bess reprimió la risa.

—Eso tienes que hablarlo con Maik. A lo mejor subo luego a vuestra habitación, si no os parece mal.

—Claro, pero que no sea muy tarde —apuntó Trude sin pararse a pensar. Luego percibió las miradas de censura de todas las demás y agregó—: Porque, porque... porque estamos bastante cansadas y hoy, claro, hoy queríamos acostarnos pronto y...

—No le hagas caso —interrumpió Frida—. Nos encantará que subas a vernos. —Y lanzándole una sonrisa a Bess, añadió—: Y a la hora que tú quieras.

—¿Y nosotras? —preguntó Lilli con una mueca burlona muy, pero que muy pícara.

—Las gallinitas pequeñas tienen que acostarse prontito —respondió Sardine—. Si no, nunca llegarán a ser auténticas Gallinas, y mucho menos locas.

Cuando Bess llamó a la puerta con una bandeja llena de pan de especias y chocolate caliente, Frida ya había encendido las velas que había sobre la repisa de la ventana. En el radiocasete de Melanie sonaba una música romántica y sentimentaloide, y Trude había encendido unas barritas de incienso, pero las apagó enseguida porque soltaban un tufo horrible.

—¡Está lloviendo! —anunció Melanie, un poco preocupada, cuando abrió la ventana para ventilar la habitación—. Espero que mañana podamos montar.

—Bah, no pasa nada, son sólo cuatro gotas —señaló Bess, y se sentó junto a Frida en una cama. Cogió el libreto de la mesilla que tenían en el cabecero y comenzó a hojearlo—. *Ven, amorosa noche; ven, dulce noche de negro rostro* —leyó—. *Dame a mi Romeo; y, cuando muera, hazlo tuyo y forma con él pequeñas estrellas: el rostro del firmamento quedará tan embellecido, que*

el mundo entero caerá prendado de la noche y no rendirá más culto al deslumbrante sol. Qué bonito.

Bess cerró el libreto y se lo puso a Frida en el regazo.

—Yo también hice teatro en la escuela, pero fue una obra de Navidad. Hacía de pastor y llevaba una barba feísima que picaba un montón.

—Wilma se niega a ponerse una barba —le explicó Trude, y cogió un panecillo de especias—. Prefiere pintársela, pero a mí me parece que queda muy raro.

Pasaron una noche de lo más agradable.

La lluvia repiqueteaba contra el tejado que tenían justo encima, lo cual imprimía incluso un mayor encanto a aquel lugar. En un momento dado, Trude preguntó preocupada si no debían meter a los caballos en el establo. Bess se rió y les explicó que eso sería una auténtica crueldad, pues al parecer a los caballos les encantaba mojarse.

—Si se mojan demasiado, se resguardan debajo de los árboles —aclaró Bess—. Pero para eso tendría que estar lloviendo a mares.

Cuando Melanie empezó a bostezar cada dos palabras y Bess cada tres, decidieron que había llegado el momento de acostarse. Pero en el preciso instante en el que Sardine acababa de acurrucarse plácidamente en la cama y, arropada con el edredón hasta la nariz, abrazaba a su gallina de peluche, Wilma se levantó dando un respingo, como si se le hubiera colado un escorpión en la cama.

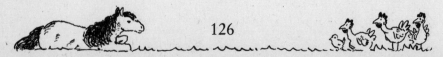

—¡Nuestro plan de ataque contra las Gallinitas! —exclamó y, medio adormilada, intentó ponerse los pantalones.

Frida se tapó la cara con la almohada entre quejas y gruñidos.

—¿Tiene que ser hoy? —preguntó Trude, con un hilo de voz—. Tampoco pasaría nada si lo dejáramos para mañana.

Pero Wilma meneó enérgicamente la cabeza.

—Ya hemos esperado suficiente. Primero el numerito del papel y los zapatos de Meli, y luego las provocaciones del comedor. ¿Quién sabe qué será mañana? Ni hablar, tenemos que ponerle punto y final a todo esto hoy mismo.

—Con los Pigmeos no nos funcionó la táctica de la venganza —murmuró Trude, incorporándose entre bostezos—. Después de la venganza, hubo otro ataque y entonces volvimos a vengarnos y así todo el rato...

—¿Cómo se te ocurre comparar a las Gallinitas con los Pigmeos? —le espetó Wilma.

—Pues a mí me recuerdan mucho a ellos —comentó Melanie, que estaba buscando el calcetín que le faltaba debajo de la cama—. La única diferencia es que con los chicos era más divertido, ¿no os parece?

—¿Divertido? ¿Qué tiene que ver esto con la diversión? —preguntó Wilma, desconcertada—. Es una cuestión de honor.

—¡Venga ya, Wilma! —protestó Frida mientras se

ponía el jersey—. ¿Qué pasa? ¿Ahora quieres hacer el papel de Mercucio también en la vida real?

—*Por la voz, éste debe de ser un Montesco* —murmuró Trude—. ¿Sabéis una cosa? Yo creo que Wilma sería un magnífico Tebaldo. Mucho mejor que Lars, ese chico de la otra clase. *Muchacho, tráeme la espada* —prosiguió mientras se calzaba las botas—. *¡Cómo! ¿Se atreve el muy miserable a venir a esta fiesta, oculto por un grotesco antifaz, para burlarse y reírse de nosotros? Por la nobleza y renombre de mi estirpe, no considero pecado matarlo de un golpe.*

—¡Trude! —exclamó Sardine, volviéndose fascinada hacia ella—. Te sabes la obra de memoria. ¡Deberías salir en la representación!

—¡Qué va! —Cuando Trude se percató de que todas las demás la miraban alucinadas, tuvo tanta vergüenza que no supo adónde mirar—. Pero si me pondría a tartamudear sólo con que uno de los Pigmeos se sentara en la primera fila.

—¡Venga! —susurró Wilma cuando vio que todas estaban vestidas—. Os vuelvo a explicar el plan: bajamos con cuidado a la habitación de esas enanas; Sardine y Frida se quedan en el pasillo vigilando y las demás les metemos los huevos en las botas y les pintamos la nariz con pintaúñas. ¡Ah! Otra cosa: tenemos que cubrirnos la cara con una de esas máscaras que tiene Meli para el cutis.

—¿Y no podemos utilizar otra cosa? ¡Esos potingues son muy caros! —dijo Melanie.

—¡Es verdad! —murmuró Trude—. Además, yo estoy tan dormida que seguro que me pringo todo el pelo.

—Bueno, vale —gruñó Wilma—, entonces sin máscara. Pero las boñigas sí nos las llevamos, ¿las tenéis ahí?

—¡Sí, sí! —Sardine alzó la bolsa de plástico que llevaba en la mano—. Están un poco secas, pero aún apestan.

Frida no pudo contenerse y soltó una risita; Wilma, como si fuera cuestión de vida o muerte, la fulminó con la mirada.

—Todo esto es de lo más infantil —comentó Frida—. Sólo espero que Bess no se entere.

—O Maik —añadió Melanie, lanzándoles una elocuente mirada a Sardine y a Frida.

Por suerte, en aquel momento Wilma abrió la puerta.

—Vamos —susurró, y salió de puntillas al pasillo—. ¡Las Gallinas Locas atacan de nuevo!

Según bajaban las escaleras, oyeron el repiqueteo de la lluvia contra los cristales. Los escalones crujían como si la vetusta madera que tenían bajo los pies fuera a cobrar vida de un momento a otro.

—¿No se pueden engrasar los peldaños de una escalera? —susurró Melanie; el comentario estuvo a punto de provocarle otro ataque de risa a Frida.

En el primer piso reinaba el silencio.

—Como en los viejos tiempos, ¿eh? —susurró

Trude—. ¿Os acordáis de la última excursión con el cole?

Cómo no se iban a acordar. En aquel viaje habían salido a cazar fantasmas por la noche y ¡habían pillado a uno!

—Por cierto, ¿dónde duermen Mona, Bess y Maik? —preguntó Trude.

—En la planta baja.

Wilma se llevó el dedo a los labios para rogar silencio y señaló la tercera puerta. Había un cartel colgado. Alguien había dibujado una gallina que huía despavorida de tres feroces pollitos pequeños. Debajo, ponía: «¡Atención! Aquí viben las Gayinitas Locas. Se adbierte que puede ser peligroso, sobre todo para gayinas grandes.»

—Oh, ya veo —musitó Sardine—. Debió de ser muy difícil averiguar dónde dormían estas mocosas.

—¡El cartel todavía no estaba colgado! —replicó Wilma. Ofendida, le quitó a Sardine la bolsa de plástico de la mano y entreabrió la puerta lo justo para poder entrar. Sardine y Frida ocuparon sus puestos de vigilancia, una a cada lado de la puerta.

—Tú y yo nos podríamos haber ahorrado el viaje —le susurró Frida a Sardine—. No hay nadie tan chiflado como nosotras para andar armando jaleo por los pasillos a estas horas. Aunque la verdad —añadió soltando una carcajada en voz baja— es que es divertido.

Sardine estaba de acuerdo.

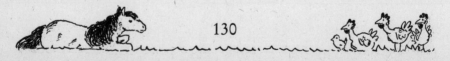

—¿Te importa vigilar a ti sola un momentito? ¡Quiero ver la pinta que tienen las Gallinitas con la nariz pintada!

—Vale —asintió Frida—, pero luego me toca a mí.

—¡Uf, qué susto me has pegado! —bisbiseó Melanie al ver emerger a Sardine de la oscuridad—. Por poco te tiro el bote de pintaúñas a la cara. —Estaba junto a la cama de Bob, que dormía plácidamente con la nariz colorada como un pimiento—. ¡Rojo coral! —susurró Melanie poniéndole a Sardine el bote de pintaúñas casi vacío delante de los ojos—. Muy resistente. A Verena ya la he pintado; sólo queda la malvada de Lilli.

Con suma cautela, Melanie se deslizó junto a Wilma para llegar hasta la última cama. Wilma acababa de meter un huevo en una bota de montar mientras Trude, con un cucharón que Wilma había tomado prestado de la cocina de Hedwig, esparcía las boñigas debajo de las camas. A Trude siempre le tocaban las tareas más desagradables.

—¡Eh! —Melanie se apartó a toda prisa de la tercera cama, como si temiera que Lilli fuera a contagiarle la peste—. ¡No está! —susurró—. No hay nadie en la cama.

Las Gallinas se miraron aterradas.

—¡Vámonos de aquí! —propuso Sardine en voz

baja—. Como Lilli nos pille en pleno ataque nocturno, seguro que no para de chillar hasta que despierte a toda la casa.

—Pero ¿qué hacemos con las boñigas? —preguntó Trude, vacilante—. Todavía tengo tres...

—¡Olvídate de las boñigas! —susurró Sardine—. ¡Vámonos de aquí!

—¿Qué pasa? —preguntó Frida al verlas salir a toda prisa de la habitación de las Gallinitas.

—Lilli no está en su cama —gruñó Wilma contrariada—. Imagino que habrá ido al baño. Se va a partir de risa cuando vea que se ha librado de nuestra venganza.

—Voy a mirar en el baño —anunció Wilma, pero Trude la retuvo.

—Tampoco hay que pasarse —dijo ésta—. No creo que a ti te hiciera gracia que te sorprendieran... bueno, ya sabéis a qué me refiero. —Y agachó la cabeza, avergonzada, hacia la bolsa de boñigas que llevaba en la mano.

—Pero Lilli se merece una buena mano de pintaúñas —murmuró Wilma, mordiéndose las uñas—. Si no, la venganza no tiene sentido.

—Bueno, pues espérala escondida en el armario —espetó Frida—. Yo me voy a la cama. Como no descanse un poco, mañana me voy a caer del caballo.

Y tras pronunciar esas palabras, dio media vuelta y se encaminó hacia las escaleras.

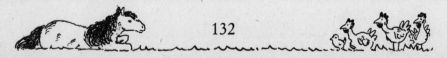

—Frida tiene razón. Tenemos que acostarnos ya —apuntó Melanie.

—Lo de Lilli ha sido una faena. —Trude vaciló un instante, luego le puso a Wilma la apestosa bolsa de plástico en la mano y siguió a Frida y Melanie. Sardine fue la única que se quedó al lado de Wilma.

—Vamos. Piensa que aunque Lilli apareciera ahora mismo, no iba a dejar que le pintaras la nariz —señaló tratando de consolarla—. Y ya le hemos puesto un huevo en la bota. ¿Te vienes?

Wilma asintió y volvió la cabeza hacia la habitación, donde una de las Gallinitas mascullaba algo entre sueños.

—Te prometo —prosiguió Sardine mientras arrastraba a Wilma hacia el piso de arriba— que como Lilli vuelva a hacer una de las suyas, le pintamos la nariz entre las dos.

—Vale —murmuró Wilma—. Que conste que me lo has prometido.

Cuando llegaron al segundo piso, se encontraron a las demás en aquel oscuro pasillo lleno de corrientes de aire.

—¿Qué hacéis en el pasillo? —preguntó Sardine, extrañada. No veía el momento de acostarse. No recordaba haber estado tan agotada jamás. Debía de ser el aire del campo.

—No podemos entrar —explicó Trude con la voz temblorosa.

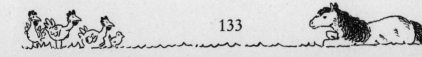

—¿Qué quieres decir? —Wilma las miró a las tres sin entender lo que sucedía.

—¡Pues eso! ¡Que la puerta está cerrada! —le espetó Melanie.

Sardine soltó un bufido y dio media vuelta. Una menuda silueta apareció tras la puerta de los baños. Al cabo de un instante, las Gallinas oyeron que alguien bajaba las escaleras.

—¡Lilli! —exclamó Wilma, olvidando por unos segundos que de noche, en casa de Mona, el silencio era sagrado.

Las Gallinas echaron a correr en tropel hacia las escaleras, pero sólo alcanzaron a ver un camisón que desapareció por el pasillo del piso de abajo.

—¡La tiene ella! —jadeó Sardine, bajando los escalones de dos en dos—. Segurísimo.

En la planta baja se oyó el ruido de una puerta. Las Gallinas se agazaparon tras la barandilla.

—Un minuto —exclamó Mona—. ¡Las que están correteando por ahí arriba tienen un minuto para meterse en la cama! —Y volvió a cerrar de un portazo.

—¿No sería mejor que volviéramos arriba? —sugirió Frida en susurros.

—Y luego ¿qué? —Sardine se quedó callada para comprobar que no había movimiento en la planta baja—. ¿Quieres dormir en el pasillo?

Ninguna estaba dispuesta a eso, de modo que permanecieron inmóviles unos instantes más, agachadas

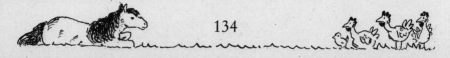

en las escaleras. Luego siguieron bajando hacia el primer piso sin hacer ruido; o, mejor dicho, intentando no hacer más ruido del que hacía aquella destartalada escalera. Como cabía esperar, la puerta de las Gallinitas Locas estaba cerrada. Cuando Sardine arrimó la oreja, oyó risas, risas muy claras.

—¡Abre la puerta, Lilli! —ordenó en susurros—. Como no nos des la llave de la habitación ahora mismo, ¡te vas a enterar!

Sardine tenía que reconocer que era difícil intimidar a las Gallinitas con aquellas palabras. Y efectivamente, la puerta no se abrió.

—¡Mañana por la mañana! —exclamó Lilli a través del hueco de la cerradura—. Os la devolveré en el desayuno. ¡Que soñéis con los angelitos!

—¡Lilli! —A Wilma le temblaba la voz de pura rabia—. Danos ahora mismo la llave, maldita mocosa, o...

Pero al otro lado de la puerta se hizo el silencio. Lilli ya estaba cómodamente acurrucada en su cama. Las Gallinas se miraron.

—Y ahora ¿qué? —preguntó Trude en voz baja.

—¡Tú y tu estúpido plan! —le espetó Melanie a Wilma.

—Ya, claro. ¿Y qué pasa con tus dichosos y apestosos zapatitos de niña pija? —replicó Wilma con los ojos llenos de lágrimas.

—¡Ya basta! —sentenció Sardine, separándolas—.

Lilli estará encantada de que os pongáis a discutir delante de su puerta. De momento, vamos al cuarto de baño. Si Mona nos vuelve a oír, estamos perdidas.

—A lo mejor Bess tiene otra llave —sugirió Frida cuando llegaron al lavabo. Todo estaba a oscuras, pero no lograron encontrar el interruptor.

—La habitación de Bess está abajo. ¡Y para llegar hay que pasar por delante de la puerta de Mona! —apuntó Trude. Los cristales de sus gafas brillaban en la oscuridad.

—¿Cómo es posible que no hayamos visto pasar a esa mocosa? —murmuró Wilma—. No lo entiendo.

—Bueno, si estaba escondida en el baño, no tiene por qué haberse cruzado con nosotras. —Sardine se apoyó contra los fríos azulejos—. Ha salido del lavabo y ha visto a Frida junto a la puerta. Entonces ha deducido que les estábamos haciendo una visita que seguramente no era de cortesía y ha subido corriendo a nuestra habitación. Allí ha comprobado que estábamos todas abajo y que tenía tiempo de sobra para pensar una bromita.

—Claro. ¿Tú no has vigilado las escaleras, Frida? —A Wilma se le estaba quebrando la voz.

—¡No, no las he vigilado! —replicó Frida, irritada—. Estaba tan cansada que, cuando Sardine ha entrado en la habitación, me he apoyado en la pared y he cerrado los ojos.

—Jo, yo estoy que me caigo —murmuró Trude—. Si no hiciera tanto frío, me tumbaría en el suelo.

Todas se quedaron en silencio, sin saber qué decir.

—Vale, yo he sido la que os ha convencido para que vinierais —señaló Wilma al fin, sintiéndose un poco culpable—. Así que voy a bajar a pedirle la llave a Bess. Ya sabéis que lo de andar de puntillas sin que me descubran es lo mío.

—Sí, en eso eres la mejor —apuntó Frida.

—Gracias —murmuró Frida—. Enseguida vuelvo. —Y se marchó.

—Es una pena que no podamos entrar por la ventana —comentó Trude entre bostezos.

—No, en un segundo piso sería peligroso —respondió Sardine.

Melanie empezó a reírse.

—¡Jo, si nos vieran los Pigmeos! —exclamó—. Todas aquí apretujadas en un cuarto de baño porque una renacuaja de ocho años nos ha tomado el pelo.

—A lo mejor deberíamos fichar a Lilli y a las otras dos para nuestra pandilla —sugirió Frida—. Una nueva generación. Porque, visto lo visto, yo diría que empezamos a estar un poco mayores para estas cosas.

El rato que transcurrió hasta que Wilma regresó se les hizo eterno.

—¡La tengo! —anunció en tono triunfante—. Bess ha ido a buscarla a la oficina. Por desgracia, no ha querido darme la copia de repuesto de la habitación de las Gallinitas. Me ha dicho que para las venganzas no contemos con ella.

Las Gallinas, aliviadas, volvieron a subir las escaleras.

—Vamos a ser generosas y a perdonarles la broma a las Gallinitas —afirmó Frida cuando se encontraron al fin tumbadas y arropadas en la cama—. Si seguimos así, vamos a estar en las mismas todas las noches.

—No sé qué decirte —respondió Wilma.

A las demás no les dio tiempo a opinar. Se habían quedado dormidas.

A la mañana siguiente apareció la llave justo delante de la puerta. La descubrió Sardine cuando salió de la habitación medio dormida para ir al cuarto de baño.

—Será mejor que no volvamos a dejar la llave puesta —sugirió Wilma, que se había pasado toda la noche soñando con gallinitas que tenían la cara de Lilli—. Y a partir de ahora cerraremos cada vez que salgamos.

Las demás aprobaron la propuesta y nombraron a Sardine guardiana de la llave.

—¿Se habrán puesto ya las botas con los huevos dentro? —preguntó Melanie mientras se cepillaba el pelo, siguiendo el mismo ritual de todas las mañanas: cinco veces por el lado izquierdo y cinco por el derecho—. Tiene que ser una sensación de lo más desagradable, eso de romper un huevo con los dedos de los pies.

—¡No me digas que ahora te dan pena! —espetó

Wilma—. Te recuerdo que ha faltado muy poco para que durmiéramos en el pasillo.

—Eh, dejad de hablar ya de las Gallinitas. ¿Habéis visto qué día hace? —Frida se acercó a la ventana y apoyó la frente sobre el cristal frío. La lluvia martilleaba los cristales con tanta fuerza que el paisaje se veía borroso—. Debe de ser cierto que a los caballos no les importa mojarse —comentó cuando Sardine se acercó a la ventana—. ¿Los ves? Ni siquiera se han resguardado debajo de los árboles.

—Jo, me parece a mí que, de todas formas, hoy no montaremos a caballo —afirmó Melanie—. Porque a mí sí que me importa mojarme.

—Pues menudo fastidio —murmuró Trude—. Sólo vamos a estar aquí unos días. ¿Qué haremos si no deja de llover?

—Melanie nos puede enseñar a hacer sus veinte peinados preferidos para caballos —apuntó Sardine, que en ese instante se volvió hacia la puerta.

Estaban llamando. Wilma salió disparada.

—¿Quién es? —preguntó con la mano en la manija.

—Soy yo, Mona —se oyó al otro lado—. ¿Podéis devolverme la copia de la llave que os prestó Bess ayer por la noche?

Wilma miró a las demás con cara de pánico. Acto seguido abrió la puerta.

—Hola, eh... Buenos días —dijo, tendiéndole la llave a Mona.

—He descubierto que no estaba por pura casualidad —explicó Mona—. Os lo aclaro para que no creáis que Bess se ha chivado; no es su estilo. —Se metió la llave en el bolsillo del pantalón y recorrió con la mirada, una por una, las caras de todas las Gallinas—. Pero os digo una cosa: Verena está llorando, se ha encerrado en la habitación y se niega a salir. Ni siquiera me ha dejado entrar para consolarla, y Lilli y Bob no quieren contarnos lo que ha pasado. Además, me ha parecido ver que Bob tenía la nariz roja. A lo mejor ayer os pasasteis de la raya, ¿no os parece?

—Las pequeñas vinieron ayer a... decorarnos la habitación —se excusó Sardine—, y llenaron los zapatos de Melanie de boñigas. Por eso nos hemos tomado la revancha.

—Sólo les pintamos la nariz con laca de uñas —murmuró Wilma.

—Y les devolvimos los huevos que nos habían puesto en las almohadas —añadió Trude.

Sardine se sintió aliviada al ver que Mona tenía que esforzarse para contener la risa.

—¿Y les devolvisteis también las boñigas de los zapatos de Melanie? —les preguntó.

—Las boñigas no. Melanie las tiró por la ventana —respondió Sardine—. Pero conseguimos otras más recientes.

Mona guardó silencio. Luego suspiró.

—Me gustaría pediros que hicierais las paces con

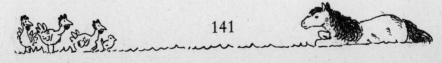

Lilli y con las otras. A ellas tres les he dicho lo mismo. Cuando el asunto acaba en llanto, considero que hay que ponerle fin, ¿qué opináis?

—Yo estoy de acuerdo —convino Frida—. ¿Puedo intentar hablar con Verena para consolarla?

—Uy, a Frida se le dan de maravilla esas cosas —apuntó Trude.

—¡Inténtalo! Nos vemos en el desayuno. —Al llegar a la puerta, Mona volvió la cabeza y añadió—: Siento que haga tan mal tiempo. Con este día no se puede salir a montar. Ni siquiera con caballos islandeses. ¿Podríais ayudar a Bess a entretener a las pequeñas para que no se aburran?

—¡Claro! —asintió Sardine, mirando a Melanie—. ¿Qué te parece si les enseñas a hacer peinados con las crines de los caballos, Meli?

Melanie contestó con una sonrisa mustia.

—¡Peinados! —A Mona se le iluminó la cara al oír la idea—. ¡Bueno, estoy segura de que les encantará! Y así yo podré irme tranquilamente a la compra.

Cuando las Gallinas bajaron al primer piso, Bess estaba delante de la habitación de las Gallinitas Locas y hablaba con toda dulzura y delicadeza hacia la puerta cerrada. Las Gallinas se acercaron con cargo de conciencia.

—¿Todavía no ha salido? —preguntó Frida.

Bess negó con la cabeza.

—Vaya, pues no creo que sea tan terrible tener un poco de pintaúñas en la nariz —comentó Wilma.

Frida la miró con expresión de reproche y llamó a la puerta.

—¿Verena? Soy yo, Frida. ¡Sentimos mucho lo que os hicimos anoche!

—¡Si no es nada! —susurró Wilma.

Sardine le dio un codazo en las costillas como señal de advertencia para evitar que lo estropeara todo, pero Trude no pudo contener la risa.

—¡Verena, el pintaúñas es muy fácil de quitar! —exclamó Melanie—. ¡Es muy barato! Si quieres te regalo un frasco para que te pintes las uñas y así lo pruebas. Pero, por favor, abre la puerta, ¿vale?

En el interior de la habitación se hizo el silencio, pero enseguida oyeron que alguien giraba la llave desde dentro y entonces apareció Verena, con los ojos llorosos y la nariz como un pimiento.

—El primer huevo estaba justo en mi bota —anunció sollozando—, y encima yo era la que más pintaúñas tenía en la nariz. —Miró a Melanie y le preguntó—: ¿De verdad me vas a regalar un frasco de pintaúñas?

—Pues claro —contestó Melanie. Las Gallinas se asomaron a la puerta y contemplaron con vergüenza el tremendo caos que reinaba en la habitación de las Gallinitas: botas tiradas por el suelo con papel higiénico dentro, trapos empapados y manchados de rojo, y, en

el aire, una peste insoportable e impropia de un dormitorio. Era evidente que las Gallinitas no habían encontrado todas las boñigas.

—En cuanto acabemos de desayunar, os ayudamos a recoger —exclamó Sardine.

—Pero sólo un poco —matizó Wilma—. Al fin y al cabo, vosotras no nos ayudasteis.

Verena se sorbió la nariz.

—Es verdad —murmuró, y se tocó la punta de la nariz—. ¿Se me está quitando ya?

—¡Sólo es cuestión de tiempo! —la animó Melanie, y le puso el dedo a Verena delante de su nariz colorada—. ¡Mira mis uñas!

—¡Bob casi se arranca la piel! —les explicó Verena mientras bajaban las escaleras—. Pero ellas no han roto los huevos. Sólo yo. ¿Cómo voy a sacar ahora esa porquería de la bota?

Frida, naturalmente, se ofreció a lavársela, y Trude propuso que después la secaran con el secador de viaje de Melanie. Y así, poco a poco, a Verena se le fue alegrando la cara.

—Diles a tus amigas que nosotras estamos dispuestas a hacer las paces —le anunció Sardine antes de entrar al comedor—. Aquí podemos hacer un montón de cosas mucho más interesantes que fastidiarnos las unas a las otras con boñigas y huevos crudos.

—Sí, es verdad —admitió Verena.

—Bueno, sólo espero que Lilli también esté de acuer-

do —le susurró Wilma a Sardine al oído cuando entraban al comedor.

Desde la puerta, Sardine observó que Lilli y Bob levantaban la vista con recelo cuando las Gallinas se sentaron a la mesa. Sin embargo, Frida debió de decirles algo que las tranquilizó, pues al cabo de un instante Lilli estaba sonriendo.

Al ver que todo estaba en orden, Sardine se dirigió al teléfono. Quería llamar a su madre. Hasta el momento no había sabido nada de ella.

«Bueno, al fin y al cabo, yo misma le dije que no llamara», pensó mientras rebuscaba monedas sueltas en el bolsito que llevaba colgado al cuello.

«Pero a lo mejor se lo está pasando tan bien de vacaciones con el señor Sabelotodo que se ha olvidado hasta de su hija», le susurró una voz interior débil y maliciosa a la que decidió no hacer caso.

Cuando llegó a la cabina, Melanie acababa de colgar. Su rostro reflejaba una tremenda preocupación.

—He llamado a Willi —afirmó—, pero su madre me ha dicho que se ha escapado de casa con sus amigos. Espero que no haya vuelto a discutir con su padre.

—No creo. Seguro que han hecho una de sus gloriosas escapadas en tienda de campaña —apuntó Sardine para intentar tranquilizarla.

—¿Con este tiempo? —Melanie se apoyó contra la pared y miró por la ventana. Continuaba lloviendo, el

145

cielo chorreaba y parecía que el sol había sido engullido por los inmensos nubarrones negros.

—A lo mejor allí no hace tan mal tiempo. —Sardine marcó el número de la pensión que le había dado su madre—. Hola, soy Geraldine Slättberg, ¿podría hablar con mi madre, por favor? —Melanie seguía con la mirada clavada en el cristal de la ventana—. Hola, ¿mamá? —Sardine se apretó el auricular contra la oreja cuando la señora de la limpieza pasó por allí con un aspirador gigantesco—. Sí, es genial. —En realidad no quería haberle dicho eso, pero ya estaba cansada de fingir—. Sí, aquí también está lloviendo, pero no importa. ¿Cómo? Sí, también están bien. Sí, Mona es muy simpática. ¿Qué tal se está portando el señor Sabelotodo? Uy, perdón, se me ha escapado, no quería llamarlo así. —Melanie soltó una carcajada—. ¿En serio? Qué simpático. ¿Y por lo demás? Ah, ¿sí? Bueno, tengo que dejarte, mamá; ya no me quedan más monedas. No, aquí estoy muy bien. No, en ningún momento he tenido ganas de volverme a casa. Ya te contaré. Cuídate, mamá, y saluda al se..., bueno, ya sabes, a él. —Sardine colgó el teléfono.

—¿Simpático, el novio de tu madre? Y eso ¿por qué? —le preguntó Melanie.

—Porque me ha comprado una gallina. Una gallina hecha de conchas. No sé —murmuró Sardine frunciendo el ceño—. A lo mejor quiere caerme bien porque piensa venirse a vivir con nosotras...

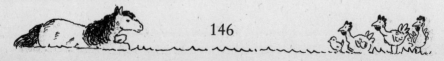

—A lo mejor —asintió Melanie—. Pero también puede ser que quiera ser amable contigo y punto. No tiene por qué ser un monstruo sólo porque le guste tu madre.

—Yo no digo que sea un monstruo —replicó Sardine. En ese momento se volvió y se quedó petrificada. Junto al perchero del vestíbulo estaban Frida y Maik. Él le cuchicheó algo al oído y ella le acarició la cara y se rió.

—Eh, ¿es que te ha dado un pasmo? —le preguntó Melanie—. Como no nos demos un poco de prisa, Trude se zampará todos los bollos.

—Ah, sí... Es que había visto algo ahí... fuera —tartamudeó Sardine, y se propuso no volver a mirar hacia el perchero.

Pero Melanie no se dejaba engañar así como así. Cuando se trataba de las miradas de los enamorados, no se le escapaba ni una.

—¡Ya, ya! Ahí fuera... —repitió mientras se dirigían al comedor.

La mayoría de los niños ya había acabado de desayunar y estaban saliendo del comedor, pero Trude y Wilma seguían sentadas a la mesa.

—Mira, Sardine, no tienes por qué... —comenzó a decir Melanie, y le lanzó una mirada muy elocuente a Sardine.

—No tengo por qué nada de nada —la interrumpió ésta de mal humor. Se sentó en su silla y trató de fingir que no pasaba nada.

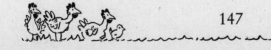

147

—Por fin estáis aquí —señaló Wilma—. Trude y yo vamos a subir a ayudar a las Gallinitas. Estaría bien que os dierais un poco de prisa en desayunar y vinierais rapidito. Al fin y al cabo, ha sido Sardine quien se ha ofrecido a ayudar.

—Sí, sí, ahora mismo subimos —consintió Melanie, impaciente. Luego cogió un bollo de pan y miró a Sardine con un gesto sarcástico.

—¿A qué viene esa mirada? —le espetó Sardine. Afortunadamente, Wilma y Trude ya no podían oírlas.

Melanie soltó una risita y le dio un bocado al panecillo.

—¡Es que no me lo puedo creer! —exclamó—. Lo de Frida, bueno. Hasta las Gallinitas se han dado cuenta. Pero lo tuyo...

Sardine notó que comenzaban a arderle las mejillas. ¿Por qué no inventarían de una vez algo para evitar sonrojarse?

—¿Sabe Frida que tú también estás colada por Maik? —preguntó Melanie, inclinándose sobre la mesa—. Menos mal que a mí no me ha pasado nunca. Lo de enamorarme del mismo chico que mi mejor amiga, quiero decir...

—¡No metas a Frida en esto! —la increpó Sardine tras morder un trozo de bollo que no conseguía tragar. Le ardía la cara como si tuviera fiebre—. Yo no me enamoro —replicó—. Lo sabes perfectamente. Eso te lo dejo a ti, que por algo es tu deporte favorito.

—Ah, ¿sí? —Melanie apoyó el cuerpo en la mesa y susurró—: Y Fred, ¿qué? Llevas siglos enamorada de él; lo sabe todo el mundo. Lo que pasa es que lo disimulas de fábula. Si Fred se enterara...

Sardine se atragantó con la leche. Le dio un ataque de tos tan fuerte que Melanie tuvo que darle unas palmaditas en la espalda.

—¡Menuda chorrada! —exclamó al recuperar la respiración—. Yo no estoy enamorada de nadie, y mucho menos de Fred.

Melanie cruzó los brazos y esbozó una sonrisa picarona.

—No, claro, por supuesto que no. Entonces puedo contarle tranquilamente que estás colada por Maik.

—¡Tú no tienes que contarle nada a nadie!

—Vale, vale, tranquila —respondió Melanie mientras se chupaba una gota de mermelada del dedo—. Era broma; ¿cómo le iba a contar algo así? Lo que a lo mejor sí debería aclararle es que llevas mil años coladita por él, porque es evidente que preferirías morderte la lengua antes que contárselo. Y, si no lo haces, te morirás vieja y sola. Te lo garantizo.

Sardine no sabía cómo responder a aquello, algo que sucedía raras veces. Al final, apartó la silla y se levantó.

—Me voy arriba a ayudar a Wilma y a Trude —anunció—. Vete pensando qué peinados les quieres enseñar a las pequeñas sin que te muerdan los caballos. Seguro que muchos de ellos no se estarán quietos.

Melanie le hizo una mueca.

—¡Y tú procura no quedarte como un pasmarote cuando vuelvas a ver a Frida y a Maik juntos! —exclamó tras Sardine.

Sardine la habría matado con sus propias manos.

Mona se llevó a algunas de las pequeñas a la compra.

Las demás se quedaron con Bess y se reunieron en el vestíbulo, ansiosas por saber cómo pensaba entretenerlas durante aquel día de lluvia.

—Bueno —señaló Bess tras oír que se alejaba el coche de su madre—. ¿Qué podemos hacer en un día como hoy, pasado por agua? ¿Qué os parecería si...

—¡Esa de ahí sabe hacer peinados a los caballos! —la interrumpió Bob.

Todas se volvieron hacia Melanie, que cruzó los brazos con un gesto nervioso y puntualizó:

—Bueno, saber, saber... Tampoco hay que exagerar. Yo lo único que he dicho es que con esas crines tan bonitas se podría...

—Pero hoy tienen las crines empapadas —objetó Verena.

—Vaya. ¡Es verdad! —asintió Melanie, aliviada—. Hoy no es un buen día para eso. Qué pena.

—Podríamos secarles las crines —sugirió Lilli con una dulce sonrisa.

—¿Cómo? —exclamó Maik, que estaba sentado en el sofá reparando una brida rota—. ¿Queréis secarles las crines a los caballos islandeses con un secador? ¡Eso sería maltrato de animales!

Frida se volvió hacia él y sonrió.

—¡Adjudicado! —exclamó Bess dando unas palmadas—. Yo propongo que vayamos a buscar unos cuantos caballos al pastizal. Los dos que tienen eczemas deben estar entre los elegidos; aprovecharemos que hace mal tiempo para mimarlos. Por otra parte, necesitamos tres voluntarias que quieran ayudar a Hedwig en la cocina y preparar chocolate caliente para todos. Y, con un poco de suerte, igual Hedwig les echa una mano y pueden hacer también un pastel. Así podríamos organizar un pícnic por todo lo alto en el establo. ¿Qué os parece?

—Yo me ofrezco voluntaria para la cocina —señaló Frida—. Prepararemos el pastel más delicioso que jamás hayáis probado. ¿Quién se apunta?

Verena se puso a su lado y Dafne levantó la mano.

—Yo también me quedo dentro. Tengo que revisar un montón de bocados y cabezadas —anunció Maik.

—Vale, entonces las demás se vienen conmigo —resolvió Bess, poniéndose el chubasquero.

Pasó un buen rato hasta que todas estuvieron preparadas y ataviadas con la ropa adecuada para protegerse del agua y del viento. Cuando Wilma abrió la puerta, entró una bocanada de aire y la lluvia les azotó la cara. Con las cabezas gachas, salieron corriendo hacia el establo, cogieron unas cuantas cabezadas y algunos ronzales y echaron a correr de nuevo hacia los prados, chapoteando por el suelo encharcado.

—¡Socorro! ¡Que me hundo! —gritó Melanie al quedarse atrapada en el fango tras un par de pasos. Trude y Sardine acudieron en su ayuda y entre las dos lograron sacarla de allí.

—¡Ahora entiendo por qué Frida se ha ofrecido voluntaria para ayudar en la cocina! —exclamó Trude, sorbiéndose los mocos.

—Yo también —apuntó Melanie con sorna, y le lanzó una mirada fugaz a Sardine. Ésta se limpió unas gotas de lluvia de los ojos y miró hacia otro lado.

Los caballos tenían un aspecto muy distinto con las crines mojadas. Los marrones apenas se distinguían de los negros.

—¿No se estarán muriendo de frío? —preguntó Trude cuando regresaban hacia el establo con *Lipurta*, *Gladur*, *Freya*, *Snegla* y *Mimir*.

—Qué va. Es más, si nevara, estarían más felices aún —respondió Bess, y le limpió a *Snegla* un par de gotas del hocico—. Tendrías que verlos revolcándose en la nieve. Se vuelven locos de contentos.

A cuatro patas tampoco parecía fácil caminar por el barro, pues los caballos tuvieron que esforzarse mucho para avanzar por el fango. De modo que, cuando al fin llegaron todos a cubierto, lo agradecieron.

—¡Madre mía! ¡Sólo ha llovido un día y mira el barrizal que se ha organizado! —protestó Wilma mirándose las botas—. En invierno debe de ser terrible, ¿no?

—Sí, la verdad es que sí —respondió Bess—. Por eso nos encanta que hiele. Aquí los inviernos son bastante duros. Mucho trabajo y poco dinero. Los primeros cursos de equitación no empiezan hasta marzo o abril y los caballos comen, comen y comen.

—¿En invierno también lleváis el negocio vosotros solos? —preguntó Sardine, y le apartó a *Lipurta* el mechón de crin que le caía sobre los ojos.

—Sí. No podemos permitirnos contratar a alguien para que nos ayude —respondió Bess—. Incluso Hedwig y la señora de la limpieza tienen otro empleo durante el invierno.

—Entonces os tenéis que sentir un poco solos, ¿no? —le preguntó Trude mientras llenaban los comederos de los caballos de paja.

—Bueno, eso es inevitable —señaló Bess encogiéndose de hombros—, pero, a cambio, la primavera es una maravilla. Además —agregó, acariciándole el pelaje a *Snegla*—, los tenemos a ellos, aunque la verdad es que a veces sí nos sentimos solos —admitió.

Bess le quitó la cabezada y el ronzal a la yegua para

que pudiera comer mejor. A continuación, las demás se sentaron encima de unos comederos vacíos a observar a los caballos mientras éstos comían. Fuera se oían los golpes del viento contra la puerta y, dentro del establo, el repiqueteo de la lluvia era todavía más atronador.

—Aquí hace un poco de frío para hacer un pícnic, ¿no os parece? —comentó Wilma, que se puso de pie y comenzó a dar saltitos para calentarse los pies.

—Si cerramos bien las puertas, el establo se calienta bastante con el calor que desprenden los caballos —contestó Bess—. Y de todas formas, tenemos una estufa de aceite para casos de emergencia.

Cuando los caballos acabaron de comer, las chicas fueron a por las cajas donde guardaban los utensilios de limpieza. *Brunka*, el caballo que tenía tos, recibió un cubo extra de comida con su dosis de medicina diaria, lo que suscitó miradas de envidia en el resto de los animales.

—¡No tenemos ni una sola goma de pelo! —exclamó Melanie—. ¿Cómo vamos a hacerles las trenzas? —preguntó mientras rebuscaba desesperadamente en la caja.

—Bueno, es que normalmente no les hacemos peinados a los caballos —contestó Bess—. A lo mejor alguna de vosotras ha traído unas gomas y nos las puede dejar.

Lilli y Bob salieron disparadas y regresaron con un buen cargamento de gomas.

155

Sardine y Trude decidieron encargarse de los caballos que no iban a participar en la sesión de peluquería. Debido a los eczemas, *Gladur* y *Lipurta* habían perdido mucho pelo durante el verano, de modo que quedaron excluidos del grupo con el que Melanie iba a hacer las pruebas de belleza. Así pues, Trude y Sardine los separaron de los demás, los amarraron y les quitaron las costras del pelaje y de la cola con un cepillo; luego les extendieron crema de caléndula en las heridas ocultas bajo el pelaje, y aceite sobre las calvas de la grupa. Los dos caballos aguantaron pacientemente, aunque alguna que otra vez intentaron apartarse de las chicas. A *Lipurta* no le gustaba que le agarraran las orejas, donde tenía bastantes lesiones; y *Gladur* metía la cola entre las patas traseras en cuanto Trude intentaba limpiarle con un cepillo las postillas del maslo de la cola. Cuando Trude acudió a Bess en busca de ayuda, ésta, sin dudarlo, agarró la cola del caballo con las dos manos, se la levantó y empezó a moverla hacia los lados.

—Si le haces esto, se relaja —le explicó a Trude, que contemplaba la estampa con los ojos como platos.

—Yo, bueno... yo creía que uno no debía ponerse nunca detrás de un caballo —tartamudeó Trude.

Bess soltó una carcajada y dejó caer la cola de *Gladur*, un gesto que el caballo acogió con un resoplido de alivio.

—Bueno, con otros caballos yo tampoco lo haría —precisó Bess—. Pero a estos dos les viene muy bien. Por cierto —añadió bajando el tono de voz y señalan-

do hacia Melanie; en aquel momento Lilli la estaba ayudando a hacerle una trenza en la cola a *Snegla*—, vuestra amiga tiene muy buena mano con los niños. ¿Tiene una hermana pequeña?

—No. —Sardine meneó la cabeza y se volvió hacia Melanie—. Sólo una hermana mayor, y se pasan todo el día discutiendo.

—Sobre todo desde que comparten habitación —intervino Trude en voz baja—. Y tu hermano y tú, ¿qué tal os lleváis? —le preguntó a Bess con gran interés—. ¿Discutís mucho?

—Nos llevamos bien —contestó ésta—. No nos peleamos mucho. La verdad es que discuto más con sus amigos que con él. Son todos bastante idiotas.

—Claro, ya sabemos de qué nos hablas. —Sintió que había vuelto a ruborizarse al pensar en lo que Melanie había dicho de Fred.

—¿Dónde está tu padre, Bess? —preguntó Trude.

Sardine se inquietó al oír la pregunta y miró a Bess con preocupación. Ella no podía soportar que la gente le preguntara por su padre. Bess, sin embargo, no pareció incomodarse.

—¿Mi padre? —repitió apartando la cabeza de *Gladur*, que le estaba olisqueando el abrigo—. Maik y yo vamos a verlo de vez en cuando. Mis padres se separaron hace mucho tiempo. Yo creo que Maik lo echa de menos más que yo. No le resulta fácil vivir con dos mujeres bajo el mismo techo. Siempre somos mayoría.

—¡Bess! —exclamó Melanie con desesperación—. Tienes que venir a ayudarnos. ¡*Freya* nos está lanzando bocados cada dos por tres!

—No me extraña —murmuró Sardine—. Es que es un caballo listo. Yo tampoco dejaría que me llenaran el pelo de trencitas.

—¡No se os ocurra criticar! —les suplicó Bess en susurros antes de volver con las otras para ayudar a Melanie—. Yo estoy encantada con el invento de los peinados. No os imagináis el infierno que pueden llegar a ser los días de lluvia cuando tienes que entretener a tanto pequeñajo.

Freya no fue la única que se rebeló contra los tirones de las crines y, sobre todo, contra los de la cola. Poco después *Snegla* también empezó a lanzar bocados y *Brunka* se dedicó a sacudir la cabeza hasta que logró que las chicas lo dejaran por imposible.

—De todas formas, yo creo que ya están bastante guapos —comentó Lilli.

—Pero todavía nos quedaba mucho pelo para hacer trenzas —se lamentó Bob mirando con desconsuelo las gomas de color amarillo luminoso que tenía en la mano—. Los dos de ahí detrás —añadió señalando a *Lipurta* y a *Gladur*, a los que Sardine acababa de llevar unas zanahorias—, todavía no llevan trenzas.

—¡Pero si los pobres no tienen crines! —replicó Sardine—. Y menos mal. ¡No saben de la que se han librado!

—Yo creo que ya es hora de llevar a los caballos al pastizal —sugirió Bess—. ¿Quién quiere ir a preguntar a la cocina cómo va nuestro pícnic?

Wilma se ofreció voluntaria, y Lilli y Bob la siguieron. Cuando regresaron, informaron a las demás de que el grupo de la cocina había dado órdenes de prepararlo todo para el pícnic. Se pusieron manos a la obra pero, después de que Bob pillara a *Freya* aplastando la cesta de las herramientas de limpieza con la pata y Trude lograra rescatar por los pelos una bolsa de galletas para caballos de la ansiosa boca de *Brunka*, decidieron que lo mejor sería hacer el pícnic en el pajar.

Montaron una mesa muy grande con balas de paja y arrastraron algunos otros fardos para usarlos de asiento. Todavía se estaban recuperando del esfuerzo cuando Frida exclamó desde abajo:

—¡Marchando la comida!

El pastel que habían preparado con ayuda de Hedwig estaba recubierto de una gruesa capa de chocolate, con adornos de nata montada que estuvieron a punto de sucumbir cuando Maik comenzó a tambalearse en la escalera con el plato en la mano. Además del pastel, había dos jarras de leche con cacao, y té rojo por si a alguien no le gustaba el cacao.

Del pastel no sobraron ni las miguitas y, en cuanto al cacao, la lástima fue que alguien derramó la segunda jarra, pero Dafne bajó enseguida a la cocina a rellenarla.

159

—¿Y qué vamos a hacer ahora, después del pícnic? —preguntó Bob.

—¡Podríamos representaros un trocito de *Romeo y Julieta*! —propuso Wilma. Frida y Trude se quedaron de piedra, pero antes de que pudieran protestar, oyeron que Dafne los llamaba desde abajo, desde el establo. A juzgar por la voz, estaba nerviosa y asustada.

—¡Bess! —gritó con voz estridente—. ¡Hay gente! ¡Hay gente fuera, en el picadero!

En un primer momento, Sardine no reconoció las cuatro figuras completamente empapadas que arrastraban por el picadero de Mona unas bicicletas cargadas hasta los topes. Pero cuando la primera figura se quitó la capucha, el pelo rojo de Fred quedó a la vista.

—Pero no..., no..., no me lo puedo creer —tartamudeó Trude.

En ese instante, Melanie se abrió camino entre Sardine y Bess, salió corriendo bajo la lluvia y se tiró al cuello de una de las figuras.

—No sé por qué me da que vosotras conocéis a esos cuatro —afirmó Bess.

—Podría decirse que sí —murmuró Sardine.

—¿Qué pasa? —Wilma intentó asomarse por encima del hombro de Sardine, pero ésta le sacaba una cabeza y, por muchos saltitos que diera, no lograba ver nada. Lilli fue más hábil y se coló entre las piernas de los mayores.

—¿A quién está besando la Gallina rubia? —preguntó atónita.

—A lo mejor es que las Gallinas Locas siempre saludan así —apuntó Maik, que recibió un empujón de Frida por aquel comentario.

—Ése es Willi, el novio de Melanie —aclaró ella—. Por eso no tiene nada de raro que lo salude así.

—Y los otros, ¿quiénes son? —preguntó Bess.

Y justo cuando acabó de formular la pregunta, los recién llegados aparecieron ante ella.

—Hola, Sardine —dijo Fred, haciendo una reverencia burlona delante de Bess y Sardine—. ¿Creéis que podréis darles cobijo a unos Pigmeos calados hasta los huesos?

—Sí, ¡por favor! —Torte apareció detrás de Fred y se frotó las manos congeladas para intentar entrar en calor—. Ya no aguanto más lluvia.

—¿Pigmeos? —Maik posó el brazo sobre el hombro de Frida, ante lo cual Torte se quedó boquiabierto. Al fin y al cabo, él continuaba escribiéndole cartas de amor a Frida.

—Ellos son... —comenzó a decir Sardine.

—... amigos de las Gallinas —se apresuró a decir Fred, acabando la frase por ella.

—Y que no sobrevivirán mucho tiempo como no les deis cobijo pronto —añadió Steve con la voz temblorosa.

Melanie ni siquiera parecía notar la lluvia. Estaba

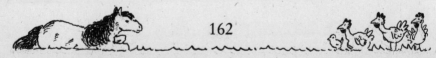

apoyada en la pared del establo junto a Willi y se reía mientras le contaba con grandes aspavientos alguna anécdota, probablemente sobre los caballos o sobre las Gallinitas.

—Perdonad —se excusó Bess, e invitó a los chicos a entrar—. Claro que podéis pasar. Adelante.

Maik apartó a Frida a un lado. Torte, con gesto sombrío, pasó junto a ella para resguardarse de la lluvia.

—¿Los Pigmeos? —le preguntó Lilli a Sardine en susurros—. ¿Qué nombre es ése? ¿Es que son una pandilla?

—Claro —murmuró Sardine. Lilli se quedó mirando a los desconocidos con desconfianza.

—¿A qué habéis venido? —le preguntó Sardine a Fred, cuando éste se puso a su lado a sacudirse el pelo—. ¡De repente, hala! ¡Os plantáis aquí! —Quería parecer enfadada, pero sus palabras no acababan de sonar muy convincentes.

—Willi echaba mucho de menos a Melanie. —Fred se pasó la mano por la cara para secarse las gotas—. Además, allí estábamos bastante aburridos y nos pareció buena idea salir de acampada y, de paso, haceros una visita.

—Pero ahora ya no nos parece tan buena idea —apuntó Steve—. Nos hemos perdido por lo menos tres veces; hemos perdido un autobús, nos hemos confundido de tren y, encima, se ha puesto a diluviar. —Sorbiéndose la nariz una y otra vez, sacó un pañuelo em-

papado del bolsillo del abrigo, que todavía goteaba. De repente, se quedó petrificado, con los ojos como platos.

—¿Qué pasa? —preguntó Fred, volviéndose hacia donde estaba mirando Steve.

—No, no, no... No están atados —tartamudeó Steve señalando a los caballos que estaban medio adormilados en la sombría oscuridad del establo.

—Pues claro que no —intervino Wilma en tono burlón—. ¿Quieres que traiga uno?

—No, gracias —murmuró Steve sin perder de vista a los caballos, y se arrimó a Fred para sentirse más seguro.

—No suelen comerse a la gente —señaló Maik.

Lilli soltó una risita y le dio un golpecito con el codo a Bob.

—¿Te dan miedo los caballos? —preguntó mirando a Steve un poco despectivamente. Éste se ajustó las gafas con un gesto nervioso.

—Desde luego que sí. Porque son más grandes que yo —respondió ofendido—. Y porque tienen dos piernas más y unos dientes amarillos bastante grandes. Las chicas no les tienen miedo porque su cerebro es más pequeño que el de los chicos.

Aquel comentario le costó un buen pisotón de Lilli, un pisotón rápido y enérgico.

Steve chilló como si le hubiera pisado un caballo. Con la cara desencajada por el dolor, comenzó a dar saltitos a la pata coja y no paró hasta que se dio cuenta

de que los caballos se habían vuelto hacia él y lo miraban con gran interés.

—Tú te lo has buscado —espetó Fred—. ¿Por qué no puedes cerrar la bocaza de vez en cuando?

Bess sugirió a los Pigmeos que guardaran las bicis en el establo y metieran todas sus cosas en la casa. Los chicos se mostraron más que de acuerdo, sobre todo cuando se enteraron de que en la casa había una cocinera que seguramente estaría dispuesta a prepararles algo calentito de beber a cuatro almas en pena congeladas.

—Vosotras llevad los caballos al pastizal —ordenó Bess a las pequeñas antes de emprender el camino hacia la casa con los Pigmeos y las Gallinas—. Pero antes, quitadles las gomas de las trenzas, si no queréis que se las coman.

Cuando salieron del establo, Steve le preguntó a Trude si los caballos de aquel picadero siempre llevaban trenzas.

Una vez dentro de la casa, los Pigmeos extendieron la tienda de campaña junto al radiador del vestíbulo y colgaron los abrigos encima de los radiadores del comedor.

—¿Quiénes son?—preguntó Hedwig recelosa cuando Bess apareció con ellos en la cocina.

—Son enanos del bosque pasados por agua —respondió Sardine, y ayudó a Bess a sacar dos teteras del armario.

—Disculpad, pero ¿podríais darnos también un poco de café? —preguntó Fred, mientras los demás Pigmeos examinaban la cocina de Mona con la mirada.

—¿Café? ¿No sois demasiado jóvenes para tomar café? —preguntó Hedwig.

—Somos mayores de lo que parecemos —apuntó Steve.

—Sí, mucho mayores —añadió Torte, pero su voz no expresaba la alegría de siempre. Daba la impresión de que todavía no había asimilado la imagen de la mano de Maik sobre el hombro de Frida.

Los Pigmeos recibieron su café: toda una jarra bien llena. Y Hedwig les ofreció también unos panes de especias, pues se compadeció de ellos al ver que estaban calados hasta los huesos y muertos de frío.

—Gallinas, ¿podríais prestarnos algo de ropa seca? —preguntó Fred cuando ya estaban sentados en el comedor, todos ellos descalzos. Habían dejado los zapatos y los calcetines junto a un radiador porque estaban chorreando.

—A ser posible las que tengáis los pies más grandes —farfulló Willi—. Los zapatos de Melanie no me servirían.

—Os traeré algo de ropa de Maik —propuso Bess—. Pero no os garantizo que encuentre unos calcetines sin agujeros.

—¡No pasa nada! —exclamó Steve—. ¡Nosotros también solemos llevarlos con «tomates»!

—¿Maik? —preguntó Torte cuando Bess se fue—. ¿El que estaba toqueteando a Frida?

Melanie se sentó sobre la rodilla de Willi.

—Maik es el hermano de Bess y los dos viven aquí —le explicó a Torte con cierto tono de superioridad—. Su madre es la propietaria del picadero. Y como empieces otra vez con tus numeritos de celos, será mejor que cojas tu bicicleta y te largues, porque no pensamos consentir que le estropees las vacaciones a Frida.

—¡Desde luego que no! —exclamó Wilma, buscando a su alrededor con la mirada—. Por cierto, ¿dónde se ha metido?

Melanie se volvió hacia Torte con una expresión maliciosa.

—Ha ïdo a ayudar a las pequeñajas a llevar los caballos al pastizal. Con Maik.

—¡Basta ya, Meli! —exclamó Sardine. En ese momento hasta sentía compasión por el pobre Torte, que estaba sentado en una silla removiendo el café con expresión mohína.

—¡*Cuánta agua salada* —recitó Steve— *prodigada inútilmente para sazonar un amor que no debe ser probado!*

—Así ha venido todo el camino —protestó Fred, lanzándole un terrón de azúcar a la cabeza—, con ese rollo de la obra de teatro.

—Es verdad, está inaguantable —murmuró Willi—. Además, ¡me da que no ha captado cómo funciona lo

del teatro! Porque no sólo se sabe su papel de memoria, sino que se ha aprendido también el de todos los demás personajes.

—Como Trude —afirmó Melanie, estrechándole la mano a Willi—. A lo mejor deberían representar la obra ellos dos solos.

En ese momento, Wilma vio el cielo abierto y le preguntó a Steve ilusionada:

—¿Te sabes el papel de Tebaldo?

—Sí —afirmó Steve, encogiéndose de hombros como para restarle importancia al asunto. Luego cambió el registro y en un tono grave y amenazador recitó—: *¿Qué? ¿Has desnudado la espada y hablas de paz? Odio esa palabra, como odio el infierno y a todos los Montesco. ¡Defiéndete, cobarde!*

A Wilma se le iluminó la cara de alegría.

—¡Sí! —exclamó—. ¡Eso es! Es tan emocionante que se te ponen los pelos de punta, ¿a que sí?

Steve se levantó de la silla y saludó con una reverencia.

—¡Siéntate, Steve! —gruñó Fred mientras se servía otra taza de café, pero Wilma estaba tan exaltada que no pudo aguantar sentada.

—¿Quieres ensayar conmigo la escena en la que Tebaldo lucha con Mercucio? —le preguntó—. Sabes cuál, ¿no? Cuando Tebaldo mata a Mercucio porque Romeo se cuela en la fiesta y...

Steve se dejó caer pesadamente sobre la silla.

—Sí, es una escena muy chula, pero necesitamos un Romeo.

—¡Ya tenemos a Maik! —exclamó Wilma—. Y no veas lo bien que lo hace. Perfecto, diría yo.

—¡Romeo, claro! ¿Quién iba a ser si no? —gruñó Torte como un perrito faldero al que le han pisado la cola. Sardine sintió verdadera lástima por él.

Los Pigmeos acababan de ponerse los calcetines de Maik cuando Mona regresó de la compra. Nada más descargar en el vestíbulo la primera caja de bebidas, Bob ya le había contado con pelos y señales todo acerca de los chicos nuevos.

—¿Y no os parece que habéis escogido unos días muy poco adecuados para salir de acampada? —les preguntó a los Pigmeos cuando Sardine y Melanie se los presentaron—. Aquí os podéis quedar a comer sin problema; Hedwig siempre hace comida de sobra. Lo que no puedo ofreceros es un sitio para dormir. Las habitaciones están todas ocupadas y en el establo hace mucho frío.

—Bah, no pasa nada. Con la tienda nos las arreglaremos —aseguró Fred.

Los otros tres se volvieron hacia la ventana; por los cristales seguían resbalando gotas de lluvia sin parar. Steve suspiró y, a juzgar por la expresión de los rostros de Torte y Willi, ellos tampoco parecían muy entusiasmados con los planes de su jefe.

—Podemos pedirle a Rübezahl que les deje dormir en su cabaña de caza —sugirió Bess.

—¿Rübezahl? —preguntó Fred.

—Es un vecino —le explicó Bess—. Antes era un loco de la caza, por eso se construyó una caseta, pero en verano estuvo a punto de pegarle un tiro a un excursionista y desde entonces casi no la utiliza.

—¿De pegarle un tiro a un excursionista? —exclamó Steve, mirando a Bess con un terrible desasosiego.

—Pero fue sin querer —añadió Bess, soltando una carcajada—. El hombre ha perdido tanta vista, que ya ni siquiera distingue a sus perros de sus gatos.

—Es buena idea —asintió Mona con gesto pensativo—. La cabaña está vacía. Supongo que accederá a que os quedéis una o dos noches, porque imagino que no pensáis estar más tiempo, ¿verdad?

Willi y Melanie intercambiaron una rápida mirada, pero Fred negó con la cabeza.

—No, sólo hemos venido a hacer una escapada rápida. Una o dos noches está bien.

—¿Rübezahl? ¿Y se llama así, como el espíritu de las montañas? —preguntó Torte, intrigado.

Mona soltó una carcajada.

—Bess y Maik lo llaman así, pero en realidad se llama Erwin Jensen. Antes discutíamos mucho con él por el tema de la caza, pero, como os ha contado Bess, desde que confundió a un excursionista con un jabalí apenas ha vuelto a utilizar la escopeta.

—El plan de la cabaña suena mucho mejor que el de la tienda de campaña —exclamó Steve ilusionado mirando a Fred.

—No queda muy lejos —les explicó Mona—. Bess o Maik pueden llevaros. La cabaña está bastante aislada en medio del bosque; el único que vive cerca es Rübezahl...

—¡Bueno, nosotros no somos miedosos! —exclamó Fred para quitarle importancia al asunto, pero las caras de Torte y Steve delataron su temor.

En cuanto a Willi, su mirada daba a entender que no le hacía mucha gracia tener que volver a separarse de Melanie.

—Bien, entonces voy a llamar a Rübezahl —resolvió Mona, poniéndose en pie—. Mientras tanto, ¿os importa ir descargando la compra del coche? Si es que vuestros abrigos se han secado, claro.

Evidentemente a los Pigmeos no les importaba, y las Gallinas decidieron ayudarles.

—Bueno, entonces cuéntame —le pidió Fred a Sardine cuando salieron a la calle los dos juntos—, ¿qué tal es lo de montar a caballo? ¿Te has caído alguna vez? ¿Te has roto algo? —La agarró y comenzó a palparle el cuerpo, como si buscara alguna fractura en los huesos.

—¡Eh, déjame! —protestó, apartándole las manos. Pero no pudo evitar echarse a reír—. ¡Estás loco! —exclamó—. ¡Como una auténtica cabra!

171

—Ya lo sé —contestó Fred con una sonrisa burlona—. Por cierto, te he traído una cosa —agregó cuando llegaron junto al coche de Mona.

Torte acababa de sacar una caja llena de latas de conserva del maletero y estaba discutiendo con Steve sobre cuál de los dos era capaz de levantar más peso.

—¿Una cosa? —preguntó Sardine, limpiándose tímidamente una gota de la frente.

—Sí —asintió Fred y, tras rebuscar en su abrigo, todavía húmedo, sacó una foto—. Toma, un recuerdo de tus gallinas. Ayer a mediodía les hice una foto. Mi padre se ha comprado una cámara Polaroid con la que puedes hacer fotos instantáneas. Les hemos dado todos los caprichos a vuestras gallinas. Yo creo que hasta han engordado, mira, ¿ves cómo están?

Sardine contempló la foto y se echó a reír, pero de pronto levantó la vista asustada.

—¡Un momento! —exclamó—. Entonces, ahora ¿quién las alimentará?

—Tranquila, que está todo controlado —dijo Fred—. Mi padre pasará a darles de comer. Ahora va en bici a trabajar todos los días; el médico le ha recomendado que haga ejercicio para mantenerse en forma y no ganar peso. Bueno, el caso es que pasa todas las mañanas y todas las tardes por vuestra caravana. Además, él sabe mucho de gallinas. Mi abuelo tenía unas cuantas cuando mi padre era pequeño.

—Ah, vale, entonces ningún problema. —Sardine

172

guardó la foto con cuidado en el abrigo—. ¿Cómo está tu abuelo?

—Sigue en el hospital —comentó encogiéndose de hombros—, pero dicen que se pondrá bien.

Pronunció aquellas palabras muy a la ligera, pero Sardine lo conocía bien y sabía que en realidad estaba preocupado.

—Fred, podrías ayudarnos un poco, en lugar de quedarte ahí parado echándole flores a Sardine —exclamó Torte, que por poco se aplasta un pie con una caja de bebidas.

—Eh, cuidado con lo que dices, ¿vale? —replicó Fred, aunque acto seguido obedeció y fue a coger un saco de patatas del maletero.

Sardine se dio la vuelta y echó a andar hacia la valla del pastizal. Se apoyó sobre los maderos agrietados y contempló a los caballos. A lo lejos, en los prados, Maik estaba ayudando a Frida a subirse encima de *Kolfinna*.

Al verlos, Sardine notó que algo había cambiado en su interior. De pronto podía observarlos sin sentir constantemente aquel extraño dolor que se había alojado en el más recóndito rinconcito de su corazón durante los últimos días. Ya no se sentía pequeña ni fea, ni tampoco tenía la sensación de que Frida fuera mucho más guapa que ella.

Se alegraba mucho de que Fred estuviera allí.

Rübezahl no tuvo inconveniente alguno en prestarles su cabaña de caza por un par de noches a cuatro chicos empapados por la lluvia.

—¡Pero supongo que les dejaréis una estufa! —refunfuñó por teléfono—. Porque si no, a esos pobres chicos se les van a congelar sus jóvenes traseros.

Así pues, los Pigmeos recogieron todos sus bártulos y los colocaron en las bicis. Había llegado el momento de marcharse. El sol había comenzado a caer sobre los árboles y Fred no quería llegar a la cabaña de noche. Aunque ya no llovía, los árboles todavía goteaban y el cielo continuaba poblado de nubarrones negros que parecían bolas de algodón sucio. Cuando se despidieron, Steve le prometió a Wilma que al día siguiente se presentaría puntualmente en el picadero a la hora de la siesta.

—Y entonces me convertiré en Tebaldo, príncipe de los gatos —le dijo a Wilma—, y te daré muerte con

mi espada. Así que ya sabes, gallina pistolera: ve mentalizándote de que vas a morir.

Wilma estaba radiante de alegría.

—Maldita sea, ¿dónde se ha metido Willi? —protestó Fred—. Como no salgamos pronto, va a ser noche cerrada en el bosque cuando queramos salir a buscar leña.

—¿Noche cerrada en el bosque? —preguntó Steve incómodo.

Lilli y Bob se habían atrevido a salir de su escondite de la cuadra y estaban merodeando por la puerta del establo. Cuando oyeron que Fred preguntaba por Willi, soltaron una elocuente risita.

—¡Eh, tú! Preguntas por el novio de la Gallina rubia, ¿verdad? ¿Quieres que vayamos a buscarlo?

Acto seguido y sin darle a Fred la oportunidad de responder, salieron corriendo hacia la parte trasera del establo, donde, justo en ese momento, Willi y Melanie se despedían efusivamente. Como es natural, las dos Gallinitas no podían imaginarse que a Willi lo apodaban cabeza cuadrada y Frankenstein por su mal genio, así que, sin pensarlo dos veces, se acercaron de puntillas a la pareja y gritaron al unísono:

—¡Venga, tortolitos, besaos ya!

A Willi no le hizo ni pizca de gracia. Sin mediar palabra, soltó a Melanie, cogió a Lilli como si fuera un saco de patatas y la llevó hasta el estercolero. Lilli chilló tan fuerte que Mona, alarmada, salió a todo correr

de la casa y llegó justo a tiempo para presenciar el instante en el que Willi lanzaba a Lilli sobre aquella pestilente montaña. Antes de que Mona tuviera ocasión de preguntar a qué se debía la pelea, Lilli ya se había puesto en pie y le arrojaba boñigas a Willi sin parar; fue entonces cuando Mona decidió intervenir.

—Uf, suerte que la niña no tenía buena puntería —le comentó Torte a Willi cuando subieron a la bicicleta.

Bess y Maik estaban esperando con los caballos para enseñarles el camino a la cabaña. Frida había decidido acompañarlos y aguardaba a lomos de *Bleykja*, que resoplaba y sacudía la cabeza como si estuviera ansiosa por partir. A Sardine también le habría encantado ir, pero dos horas de clase no bastaban para pasear a caballo por el bosque.

—¿Crees que alguna vez llegaremos a montar como ellos? —le preguntó Melanie mientras contemplaban cómo desaparecían las bicis y los caballos entre los árboles.

Sardine y Melanie todavía oían el ruido de los cascos del caballo de Bess, que fue la última en salir, sobre el asfalto húmedo. *Mimir* tenía el pelaje oscuro a causa de la lluvia, pero sus crines brillaban entre las sombras del inminente anochecer.

—En los pocos días que vamos a estar, seguro que no —aseveró Sardine.

Lipurta asomó la cabeza por encima de su hombro

y resopló. Sardine encontró un mendrugo de pan en el bolsillo del abrigo y se lo dio a la yegua, que lo atrapó con cautela con sus flexibles y aterciopelados labios.

—La pena es que cuando volvamos a casa no podremos seguir aprendiendo, porque seguro que allí las clases de equitación son muy caras —murmuró Melanie.

—Bah, de todas formas no creo que en los picaderos normales sea tan divertido aprender a montar a caballo —apuntó Sardine—. En la escuela a la que iba Frida, les hacían trotar en círculos durante horas y, el resto del tiempo, tenían a los caballos metidos en las cuadras. Los pobres animales acababan mordisqueando las puertas porque se morían de aburrimiento.

—Ya, es horrible —asintió Melanie, y se quedó mirando a *Snegla*, que se estaba revolcando por la hierba—. Yo fui una vez a mirar. Lo que sí tenían era una ropa de montar chulísima.

El gusto de Melanie era algo que no dejaba de sorprender a Sardine.

Durante el resto de la tarde reinó la paz. Aunque Lilli estaba ya plenamente recuperada de la pelea con Willi, no parecía que las Gallinitas Locas tuvieran ganas de jaleo. Y las Gallinas Locas, desde luego, tampoco.

—Uf, madre mía, este aire frío te deja por los suelos —suspiró Melanie a las nueve, cuando estaban ya tumbadas en la cama, muertas de sueño.

—El cielo está bastante despejado —observó Trude—. Yo creo que mañana ya podremos volver a montar.

—Yo no tengo fuerzas ni para ponerme el pijama —comentó Wilma, y se tapó con el edredón hasta la nariz.

Al cabo de diez minutos las tres estaban dormidas. Sardine fue la única que se quedó despierta. Se asomó a la ventana para contemplar las estrellas, pues allí brillaban mucho más que en el cielo de la ciudad. Frida todavía no había vuelto. Y Melanie hablaba entre sueños y le daba besos a la almohada.

Willi y ella ya llevaban mucho tiempo juntos. Las demás parejas de la clase solían romper al cabo de unas semanas. Después de cortar, algunos ni siquiera se saludaban al cruzarse. El amor de Trude por su primo al parecer se había evaporado. Desde que estaban allí, ella no lo había mencionado ni una sola vez. El otoño anterior, sin embargo, Melanie había llegado a llevar la cuenta de las veces que Trude decía «Paolo» al día y, si Sardine recordaba bien, el récord había sido de treinta y tres. Frida y Torte habían estado juntos un par de meses. Hasta que llegó un momento en el que lo único que hacían era discutir. El caso es que todas habían tenido novio en algún momento. «Todas menos yo», pensó Sardine. Bueno, Wilma también estaba sola. Pero, de todas formas, Wilma era un caso aparte. Sardine volvió la vista hacia la cama vacía de Frida. Cómo conseguirían Melanie y Frida que los chicos...

La puerta se abrió y Frida entró sigilosamente en la habitación a oscuras. Llegó de puntillas hasta su cama, masculló algo para sí, se quitó las horquillas del pelo y se dio cuenta de que Sardine la estaba mirando.

—¿Qué les ha pasado a las demás? —preguntó en susurros—. ¿Hace mucho que están dormidas?

Sardine apartó el edredón a un lado y se sentó en la cama.

—Sí, ya hace rato. Wilma estaba tan cansada que ni siquiera se ha cambiado de ropa.

Wilma tenía un pie colgando fuera de la cama; el calcetín estaba agujereado.

—¡Si se entera su madre! —susurró Frida. Luego se dirigió a Sardine con aire interrogante—. Yo no estoy nada cansada. ¿Quieres que vayamos a ver un rato a los caballos?

—Vale —asintió Sardine, y recogió sus pantalones del suelo.

Las dos empezaron a tiritar en cuanto pusieron un pie en la calle. Por las noches hacía un frío terrible. Cuando se ponía el sol, daba la sensación de que el invierno estaba a punto de llegar.

En las cuadras dormitaban *Brunka* y *Kolfinna*.

—Maik ha dejado aquí a *Kolfinna* porque Mona le ha pedido que mañana vaya a la cabaña a primera hora —le explicó Frida a Sardine—. De día podrá enseñarles el camino a los chicos y explicarles dónde pueden ir a comprar. A él no le hace mucha gracia tener que ir;

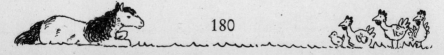

sobre todo, porque Torte lo mira todo el rato con cara de perro, como si se le fuera a echar encima en el momento más inesperado. Pero Bess dice que, como les tenga que indicar el camino ese tal Rübezahl, pueden acabar en Dinamarca, o en el mar Báltico.

Sardine se reclinó sobre la puerta del compartimiento de *Kolfinna* y le acarició las crines. La yegua, medio adormilada, dejó recaer el peso de su cuerpo sobre otra pata, sacudió la cabeza y siguió dormitando.

—No estás enfadada conmigo, ¿verdad? —le preguntó de pronto Frida mirándola de reojo con preocupación—. Quiero decir que..., que tú eres mi mejor amiga..., mi amiga del alma...

Sardine carraspeó.

—Claro, ¿por qué iba a ser diferente ahora?

Frida se acercó al compartimiento de *Brunka*.

—Sabes perfectamente por qué lo digo —respondió.

Sardine guardó silencio. Se quedó inmóvil y escuchó la serena respiración de *Kolfinna*, observó cómo la nubecilla de vaho blanco y caliente se quedaba suspendida en el aire frío del establo; y no dijo nada. Frida la miró.

—¡No estoy enfadada! —exclamó Sardine—. Y deja ya de mirarme así.

—Vale, vale. —Frida se llevó la mano al bolsillo—. Te he traído una cosa de parte de Fred. Creo que es una especie de invitación.

Después de unos instantes de duda, Sardine cogió el papel doblado.

—Madre mía —murmuró—. ¿Cuándo aprenderá a hacer una letra que se entienda?

—Creo que en esta vida no —comentó Frida, y apuntó con la linterna al papel.

«Dado que en estos momentos disponemos de una casa maravillosa —leyó Sardine a medida que iba descifrando el mensaje—, sería para nosotros un gran placer que todos, Gallinas y Pigmeos, quedáramos mañana por la tarde para comer algo. No se requiere traje de etiqueta. De la comida y las bebidas nos encargaremos nosotros. Espero que tú, mandamás de las Gallinas, aceptes esta invitación. Fred.»

Sardine no pudo contener una sonrisa.

—Seguro que se lo ha dictado Steve —murmuró—. Él no se expresa de esa forma tan rimbombante.

—Es verdad —asintió Frida—. Bess y Maik también están invitados, me lo ha dicho Fred, pero no sé si será buena idea.

Salieron juntas del establo, cruzaron el picadero iluminado por la luz de la luna, y treparon por la valla para saltar al pastizal. En la ciudad donde vivían las Gallinas las noches no eran tan oscuras, pero los ojos se les habían acostumbrado a la oscuridad y, en el pastizal, rodeadas por los caballos, ya no sentían miedo.

—¿Crees que Mona nos dejará ir mañana a ver a los chicos? —preguntó Frida.

Sardine se encogió de hombros.

—Si no volvemos muy tarde a casa, supongo que sí.

Estuvieron un buen rato en los prados, yendo de un caballo a otro y hundiendo los fríos dedos en el tupido pelaje de los animales. Tras algunas de las ventanas de la casa todavía había luz. Algunas niñas de las pequeñas dejaban la luz encendida por la noche porque no podían dormir si la habitación estaba a oscuras. Sardine contempló las ventanas iluminadas y trató de grabarlo todo en su memoria: la vista de la casa entre los árboles oscuros, los resoplidos de los caballos en el silencio de la noche, y las estrellas del cielo. Jamás había imaginado que hubiera tantas.

A la mañana siguiente, el cielo volvía a estar encapotado, pero no llovía y, de vez en cuando, lograban colarse algunos rayitos de sol entre las nubes. Bess salió a dar un paseo a caballo con Frida, Wilma y las pequeñas; y Mona les dio a Sardine, a Melanie y a Trude la tercera hora de clase. Volvieron a empezar con algunos ejercicios a la cuerda, pero en esta ocasión *Fafnir* estaba ensillado y después de unas cuantas vueltas al paso, Mona lo puso al trote.

Sardine intentaba agarrarse a la silla, pero no le servía de mucho.

—No es una sensación muy agradable, ¿verdad? —exclamó Mona—. Tienes que apretar los muslos contra la silla. ¡Venga!

Sardine lo intentaba mientras Mona le indicaba el ritmo: arriba y abajo. Qué complicado. Sardine perdía el ritmo del trote de *Fafnir* una y otra vez. Sin embar-

go, en un momento dado, repentinamente lo logró; y entonces tuvo la sensación de que volaba.

—¡Fantástico! —exclamó Mona—. Ya lo haces muy, pero que muy bien.

Mientras Sardine iba dando botes sobre *Fafnir*, Melanie llevaba por la pista cuadrada a *Freya*, montada por Trude. Y cuando Trude superó la primera lección de trote, pudieron montar solas por primera vez.

—¡Tened en cuenta lo que os he dicho sobre la boca de los caballos! —señaló Mona cuando cogieron las riendas—. ¡Adelante!

El tacto del cuero era muy agradable. Sardine observaba las orejas puntiagudas de *Snegla*, oía el ruido de los cascos contra la tierra húmeda y se decía a sí misma que ojalá fuera posible guardar momentos como aquél en un bote de mermelada o en una lata de galletas. Así, pensaba, uno podría sacarlos de vez en cuando y olerlos en los días grises y aburridos, esos días que no olían al pelaje mojado de los caballos. Aunque para tanta felicidad haría falta un bote muy grande, consideró Sardine mientras seguía el paso detrás de Trude. Y entonces empezó a imaginarse que cabalgaba y cabalgaba por un campo infinito donde no había vallas ni calles.

Ese día Mona ya no iba a ayudarlas a desensillar los caballos.

—¿Le has preguntado ya lo de esta noche? —le dijo Melanie a Sardine en susurros cuando llevaron los arreos al guadarnés.

—Preguntarme ¿qué? —quiso saber Mona mientras colgaba las sillas en los ganchos.

Sardine carraspeó.

—Los Pigmeos, o sea, los chicos...

—¿Sí? —Mona se volvió hacia ella—. ¿Qué pasa con ellos?

—Nos han invitado a ir a la cabaña esta tarde —respondió Melanie—. Maik y Bess también pueden venir, por supuesto. Van a comprar algo de comer y, bueno...

Mona colgó los bocados en sus ganchos. En el guadarnés había un gancho para cada caballo y una placa con el nombre del animal debajo.

—Así que os han invitado a cenar. Vaya, vaya... —murmuró—. Está bien, podéis ir, pero con dos condiciones. La primera: a las once os iré a recoger yo con el coche; no quiero que crucéis solos el bosque a esas horas. Y la segunda: nada de alcohol. En la última fiesta que hicimos, unos graciosillos echaron ron en mi inofensivo ponche y alguien acabó vomitando encima del sofá del vestíbulo. ¿Creéis que podréis cumplir las dos condiciones?

—Claro que sí —respondió Melanie.

—Entendido. Que lo paséis bien, entonces. —Y tras decir aquellas palabras, se encaminó a la casa—. Cuando aparezca Maik con vuestros amigos —agregó a voces desde lejos, volviendo la cabeza—, decidle que pase un momento por mi oficina, ¿vale?

—¡Sí, se lo diremos en cuanto llegue! —exclamó Melanie, y soltó una risita.

—¿A qué viene ahora esa risa? —le preguntó Sardine.

—¡Eso no es asunto tuyo! —espetó, y se cogió del brazo de Trude—. ¿Tú qué crees? —le cuchicheó al oído—. ¿Crees que esta noche Fred se atreverá por fin a darle un beso a Sardine?

—¿Sabes una cosa, Meli? —le increpó Sardine, agarrándola por detrás—. Algunas veces eres más plasta que cuatro Pigmeos juntos.

—¡Suéltame, Gallina chiflada! —Melanie por poco se atraganta de la risa—. ¡Trude, Trude! ¡Ayúdame! ¡Socorro! —gritaba mientras trataba de zafarse de los brazos de Sardine.

Trude se estaba sonando la nariz.

—¿Por qué habría de ayudarte? —le dijo.

—¡Venga, Trude! —exclamó Sardine, agarrando a Melanie más fuerte—. ¡Vamos a enseñarle lo que es una buena tortura de cosquillas!

Melanie logró escapar de ellas, pero no del hipo que le había provocado la risa. Al oír la palabra «cosquillas» concentró todas sus energías y consiguió librarse de las otras dos, les sacó la lengua y salió corriendo como una bala; tanto fue así que sus perseguidoras apenas podían seguir su ritmo. A los cien metros, Trude se echó a un lado y se apoyó jadeando en el cercado del pastizal; Sardine, sin embargo, no se dio por venci-

da tan fácilmente. Dio tres vueltas alrededor del establo detrás de Melanie, entró y volvió a salir, rodeó la casa corriendo y después siguió por el picadero. Las dos estaban tan absortas en la persecución que, al principio, ni siquiera se dieron cuenta de que Maik y los Pigmeos ya habían llegado.

—¿Qué pasa aquí? —preguntó Fred, pero evidentemente a las chicas no les llegaba el aire para responder.

Con las piernas temblorosas, fueron haciendo eses hasta la cerca y se apoyaron en ella para descansar.

—¡No me has alcanzado! —aseveró Melanie.

—Porque han llegado ellos —respondió Sardine resollando.

—¿Me permites? —preguntó Maik, y pasó junto a Sardine con *Kolfinna*.

Sardine se sujetó los alborotados mechones de pelo detrás de las orejas y se le fueron los ojos tras él. Fred siguió la trayectoria de la mirada de Sardine y se volvió hacia ella con expresión ceñuda. Sardine advirtió en el rostro de Fred cierto asombro; y también algo más.

—¡Maik! —exclamó Melanie cuando éste había llegado ya a la puerta del establo—. ¡Tu madre quiere hablar contigo! Está en su oficina.

—¡Vale! —respondió Maik sin volverse.

Torte lo siguió con la mirada hasta que desapareció en el interior del establo.

—Gracias por invitarnos a cenar esta noche —ex-

clamó Trude—. Mona nos ha dado permiso para ir, pero pasará a recogernos a las once.

—¡A las once! —refunfuñó Torte, poniendo mala cara—. ¡Ni que fuéramos niños pequeños!

Sardine notó que Fred seguía mirándola.

—Pues es eso o nada —replicó—. Además, le hemos prometido que no vamos a tomar nada de alcohol.

—¡Bueno, mientras no nos prohíban los besos! —apuntó Willi, apoyándose en la cerca junto a Melanie y pasándole el brazo por los hombros.

—Tú eres el único que tiene alguien a quien besar —gruñó Torte—. ¿O es que también... —preguntó señalando al establo— habéis invitado a ése?

—Su hermana viene seguro —respondió Fred—. Y si él también quiere, pues que venga. No se te ocurra liarla, ¿entendido?

—*Le aguantarás; yo lo digo* —recitó Steve, acercándose a Torte con gesto amenazante—. *Vete a pasear. ¿Quién de los dos manda aquí?*

—¡Steve, cierra el pico! —le espetó Fred—. Como sigas así, dentro de poco me voy a saber yo también esa dichosa obra de memoria.

—Vale, vale, ya me callo —protestó Steve ofendido. Acto seguido, buscó a su alrededor con la mirada—. Por cierto, ¿dónde está la Gallina pistolera? Creía que íbamos a ensayar juntos la escena de la lucha.

—Wilma y Frida no han vuelto todavía del paseo a caballo —le explicó Sardine—. Están con Bess y las pe-

190

queñas. Pero en cuanto llegue, seguro que querrá ensayar contigo. Yo la he pillado esta mañana muriéndose en el cuarto de baño. —Sardine se llevó una mano al pecho y se desplomó junto a la valla—. *¡Que caiga una maldición sobre vuestras dos casas! Ellas me han convertido en pasto para los gusanos.*

Fred aplaudió con un gesto burlón.

—Tú tampoco sales en la obra, ¿no? ¿Por qué?

Sardine se levantó del suelo, avergonzada.

—Bah, porque lo de aprenderme todo eso de memoria...

—Es que le da miedo subir al escenario —la interrumpió Melanie—. ¿Y queréis saber por qué yo no haría de Julieta ni loca? Porque tendría que besar a Nora.

—Ya, pero ¿por qué no hace Willi el papel de Romeo? —preguntó Torte—. Él tiene mucha práctica en cuestión de besos. —Torte tuvo tiempo de refugiarse detrás de Fred justo antes de que Willi lo agarrara.

Sardine abrió la cerca y anunció:

—Voy un momento a ver si los caballos tienen agua.

—¡Espera, yo te ayudo! —exclamó Fred, y saltó de la cerca a la hierba húmeda. Cuando alcanzó a Sardine, sus botas vaqueras estaban cubiertas de barro.

—No hay que hacer gran cosa —comentó Sardine tras echar una ojeada al bebedero que había junto al pozo. Todavía tenía agua, pero a pesar de todo, Sar-

dine apartó a un lado el tablón que tapaba el pozo y bajó el balde. Después de haber llenado el pozal de agua, se dio cuenta de que Fred miraba con recelo a los caballos que pastaban alrededor.

—No te van a morder —le dijo con sorna—. Y tampoco te van a embestir ni a dar una coz, si es eso lo que te preocupa.

—¿Por qué lo dices? ¿Acaso crees que estos bichos me dan miedo? —Fred apoyó la mano en el brocal del pozo con un gesto de chulería pero, al oír toser a *Brunka* unos metros por detrás, rodeó el pozo a toda prisa para alejarse de la yegua.

—¡Sí que te dan miedo! —exclamó Sardine entre risas.

—¡Qué va! —Fred titubeó unos instantes, caminó hacia la yegua y, con el brazo totalmente extendido, le dio unos golpecitos en el cuello. *Brunka* se volvió hacia él con interés y comenzó a olisquearle el abrigo—. ¡Eh! ¿Has visto? —Fred se apartó y se limpió las babas del caballo del abrigo con gesto ceñudo—. Y dices que no se comen a la gente, ¿eh?

—Bueno, a lo mejor es que tú les resultas especialmente apetecible —afirmó Sardine.

¿A qué había venido aquella frase? Rápidamente se dio la vuelta y bajó de nuevo el cubo al fondo del pozo.

—No, más bien le interesan los pedazos de pan que llevo en el bolsillo —respondió Fred, y se dirigió hacia otro caballo.

En esa ocasión fue a dar con *Fafnir*.

—Ahora cuéntame —le pidió a Sardine—. ¿Cómo es lo de montar a caballo?

Sardine vertió el agua en el bebedero y volvió a tapar el pozo con el tablón.

—Es bastante divertido.

Fred posó delicadamente la mano sobre el lomo de *Fafnir*.

—El Romeo de Frida... —comenzó a decir—, ese tal Maik..., es un hacha montando a caballo, ¿no? Por eso todas suspiráis por él.

Sardine se mordió los labios y sacó un par de hojas secas del bebedero.

—No, nada de eso. Es sólo que es... simpático.

—Simpático —repitió Fred. Le dio unas palmaditas a *Fafnir* en el cuello y el caballo le empujó cariñosamente con la cabeza en la barriga—. Bueno, yo también soy simpático, ¿no?

Sardine se echó a reír.

—Sí, algunas veces sí —respondió.

Sardine deslizó los dedos en el agua fresca y contempló en la superficie el reflejo de su sonrisa.

—Y me apuesto lo que quieras —añadió Fred tras ella— a que yo también soy capaz de montar a caballo.

Sardine se volvió asustada. En ese momento vio que Fred había agarrado a *Fafnir* por las cintas de la cabezada y que lo estaba arrastrando hacia el pozo. *Fafnir* solía llevar puesta la cabezada porque no se dejaba atrapar fácilmente.

—¡Fred, ni se te ocurra! —exclamó Sardine.

Pero él ya estaba subido al brocal del pozo y, antes de que el caballo adivinara las intenciones del muchacho, éste ya se había sentado sobre el animal. Por suerte, *Fafnir* estaba hecho a todo y no se asustó. Después de todo, había llevado a sus espaldas a multitud de niños que habían cometido toda suerte de imprudencias encima de él. En ese sentido, Fred fue muy afortunado. *Kolfinna* o *Lipurta* se habrían desbocado, pero *Fafnir* sólo se apartó ligeramente hacia un lado. Luego se quedó inmóvil, alerta, con la cabeza erguida y las orejas en punta, sin saber muy bien qué hacer.

—¡Fred, bájate ahora mismo de ahí! —gritó Sardine. Luego miró hacia el cercado, pero no había ni rastro de Mona por ninguna parte.

—¿Por qué? ¡Justo ahora que empieza lo bueno! —Fred se agarró con los dedos al espeso pelaje de *Fafnir*, pegó las piernas al vientre y con una sonrisa de oreja a oreja exclamó—: ¡Mira! ¿Lo ves? ¡Está chupado!

—¡Te he dicho que bajes de ahí ahora mismo! —insistió Sardine, quien muy despacio, para no asustar más aún a *Fafnir*, se fue acercando a ellos.

Sardine notaba lo nervioso que estaba el caballo por la rigidez del cuello y el modo en que sacudía las orejas. «No montar nunca dentro del pastizal.» Aquélla era la primera regla que Mona les había enseñado. «Cuando un caballo echa a correr, lo más probable es que los demás hagan lo mismo, y si eso ocurre, es mejor no estar cerca.»

Sardine volvió a mirar hacia la casa. Los demás seguían junto a la puerta del cercado y no se habían enterado de que Fred estaba jugando a los vaqueros. Sardine los oyó reír. Steve estaba haciendo grandes alharacas con las manos.

—En cuanto lo agarre por la cabezada —le dijo Sardine a Fred mientras alargaba la mano hacia la cabeza del caballo todo lo despacio que podía—, tienes que bajarte inmediatamente.

«De todas formas, como se asuste y se desboque, no voy a poder sujetarlo», pensó, pero eso no lo dijo en alto.

—¿Por qué? —preguntó Fred. Le dio una palmadita en el cuello a *Fafnir* y se rió—. ¿No te parezco un auténtico vaquero? ¡Arre! —gritó, y presionó los talones contra el vientre del animal.

El caballo castrado alzó la cabeza en el preciso instante en que Sardine quiso agarrar la cabezada. *Fafnir* se apartó de ella, se dio la vuelta y echó a correr. Fred, asustado, se agarró al cuello del caballo tratando de buscar un asidero. Los demás caballos levantaron la cabeza. Por suerte, *Fafnir* sólo corría a medio trote por los prados; Sardine intentó cerrarle el paso, gritó su nombre, tropezó con una boñiga, se levantó de nuevo rápidamente y vio que Fred seguía a lomos del caballo.

—Eh, ¿qué pasa allí? —oyó que decía alguien. Bess había regresado con las pequeñas y en ese momento los caballos estaban entrando en el picadero.

—¡Fred ha montado a *Fafnir*! —gritó Sardine lo más fuerte que pudo. Pero ella sabía perfectamente que desde la valla era muy difícil entender lo que se decía desde aquel inmenso prado.

Al darse la vuelta, ya no vio a *Fafnir*. Lo buscó con la mirada y, al cabo de un rato, logró divisarlo a lo lejos, junto a los árboles. Estaba pastando junto a *Freya* y ya no llevaba jinete.

Sardine echó a correr, aunque sabía perfectamente que no convenía correr por un prado lleno de caballos. El corazón estaba a punto de salírsele por la boca, los latidos le retumbaban en los oídos y no veía ni rastro de Fred por ninguna parte. Sólo veía caballos, caballos y más caballos. Siguió adentrándose en el pastizal, dejando la cerca y la casa cada vez más atrás, y entonces oyó unas voces; al volverse, vio que Mona y Bess se dirigían corriendo hacia ella.

En ésas vio a Fred. Estaba agachado entre unas toperas, frotándose el hombro; Sardine jamás lo había visto tan pálido, pero al menos seguía entero, sano y salvo. Sardine se sintió tan aliviada, que le entraron ganas de llorar.

—¡Largo de aquí! —le gritaba Fred a *Snegla*, que se había acercado trotando hasta él y le estaba olisqueando el pelo con curiosidad—. ¡Fuera de mi vista! ¡Malas bestias!

—¿Estáis bien? —preguntó Mona a gritos a través del prado.

—¡Sí! —contestó Sardine. Había aminorado la marcha y corría con las manos hincadas debajo de las costillas, pues le dolían los costados. Cuando llegó junto a Fred le temblaban las piernas.

—¿Estás bien? —le preguntó, y se arrodilló en la hierba al lado de su amigo.

—¿Bien? ¡Cómo voy a estar bien! —gruñó él agarrándose el hombro—. Esa maldita bestia ni siquiera me ha tirado. Me he escurrido como en un tobogán y ¡pataplum! Y, mira por dónde, he ido a aterrizar con el hombro, justo con el hombro que ya me había dado problemas otras veces.

—Bueno, al menos no has caído sobre esa cabeza tan dura que tienes —respondió Sardine, que casi extendió la mano para quitarle a Fred un par de hojas del pelo. Casi.

—¿Qué demonios ha pasado aquí? —exclamó Mona, arrodillándose junto a Sardine al llegar, casi sin aliento.

—Me he caído del caballo —murmuró Fred.

—¿Y te duele algo? ¿La cabeza, los brazos, las piernas? ¿Crees que te has roto algo?

Fred negó con la cabeza y se levantó. Pero estaba tan pálido que parecía a punto de desmayarse.

—Ha montado a *Fafnir* —le explicó Sardine.

Mona se incorporó.

—¿*Fafnir*? Bueno, al menos has elegido un caballo manso. ¿Te mareas? ¿Te has dado algún golpe en la cabeza?

—No —masculló Fred, sintiéndose culpable—. Sólo me he dado en el hombro.

Mona suspiró y sacudió la cabeza.

—La suerte del insensato —dijo—. ¿No le has explicado que está terminantemente prohibido montar en el pastizal? —le preguntó a Sardine.

—Sardine no tiene la culpa de nada —respondió Fred—. Yo sólo quería...

—No hace falta que sigas. Ya sé qué querías —le interrumpió Mona—. Vamos, acompáñame. En casa te daré una pomada para aliviar el dolor del hombro.

Mona sometió a Fred a una revisión a fondo. Hasta le examinó los ojos con una linterna para cerciorarse de que no sufría una conmoción cerebral.

—Según parece, no tienes más que la contusión en el hombro y un buen susto —le comentó a Fred antes de dejarle marchar de su oficina—. Si dentro de una semana sigue doliéndote el hombro, ve al médico.

Pero más que el hombro, a Fred le dolió el orgullo al escuchar los comentarios de los demás sobre su hazaña. Como era de esperar, la noticia se extendió como la pólvora y, cuando Fred salió de la oficina, no sólo lo estaban esperando en el vestíbulo las Gallinas y los Pigmeos, sino también las Gallinitas.

Bob y Verena se daban codazos entre risitas, pero

Lilli, una vez más, no pudo mantener la boca cerrada y le preguntó:

—¿Qué? ¿Qué tal el vuelo?

—¡Ándate con ojo! —gruñó Willi, y la fulminó con la mirada para que tuviera bien presente el episodio del estercolero. Ante lo cual, Lilli le sacó la lengua y se marchó con Bob y con Verena hacia el comedor.

Los Pigmeos rodearon a su lisiado jefe y se sentaron con él en el viejo sofá del vestíbulo. A Sardine le dio la impresión de que todos hacían un esfuerzo sublime para no reírse. Sin embargo, a Fred le molestó aquel silencio.

—Al primero que se le ocurra abrir la boca —gruñó—, le pego un puñetazo. Que el hombro izquierdo todavía lo tengo perfecto, ¿eh?

—¡Eh, eh, que nosotros no hemos dicho ni pío, vaquero! —se defendió Steve.

—Es verdad, no hemos abierto el pico —comentó Torte—. Ni siquiera hemos comentado que romperse la crisma para impresionar a una Gallina es una barrabasada. Aunque sea la mismísima jefa.

Fred levantó la mano para darle un cachete, pero escogió el brazo equivocado y el dolor le impidió hacerlo.

—Cuando hayáis acabado de pegaros —intervino Frida, que no le encontraba ninguna gracia al asunto—, podéis venir al comedor y comer algo con nosotras. Lo ha dicho Mona.

—Qué simpática —farfulló Fred, que poco a poco iba recuperando el color—. Pero tenemos que irnos a hacer la compra para esta noche.

—¿Y qué pasa con el ensayo? —Wilma se volvió hacia Steve con cara de decepción. Él alzó las manos con impotencia.

—¡Ah, el ensayo! —Fred entornó la mirada con resignación—. Vale, Steve, quédate aquí mientras nosotros nos ocupamos de la compra. Te recogeremos a la vuelta. —Con un suspiro, se levantó del sofá y apartó con rabia las manos de Torte y de Willi—. ¡Eh! ¿A qué viene esto? ¡Que no soy ningún inválido! —refunfuñó.

Sardine estaba ya de camino al comedor cuando Fred se dio la vuelta y le gritó desde la puerta:

—¡Adiós, Gallina jefa! ¡Aprenderé a montar a caballo! ¡Lo prometo! —Y salió de la casa detrás de Willi y Torte.

Steve echó a correr para atrapar a las chicas.

200

15

Cuando las Gallinas Locas emprendieron el camino hacia la cabaña de los Pigmeos, a eso de las seis y media, ya había anochecido. Habían quedado a las siete. «Por favor, sed puntuales», había dicho Fred cuando pasaron por allí a recoger a Steve. Y Bess les había explicado que a pie se tardaba más o menos media hora. Bess las acompañaba porque, además, tenía que enseñarles el camino, pero Maik había declinado la invitación.

—Yo creo que será mejor así —observó Melanie mientras se ponía el abrigo en el vestíbulo—. Torte se habría pasado toda la noche soltando impertinencias.

—¿Cuánto hace que no estáis juntos? —le preguntó Bess a Frida.

—Más de un año —respondió ella mientras abría la puerta—. Tenemos que irnos —murmuró a través de la bufanda—, o vamos a llegar tarde.

201

—¡Hala! —exclamó Trude cuando salieron—. No me imaginaba que ya hubiera oscurecido tanto.

—Sí, aquí enseguida se hace completamente de noche —señaló Bess encogiéndose de hombros—. Y vas a ver cuando entremos en el bosque. Ahí dentro no te ves ni la mano a un palmo de la nariz.

—¿En el bosque? —Trude se quedó petrificada—. ¿Tenemos que cruzar el bosque?

—Un tramo, pero es muy cortito —puntualizó Bess para tranquilizarla—. El resto lo haremos por carretera. Mi madre se ha ofrecido a llevarnos porque, como Maik está en casa, podría quedarse él a cargo de las pequeñas, pero yo creo que ya hace bastante esfuerzo viniéndonos a recoger después.

—Claro, tienes razón —asintió Wilma tirando de Trude hacia fuera—. Venga, vamos. Y no pongas esa cara, que parece que estás muerta. Somos seis, no creemos en los fantasmas y, además, no es medianoche ni nada así.

—Y ten en cuenta que Wilma lleva la pistola de agua —apuntó Sardine, alumbrando la pista del picadero con la gigantesca linterna que les había prestado Mona.

—¡Eh! —exclamó una voz por detrás. Lilli estaba asomada a una ventana del primer piso—. ¿Adónde vais? —les preguntó. A su lado aparecieron las cabezas de Bob y Verena.

—¡No es asunto vuestro! —gritó Wilma—. Dentro de poco llegará vuestra hora de acostaros.

—Vais a ver a los chicos, ¿a que sí? —preguntó de nuevo Lilli, y sacó tanto el cuerpo por la ventana que por un momento Sardine temió que fuera a caerse.

—Sí, vamos a verlos —contestó Melanie.

—Y pobres de vosotras como se os ocurra hacer alguna tontería en nuestra habitación mientras estamos fuera —exclamó Wilma.

—Tranquila —señaló Sardine—, he cerrado con llave.

—¿Cuándo volvéis? —gritó Bob desde arriba.

Pero las Gallinas ya no respondieron. Les dijeron adiós con la mano y emprendieron la marcha.

Recorrieron un buen trecho por la carretera. La oscuridad era tan profunda que Sardine sentía un gran alivio cada vez que se acercaban a una farola. Sólo pasaron un par de coches en todo aquel rato y, cuando el ruido del motor se perdía en la lejanía, volvían a quedarse a solas con el rumor de sus propios pasos. Con cada pequeño chasquido que sonaba entre los arbustos que bordeaban la carretera, pegaban un respingo. Así que, para evitar el silencio, fueron todo el camino hablando y riendo. Le contaron a Bess todas las gamberradas que les habían hecho a los Pigmeos y cuál había sido la venganza de los chicos en cada ocasión; y le hablaron también de la caravana y de las gallinas que le habían secuestrado a la abuela Slättberg. Llevaban ya veinte minutos caminando cuando, a la izquierda de la carretera, apareció un sendero ancho y poco definido que se adentraba en el bosque.

—Tenemos que coger este camino —anunció Bess y, sin pensarlo dos veces, se internó entre los árboles.

Sardine tenía la sensación de que el bosque las iba a engullir. Nunca imaginó que pudiera existir un lugar más oscuro aún que la carretera. Oyeron el gorjeo de un pájaro y el crepitar de las ramas de los árboles, sacudidos por el viento, que se alzaban sobre sus cabezas. Las Gallinas se arrimaron unas a otras hasta formar una piña y siguieron a Bess.

—Ahora cuéntanos algo tú —le pidió Melanie a ésta con un hilo de voz.

Y Bess les habló de caballos desbocados, de potros resfriados y de paseos en carros por la nieve. Y justo cuando les estaba describiendo a las Gallinas lo horrible que era su profesora de gimnasia, sonó algo dentro de su mochila. Como iban a atravesar el bosque ellas solas, Mona le había pedido que se llevara el móvil.

—Sí, mamá, todo va bien —dijo mientras las Gallinas aguardaban a su alrededor, congeladas de frío—. Sí, ya estamos en el bosque. Vale. Sí, te lo prometo. Hasta luego. —Con un suspiro, Bess volvió a meter el teléfono en la mochila—. ¡A Maik nunca le obliga a llevarse el móvil! —protestó con rabia.

—Bueno, es normal que tu madre se preocupe —apuntó Frida—. Además, es de agradecer, ¿no?

Bess asintió y reemprendió la marcha a través del oscuro bosque.

—Estamos a punto de llegar a la lápida —anunció—. Desde allí ya queda poco.

—¿A la lápida? —repitió Trude, arrimándose más aún a Frida y a Sardine.

—Maik la ha bautizado así —aclaró Bess entre risas—. En realidad no es más que un mojón grande de piedra. Está justo en la bifurcación. Si no se conoce bien el camino, es muy fácil perderse, por eso han puesto una señal.

—Ajá —asintió Trude mirando a su alrededor.

La palabra «perderse» no resultaba en absoluto alentadora entre aquellos tenebrosos árboles.

—Uf, menos mal que ya no queda mucho. —Melanie se caló más el gorro para resguardarse del frío—. Con este viento tan helador, al final pillaré un resfriado.

Wilma se inclinó hacia delante y le miró la nariz.

—Pues sí —afirmó—. Tienes la nariz como un pimiento. Ya puedes ir despidiéndote de tu cutis de terciopelo. Pero no te preocupes, seguro que Willi te sigue queriendo.

—¡Serás mema! —Melanie apartó a Wilma de un empujón, pero soltó una risita.

—¡Ahí! —Trude se volvió aterrada y le pegó un tirón de la manga a Sardine—. Acabo de oír algo.

—¡Trude! —Sardine se dio la vuelta irritada y apuntó con la linterna hacia el camino—. Ahí no hay nada, ¿lo ves?

—¡Pero yo he oído algo! ¡En serio! —exclamó Tru-

de. Se ajustó las gafas, presa del nerviosismo, y clavó la mirada en la oscuridad.

Wilma se acercó a ella y le pasó el brazo por encima de los hombros.

—*Ah, ya veo que la reina Mab te ha visitado* —le susurró al oído—. *Es la comadrona de las hadas; y su tamaño no es mayor que el ágata que luce en el dedo un concejal. Llega arrastrada por un tiro de pequeños átomos y entra por la nariz de los hombres, durante el sueño.*

Trude la apartó de su lado con una risita nerviosa, pero Wilma se interpuso en su camino como una bruja jorobada.

—*Los radios de la rueda de su carro* —prosiguió en voz baja, deslizándose alrededor de Trude— *están hechos de largas patas de araña zancuda; la capota, de las alas de las cigarras; las riendas, de la más fina telaraña; las colleras, de húmedos rayos de un claro de luna; su látigo, de hueso de grillo. La cuerda es una fina hebra; su conductor, un pequeño mosquito vestido de gris, más pequeño que la mitad de un gusanillo redondo...*

—No entiendo cómo puede saberse todo eso de memoria —comentó Melanie.

Wilma parecía haberse olvidado por completo de dónde estaba. Y la pobre Trude se había quedado allí petrificada, como si las palabras se le hubieran ido enredando en las piernas y le impidieran caminar.

—*Su carro es un cascaroncillo de avellana* —decla-

mó, y comenzó a trotar por el oscuro sendero del bosque como si condujera un carruaje— *labrado por una ardilla carpintera o un viejo gorgojo, que desde tiempo inmemorial...* —Los brincos eran cada vez más exagerados hasta que, en un momento dado, tropezó con la raíz de un árbol y se cayó de bruces.

—¡Se acabó la función! ¡Estás majareta! —exclamó Sardine mientras la ayudaba a ponerse de pie—. Yo podría pasarme horas y horas escuchándote recitar la obra, pero tenemos una cita, ¿o lo has olvidado?

—Vale, vale, de acuerdo —murmuró Wilma, sacudiéndose la tierra de los pantalones—. Aunque ahora venían unos versos geniales. —Y echó a correr con cierta desilusión detrás de las demás.

Trude, sin embargo, continuaba indecisa y alumbraba con la linterna a un lado y a otro del camino.

—¡Ahí se ha movido algo! —exclamó en un tono desafiante—. Escuchad.

—Será un conejo. ¡O un jabalí! —aseveró Melanie, que, harta de esperar, cogió a Trude del brazo y la obligó a seguir andando.

—¿Un jabalí? —Trude volvió a detenerse—. ¿Los jabalíes atacan a las personas?

—¡Trude, basta ya de ver fantasmas por todas partes! —gritó Sardine, y comenzó a dar saltitos para combatir la tiritona de frío—. O vienes ahora mismo o nos largamos sin ti.

—No pienso atravesar un bosque de noche nunca

más —murmuró Trude—. ¡Nunca jamás en toda mi vida! —sentenció. Y echó a andar a grandes zancadas.

El camino se iba abriendo cada vez más hasta que apareció ante ellas el mojón del que Bess les había hablado y, tal como les había explicado, a partir de ahí el sendero se dividía: uno de los ramales se desviaba hacia la derecha, otro hacia la izquierda y el tercero se perdía en el bosque, por detrás de la roca. Sardine apoyó el pie sobre la mole de piedra y la examinó con el ceño fruncido. Había unas flechas grabadas y un indicador con los kilómetros.

—¿Y esto es una señal? —murmuró—. Si ni siquiera pone adónde llevan estos caminos.

—Yo creo que la piedra está ahí para que la gente se pierda —afirmó Trude.

—Pero nosotras no nos vamos a perder —aseveró Bess—. Porque me tenéis a mí. Por aquí.

Tomó el sendero de la izquierda y las Gallinas la siguieron. Al poco, el camino era ya tan angosto, que las ramas les iban arañando la cara.

—¿Estás segura de que vamos bien? —preguntó Melanie inquieta.

—Totalmente segura —contestó Bess.

En ese preciso instante, Sardine divisó una luz entre los árboles.

—No os asustéis si oís ladridos —advirtió Bess—. Rübezahl tiene un montón de perros, pero no tengáis miedo. Por la noche no suele soltarlos.

—¡Eh, mirad! —En los árboles colgaban carteles que mostraban a una gallina confusa observando una flecha. Wilma arrancó uno de los carteles—. Oh, claro, los enanitos han creído que no íbamos a ser lo suficientemente listas para encontrarlos.

—¡Tú lo has dicho! —exclamó Willi asomando la cabeza por detrás del grueso tronco de un árbol—. Fred me ha mandado ya tres veces a buscaros.

—¿Qué hay de comer? —preguntó Trude—. Espero que no haya caldo de gallina. Desde que tenemos gallinas, no hemos vuelto a probarlo.

—¡Qué va! ¡Caldo de gallina no! —contestó Willi, y se puso el primero para mostrarles el camino—. Pero ha cocinado Torte, o sea que tenedlo en cuenta antes de probar la comida.

La cabaña en la que se habían instalado los Pigmeos era más espaciosa de lo que Sardine había imaginado. En uno de los rincones estaba la nevera, que emitía un zumbido constante, y junto a ella había una cocina que, a juzgar por el aspecto, debía de tener al menos quinientos años. No había mesa, pero sí un lavabo, un viejo sillón y una única cama en la que, por supuesto, dormía Fred. Los sacos de dormir de los otros tres Pigmeos estaban cuidadosamente doblados en el suelo. Iban a utilizarlos como cojines para sentarse y los habían situado delante de la estufa. Al lado, sobre una alfombra deshilachada, había diez platos, velas, tazas de café y un inmenso caldero humeante, tan antiguo o

209

más que la cocina, que despedía un olor de lo más sugerente.

—¡Eh, eso huele a picante! —exclamó Wilma—. No pretenderéis envenenarnos, ¿no?

—Bueno, nosotros nos temíamos que las intenciones de Torte iban por ahí —comentó Fred mientras encendía las velas—, pero en realidad no está tan mal.

—Él lo llama «carne con chile» —Steve se sentó con las piernas cruzadas delante de un plato—, pero nosotros lo hemos rebautizado como «chile a la pimienta».

—¿Necesitáis ayuda? —preguntó Frida mirando a su alrededor—. Es muy... —titubeó—, muy acogedor, este lugar.

—No, gracias, lo único que necesitamos es que os sentéis —dijo Fred, y condujo a Frida y a Sardine hasta uno de los sacos de dormir—. Acogedor, lo que se dice acogedor, la verdad es que no nos lo parece. Además, apesta al tabaco de pipa de Rübezahl y a animales disecados, pero, ¿qué se le va a hacer?

Sardine le daba toda la razón a Fred. De los paneles de madera que revestían las paredes colgaba todo tipo de trofeos de caza: cabezas de ciervos y de corzos, con más o menos cornamenta. La repisa que había sobre la estufa también estaba decorada con animales disecados, que en ese caso eran una marta y una lechuza. Trude levantó la vista hacia los animales con cierto malestar.

—Steve los tapa con su ropa por la noche —apuntó

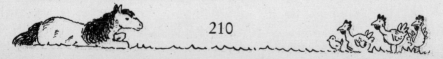

Willi, que se sentó junto a Melanie—. Dice que no le gusta cómo lo miran desde ahí arriba.

—Podéis estar tranquilos, porque el plato que he preparado sólo tiene salchichas —anunció Torte con orgullo al levantar la tapadera del caldero.

—¡Oh, genial! —exclamó Steve—. Eso sí que es un consuelo. Como en las salchichas no hay carne...

Torte le lanzó una mirada furibunda y le sirvió a Frida el primer cucharón en el plato. En ésas llamaron a la puerta.

Las chicas volvieron la cabeza asustadas.

—Steve, abre la puerta. Seguro que es Rübezahl —dijo Fred mientras sazonaba su plato con un poco de sal.

Steve se levantó resoplando y se dirigió a la puerta de mala gana.

—Ese hombre es un cotilla de mucho cuidado —susurró Fred en voz baja—. Y parece el asesino de gallinas de Dagelsbüttel.

—Buenas tardes —saludó Steve al abrir la puerta.

Una bocanada de aire gélido irrumpió en el ambiente caldeado de la cabaña. Ante la puerta se hallaba un hombre mayor, con una cabeza más pequeña que la de Willi, y tan enjuto que habrían cabido dos como él en el abrigo que llevaba puesto. Acarreaba una escopeta al hombro y un sombrero adornado con unas cosas sospechosamente similares a unos dientes.

—Mis perros no paran de ladrar. ¿Tenéis visitas?

—preguntó el viejo echando un vistazo al interior con el rabillo del ojo—. ¡Pero si esto está lleno de chicas! —Pronunció aquellas palabras con tal estupor, que Melanie tuvo que esforzarse por contener la risa.

—Pues... la verdad es que sí. —Fred se levantó y acudió en ayuda de Steve—. Son amigas nuestras, o sea que las conocemos, quiero decir, que van con nosotros al colegio, pero ahora están pasando unos días en el picadero, ya sabe, en...

—Sí, en el de Mona —asintió Rübezahl. Examinó a las chicas, una por una, hasta que Trude se ruborizó y le entró un ataque de risa tan fuerte que por poco se atraganta con el guiso de Torte.

—Ah, mira, si también está Bess —exclamó Rübezahl sonriendo.

Sardine jamás había visto tantos dientes de oro juntos. El hombre apartó a Steve a un lado, entró en la cabaña a grandes zancadas y se inclinó con curiosidad sobre los platos de comida.

—Claro, por eso habéis invitado a las muchachas —murmuró—. Para que os cocinaran algo suculento. Yo también necesitaría a alguien que me hiciera la comida.

—¡Alto! ¡Se equivoca de medio a medio! La comida la he hecho yo —puntualizó Torte, ofendido.

—¿Tú? —Rübezahl se arrodilló sobre la alfombra, levantó la tapadera del caldero y removió con el cucharón. Acto seguido se lo llevó a la boca y probó el guiso.

Por un momento, su rostro más bien expresó duda, como si no supiera si tragarse lo que tenía en la boca o escupirlo, pero al final se lo tragó.

—Pica —aseveró limpiándose las lágrimas de los ojos—, pero no está mal. A mis perros no creo que les guste, pero a mí puedes servirme un plato.

Torte se puso en pie y fue a por un plato y una cuchara. Luego las Gallinas y los Pigmeos se dedicaron a observar en silencio cómo aquel hombre viejo engullía una cucharada tras otra. Hacía un ruido tremendo. Fred iba de un lado para otro, nervioso, y suplicaba con la mirada a los demás Pigmeos que hicieran algo para librarse de aquel tipo. Sin embargo, Willi, Torte y Steve andaban tan escasos de ideas como su jefe.

Las Gallinas tampoco parecían muy satisfechas con la situación. La velada no estaba transcurriendo como ellas esperaban, aunque ninguna habría sabido explicar exactamente cómo se la habían imaginado.

—La comida está deliciosa, muchachos —exclamó Rübezahl al acercarle el plato a Torte por tercera vez para que se lo llenara—. Estaba empezando a resfriarme y esto seguro que corta el catarro de raíz, pero, oye, eso de ahí... —agregó señalando hacia la pared donde se hallaba la cama—, si queremos seguir siendo amigos, eso no lo puedo consentir.

Sorprendidos, los Pigmeos siguieron la mirada del hombre y descubrieron que había unos calzoncillos colgados en la cornamenta de un corzo.

213

—¡Ah, eso! —Steve se levantó de un salto y descolgó la prenda—. Qué cosas, no sé cómo pueden haber llegado hasta ahí.

Rübezahl volvió a inclinarse sobre el plato lleno.

—Es una vergüenza que no pueda seguir disparando —farfulló.

—¿Por qué? —preguntó Willi, posando la mano sobre la rodilla de Melanie—. Yo diría que ya tiene suficientes percheros.

Bess estalló en carcajadas y, al expulsar el aire sobre el plato, unas cuantas gotas de salsa salieron disparadas y fueron a parar a los vaqueros de Torte. Pero justo cuando Rübezahl abrió la boca, llena de dientes de oro, y se disponía a responder, Trude soltó un estridente chillido.

—¡Ahí! ¡Se oyen arañazos en la puerta! —exclamó—. ¿No lo oís?

Los demás soltaron los cubiertos y escucharon atentamente. Rübezahl fue el único que siguió comiendo tan tranquilo.

—La Gallina tiene razón —asintió Willi, frunciendo el ceño—. A lo mejor es un zorro.

Rübezahl soltó una carcajada.

—¿Un zorro? ¡Vaya unos listillos de ciudad! Los zorros no arañan las puertas. Ésos son mis perros, que quieren entrar, pero de eso nada.

Frida miró temerosa hacia la puerta. Cuando tenía cinco años un perro le había mordido la mano y, desde

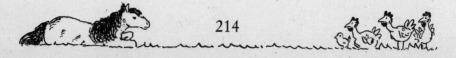

214

entonces, la verdad es que los perros no le hacían ninguna gracia. Incluso con *Bella*, la perra de la abuela de Sardine, tenía sus reservas.

—¿Lo ves, Trude? —dijo Wilma dándole unas palmaditas en el hombro—. Una vez más, ¡no había ningún fantasma!

Rübezahl se entresacó algo de la boca con uno de sus huesudos dedos y esbozó una sonrisa burlona.

—No, aunque aquí en el bosque no nos faltan.

—No les faltan ¿qué? —preguntó Trude casi sin voz.

—¡Pues fantasmas! Esas terribles criaturas pueden llegar a pegarte un buen susto.

Trude contuvo la respiración y lo miró con los ojos como platos.

Rübezahl estaba rebañando el plato.

—Por ejemplo, tenemos al hombre blanco —explicó—. Suele aparecer los lunes. Cada vez que él está cerca, empieza a hacer un frío helador. Los perros se vuelven locos cuando lo oyen gemir, pero la mayoría de las veces arroja algo contra la ventana y desaparece. Sólo me ha puesto la mano encima una vez, en el hombro, pero fue bastante desagradable. Ah, bueno, y luego está la mujer que suspira; nunca se deja ver, pero cuando está cerca todo empieza a oler a violetas. A ella le gusta tirar cosas al suelo...

De pronto sonó algo. Todos dieron un respingo, aunque el sonido no era en absoluto fantasmagórico.

—¡Ahí va! —exclamó Bess, levantándose de un sal-

215

to—. ¡Le prometí a mi madre que la llamaría en cuanto llegáramos a la cabaña! ¿Dónde habéis puesto mi
mochila?

Fred fue a buscarla. Bess rebuscó a toda prisa el teléfono y lo sacó. Todavía seguía sonando.

—Hola, mamá —dijo—. Tendría que haberte...
—Se detuvo y escuchó—. ¿Cómo?

Las Gallinas y los Pigmeos la miraban expectantes.
Rübezahl seguía a lo suyo, rebañando el plato sin parar.

—¿En serio? —Bess se acercó a la ventana con gesto
de preocupación y miró hacia la oscuridad—. Sí, claro. Vale. Sí, ahora mismo nos vamos. Sí, ya está aquí.
—Colgó el teléfono y se volvió hacia los otros—. Dos
de las Gallinitas han desaparecido. Mi madre acaba de
descubrirlo.

—¿Gallinitas? —Rübezahl apartó el plato vacío—.
¿Qué gallinitas? ¿Desde cuándo Mona tiene gallinas?

—No son gallinitas de verdad. —La voz de Bess
traslucía impaciencia—. Son dos de las niñas pequeñas,
Lilli y Bob. Lo más seguro es que nos hayan seguido.

—¿Con esta oscuridad? —preguntó Trude, mirando hacia fuera con incredulidad.

—¡Pues sí que son valientes, esas pequeñajas! —exclamó Fred.

—¡Pues sí que están chaladas, esas pequeñajas!
—le corrigió Sardine.

—¿Y tenemos que salir ahí fuera a buscarlas? —A
Steve le entraron escalofríos, como si ya llevara unas

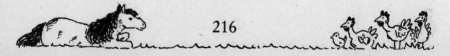

cuantas horas combatiendo el viento gélido—. ¿Y qué pasa si en lugar de encontrar a las Gallinitas nos topamos con ese hombre blanco, o con la mujer que suspira?

Rübezahl se puso en pie con torpeza; tenía las piernas entumecidas.

—Yo llevaré la escopeta y daré una vuelta alrededor de la cabaña con los perros —anunció.

Pero antes de llegar a la puerta, Bess lo agarró del abrigo.

—No, no, ya lo haremos nosotros —le dijo—. De verdad. Es que a Bob le dan miedo los perros.

Fred ya se había puesto el gorro.

—Vamos, poneos los abrigos —les ordenó a los demás Pigmeos—. Quien consiga cazar a las Gallinitas, será el primero en comer el postre.

—Sí, Steve, lo hemos comprado a escondidas —apuntó Willi—. Para que no te lo zamparas todo antes de que llegaran las invitadas.

Steve no se ganó el postre porque fuera no había ni rastro de las Gallinitas. Los únicos que merodeaban por los alrededores eran los perros de Rübezahl, que husmeaban y seguían a las Gallinas y a los Pigmeos dando brincos y moviendo la cola mientras ellos escudriñaban la zona que rodeaba la cabaña. Steve gritó el nombre de Lilli tan fuerte que todas las lechuzas se asustaron y emprendieron el vuelo desde los árboles, pero no obtuvieron respuesta del bosque.

—¿Dónde se habrán metido? —susurró Wilma inquieta, cuando volvió a hacerse el silencio.

—A lo mejor nos perdieron la pista al llegar a la lápida —dijo Melanie—. Hemos venido bastante deprisa.

—¿Y eso? ¿Tenías miedo? —preguntó Torte, pero nadie le prestó atención.

Aguzaron el oído y escucharon el silencio de la no-

219

che. Todos intentaban imaginarse cómo debía de ser vagar por aquel bosque sin rumbo.

—Voy a echar un vistazo a la zona de la roca —anunció Fred, volviéndose hacia Sardine—. ¿Vienes?

Sardine asintió.

—¿Queréis que os acompañemos? —preguntó Steve con la boca pequeña.

—No, ¿es que no te das cuenta? Fred quiere estar a solas con la mandamás de las Gallinas —bisbiseó Torte muy bajito—. Como Hansel y Gretel.

—Cierra el pico, Torte —le espetó Willi, y miró a Fred con aire interrogante.

—Podéis venir dos o tres más —señaló Fred—. En la roca nos dividiremos para buscarlas en diferentes direcciones.

Finalmente emprendió el camino un grupo de seis: Sardine, Frida, Wilma, Bess, Fred y Willi.

—Jo, la verdad es que no me esperaba que esta noche fuera así —protestó Willi, que no había conseguido convencer a Melanie para que los acompañara—. Primero aparece Rübezahl y se zampa la mitad de la cazuela de comida, y luego nos toca salir a dar tumbos por el bosque. Genial.

—Ahora lo único que importa es encontrarlas —aseveró Bess—. Es la primera vez que nos pasa esto de que unos niños desaparezcan por la noche.

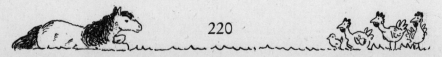

Cuando llegaron a la roca, Fred se subió encima y alumbró con la linterna hacia los árboles que los rodeaban mientras los demás gritaban los nombres de Lilli y Bob a cinco voces. Gritaron una y otra vez hasta desgañitarse. Y de pronto oyeron algo: una voz débil procedente de la oscuridad pronunció el nombre de Bess.

Ésta se apresuró a trepar a la roca.

—¡Lilli! —vociferó hacia el bosque—. Lilli, ¿dónde estáis?

A lo lejos respondió una voz, pero nadie logró entender lo que decía.

—Parece que han tomado el camino que va hacia allá —apuntó Willi señalando hacia la derecha, pero Fred meneó la cabeza.

—No. La voz viene de ahí —afirmó, y alumbró con la linterna hacia el camino que rodeaba la roca y se adentraba en el bosque.

—Está bien —dijo Bess, bajando de la piedra de un salto—. Vosotros dos id con Frida a buscarlas por el camino del medio; Willi, Wilma y yo iremos por el de la derecha. Como no las encontremos pronto, mañana estarán en cama con una pulmonía.

Al cabo de un instante, se marcharon los tres. Fred, Frida y Sardine también emprendieron la marcha.

De vez en cuando, la débil voz de Lilli irrumpía en la noche. Pero de todo cuanto gritaba, sólo se entendía una palabra: socorro.

—Esas canijas están chifladas —murmuró Sardine

mientras avanzaba a grandes zancadas junto a Fred—. ¡Mira que seguirnos a escondidas en mitad de la noche! ¡A quién se le ocurre!

—Bueno, tú también serías capaz de hacerlo —observó Frida—. ¿A que sí, Fred?

—¡Desde luego! —respondió éste, que iba enfocando con la linterna de un lado a otro para abrirse camino entre la maleza.

Cada cierto número de pasos, se detenían y gritaban. La voz de Lilli sonaba temblorosa, pero cada vez un poco más nítida. A medida que avanzaban el bosque era menos denso y, al cabo de poco tiempo, el sendero comenzó a discurrir junto a una charca. El aire frío apestaba a hojas podridas, a fango y a moho. De pronto, Sardine divisó a las Gallinitas. A escasos pasos de la orilla cubierta de juncos, sentadas sobre el tronco de un árbol derribado, aparecieron dos pequeñas siluetas apenas visibles en la oscuridad. El tronco del árbol era tan grueso que les colgaban las piernas. Con aquellas linternas, que dibujaban unos puntitos de luz perdidos en la negrura de la noche, parecían un par de luciérnagas. Cuando Fred las alumbró con el haz de luz de su linterna, rompieron a llorar desconsoladamente.

—¿Pero cómo demonios se os ha ocurrido hacer una barrabasada de este calibre? —exclamó Sardine al tiempo que se adentraba entre las ramas secas y las hojas marchitas para llegar hasta el tronco—. Meteros en el bosque en plena noche...

—¡Nos hemos perdido porque Bob ha metido el pie en una maldita topera! —respondió Lilli a gritos.

—¡Era la madriguera de un zorro y además no ha sido culpa mía! —replicó Bob entre sollozos.

—Ya está, ya pasó —dijo Frida en tono tranquilizador cuando llegaron al tronco. Luego le ofreció a Bob un pañuelo de papel que llevaba en el bolsillo hecho una bola—. Ya aclararéis después lo que ha pasado. De momento, bajad de ahí.

Aliviada, Bob se deslizó por el tronco hacia los brazos de Frida. Lilli, sin embargo, rechazó la ayuda de Fred y bajó ella sola de un salto.

—Como yo no podía seguir andando, Lilli dijo que lo mejor era subirse ahí —les explicó Bob—. Porque allí arriba estaríamos a salvo de las fieras.

—Pero ¿de qué fieras? —preguntó Fred, y le puso su gorro a Lilli.

—Pues de los zorros y cosas así. —Bob se sonó ruidosamente la nariz y miró a su alrededor, como si entre los juncos que crecían en torno a la charca hubiera manadas enteras de animales feroces al acecho.

—Que yo sepa, los zorros no se comen a las personas —observó Sardine.

—Pues claro que no —comentó Frida—. Además, yo de quien tendría miedo en el bosque por la noche es de las personas con las que pudiera encontrarme. Venga, vámonos. —Y agarró a Lilli de la mano, que la tenía congelada—. Ya no siento los dedos de los pies.

¿Por qué no os habéis abrigado bien, por lo menos, ya que habíais decidido seguirnos a escondidas?

—Porque hemos tenido que salir deprisa y corriendo —murmuró Bob—. Si no, no nos iba a dar tiempo a atraparos.

Sardine meneó la cabeza y se dio media vuelta.

—¡Andando, vámonos! —exclamó—. Me muero de ganas de llegar a un sitio calentito.

—¡Eh, espera! —gritó Lilli al alcanzarla tras dar un resbalón—. Bob va cojeando. Se ha torcido el tobillo al meter el pie en la topera.

—Que era la madriguera de un zorro, ¿cuántas veces tendré que repetírtelo? —sollozó Bob, y agachó la mirada hacia los zapatos como para cerciorarse de que sus pies seguían allí.

Fred suspiró y se agachó delante de Bob.

—Sube —le dijo—. Como jinete no valgo, pero como caballo soy bastante bueno.

Con una tímida sonrisa Bob se agarró al cuello de Fred y éste reemprendió la marcha tambaleándose, hasta que consiguió equilibrar el peso.

—¿Qué te pasa? ¿Quieres que te lleve yo a ti? —le preguntó Sardine a Lilli, que estaba tiritando junto a ella.

—No. ¡No hace falta! —espetó Lilli en tono arisco, y echó a andar detrás de Fred.

—¡No seas tan dura con Lilli! —le susurró Frida a Sardine al oído mientras seguían a la pequeña—. Por mucho que quiera hacernos creer que nada de esto le

224

ha afectado, seguro que está muerta de miedo. Prefiero no imaginar lo que debe de ser estar tantas horas perdido en un bosque tan tenebroso.

Frida había hablado realmente bajito, pero al parecer Lilli se había enterado de todo.

—Bah, tampoco vayas a creer que hemos pasado tanto miedo —replicó en un tono bravucón—. Y si Bob no se hubiera torcido el tobillo, no os habríamos perdido de vista al llegar a la dichosa roca. Y entonces os habríamos pegado un susto de muerte a todos.

—Vaya, ¡así que ése era el plan! —exclamó Sardine—. ¡Qué simpáticas! La verdad, tendríamos que haberlas dejado en el bosque. —Frida le dio un codazo.

—¡Pues sí! ¡Podríais habernos dejado tranquilamente! —espetó Lilli, y aceleró el paso hasta alcanzar a Fred, que a pesar de llevar a Bob a cuestas, iba caminando a buen ritmo.

—Eh, Lilli —le oyó decir Sardine—. ¿Tienes algún tipo de parentesco con Sardine? Es que os parecéis un montón.

—¿Tú crees? —preguntó Lilli. A pesar de que miró a Sardine con un gesto sombrío, se lo tomó como un halago.

Justo cuando llegaron a la lápida, los otros tres acababan de dar por finalizada la búsqueda. Bess sintió un gran alivio al ver a las Gallinitas. Willi subió a Bob a ca-

ballito y Bess, al darse cuenta de que Lilli estaba tiritando de frío, la puso entre Wilma y ella y le dieron calor como buenamente pudieron. Pero todos estaban congelados y agotados cuando al fin llegaron a la cabaña de Rübezahl. El coche de Mona estaba aparcado enfrente y dos de los perros de Rübezahl estaban tumbados delante de la puerta. Cuando se levantaron y empezaron a ladrar, Mona abrió la puerta de la cabaña.

—¡Gracias a Dios que las habéis encontrado! —exclamó, y apartó a los perros al ver que Frida se escondía detrás de Sardine—. Dios mío, no os imagináis lo preocupada que estaba. Habría venido mucho antes, pero he tenido que quedarme a tranquilizar a Verena. Luego se han despertado las demás y algunas no querían quedarse solas y, en fin, que cuando he llegado ya hacía rato que os habíais ido.

—¡Eh, hemos vuelto a poner el puchero en el fuego! —exclamó Torte, dirigiéndose hacia la puerta—. Pero como os quedéis ahí mucho tiempo, se va a quemar.

Muertos de frío, se resguardaron al calor de la cabaña. Uno de los perros logró colarse entre todas las piernas, pero Rübezahl lo echó a la calle enseguida.

—¡Ja, ya lo sabía yo! —exclamó—. Estaba seguro de que las encontraríais vosotros solos. Si no, desde luego que os habría acompañado.

—Claro, desde luego —asintió Fred mientras se quitaba el abrigo y se arrimaba a la estufa—. Torte,

ponme un plato bien grande de chile a la pimienta. Creo que se me han congelado hasta los huesos.

Mona se sentó con Lilli y con Bob en la cama y las examinó a las dos de arriba abajo con preocupación.

—¿Estáis bien? —les preguntó.

Ninguna de las dos la miró. Estaban sentadas con la cabeza gacha y la mirada fija en los zapatos sucios.

—Yo me he torcido un poco el tobillo —murmuró Bob—. Y tengo el dedo meñique del pie medio congelado.

Mona se arrodilló en el suelo frente a ella y le quitó cuidadosamente el zapato y el calcetín del pie que se había lesionado.

—Lo habréis pasado fatal todo ese tiempo ahí en el bosque —afirmó—. Así que aplazaremos la regañina hasta mañana. Pero no creáis que os vais a librar. Lo que habéis hecho hoy ha sido una estupidez como la copa de un pino.

—¡Cierto! —Rübezahl se había apoltronado en el único sillón que había en la cabaña y le daba caladas a una pipa más apestosa que el estercolero de Mona—. ¿Qué habría pasado si os hubiera encontrado el hombre blanco, o la mujer que suspira?

—¿El Hombre Blanco y la Mujer Suspirona? —Bob retiró el pie de la mano de Mona y miró al viejo, asustada.

—Sí —dijo Rübezahl, con la pipa entre los labios—. ¿Dónde os habéis perdido exactamente?

—En un sitio donde había una charca. —A Bob apenas le salía la voz—. Una charca pestilente.

Rübezahl se sacó la pipa de la boca.

—Por ahí suele merodear el hombre blanco —afirmó—. Sí, justo por ahí. Esa peste viene por su aliento.

—¡Basta ya, Erwin! —le increpó Mona, lanzándole a Bess los calcetines mojados de Lilli—. Todos sabemos por qué ves fantasmas por todas partes.

Bess colgó los calcetines sobre la estufa y sonrió con sorna.

—¡Pero es verdad que allí olía a rayos! —exclamó Bob. Luego miró con recelo hacia la ventana, pero sólo vimos la oscuridad de la noche.

—Es el gas de la vegetación podrida. Muchas hojas van a parar a la charca. Nada más.

Fred se acercó a Torte, que estaba junto al fogón, para servirse otro plato de chile y entrar en calor. Sardine también repitió y tomó otra ración más para Frida. Cuando volvió a sentarse en la alfombra entre Wilma y Frida, notó que Fred la estaba mirando. Pero al levantar la cabeza, él apartó inmediatamente la vista y se puso a juguetear con la comida del plato, absorto en sus pensamientos.

—¿No tendréis por casualidad unos calcetines secos para estos dos pares de pies congeladitos? —les preguntó Mona a los chicos.

—Claro que sí —respondió Steve—. Torte, los tuyos son los más pequeños. Mira a ver si tienes algunos que no huelan demasiado a queso.

—No te confundas. Los que huelen a queso son los tuyos —murmuró Torte, que se dirigió a su mochila y comenzó a rebuscar.

—Madre mía, pero si tienes casi tanta ropa como Melanie —comentó Sardine con sorna.

—Pues mejor eso que llevar siempre puesto el mismo jersey, como tú, mandamás de las Gallinas.

Torte le lanzó a Mona dos pares de calcetines.

—¡Tiene razón, Sardine! —exclamó Melanie entre risitas—. Llevas casi todos los días el mismo jersey.

Sardine apretó los labios y comenzó a pellizcarse el jersey.

—Pues con ese jersey está mil veces mejor que Torte —farfulló Fred sin levantar la vista del plato.

Steve y Willi intercambiaron una mirada de complicidad.

—¡Eh! ¡Eso ha sido un cumplido, Gallina! —exclamó Steve—. Espero que sepas valorar el honor que eso supone. Nuestro jefe no es muy dado a cumplidos.

—¡Cierra el pico, Steve! —renegó Fred, soltándole una patada.

—Bueno. —Mona se levantó dando un suspiro y descolgó su abrigo de los cuernos de corzo que había junto a la puerta—. Yo creo que por esta noche ya hemos tenido bastante. Bob y Lilli desde luego, pero las Gallinas también, ¿no os parece? —preguntó mirando a las chicas.

—Yo sí —admitió Wilma entre bostezos—. Me siento como si fuera de madrugada.

Trude también bostezó, aunque ella se tapó la boca educadamente con la mano.

—¿Cabemos todas en el coche? —preguntó Sardine tras dejar el plato vacío sobre la cocina.

—Sin problemas —respondió Mona. Luego se metió el zapato de Bob en el bolsillo del abrigo y agregó—: En mi coche hay sitio, pero si vais muy apretadas, podéis llevar a Bob y a Lilli encima de las rodillas.

—¿En las rodillas? —Lilli torció el gesto, enfurruñada—. Nosotras no somos bebés.

—¡Noooo, claro, y como no son bebés jamás cometerían la estupidez de meterse en el bosque por la noche! —exclamó Wilma, bostezando otra vez con la boca abierta de par en par.

Mona ayudó a Bob a levantarse y la llevó a caballito hasta el coche.

—Bueno, la verdad es que las cosas no han salido como nosotros esperábamos —admitió Fred cuando las chicas estaban ya en la puerta—. Mañana pasaremos a veros por el picadero. Con estar de vuelta después de comer, es suficiente, porque en principio mañana no tenemos previsto perdernos mil veces de camino a la estación. Además, Steve quiere ensayar a toda costa con la Gallina pistolera.

—Vale —asintió Sardine. Mientras ella se enrollaba la bufanda alrededor del cuello, Fred jugueteaba con el pendiente de aro que llevaba en la oreja.

230

—Hasta mañana —dijo Melanie, y le dio a Willi otro beso de despedida.

—Jo, al final no ha habido nada de besuqueos —protestó Steve—. Esas malditas Gallinitas lo han echado todo a perder.

—Una tragedia, una terrible tragedia —apuntó Mona, que en ese instante acababa de asomar la cabeza por la puerta. Steve se puso como un tomate—. Bueno, sólo quería daros las gracias otra vez por la generosidad que habéis demostrado al rastrear el bosque en busca de las dos fugitivas. Le diré a Hedwig que os habéis ganado una buena bolsa de provisiones para el viaje. —Y volvió a marcharse.

—Desde luego, Stevie, ya has vuelto a hacer el ridículo otra vez —le recriminó Willi, y se puso a imitar la voz de Steve—: «Jo, al final no ha habido nada de besuqueos.»

Steve se quitó las gafas, abochornado.

—Bueno, hasta mañana —se despidió Sardine. Se cogió del brazo de Frida y, al darse la vuelta, oyeron los atronadores ronquidos de Rübezahl.

—A ver ahora cómo lo echan —susurró Wilma.

Melanie le tiró un último beso a Willi con la mano y luego, una detrás de otra, se apretujaron en el coche de Mona. Había sitio para todas, de modo que no fue necesario que las Gallinitas fueran sentadas en las rodillas de las Gallinas. Cuando Mona salió a la carretera que conducía al picadero, Bob ya se había que-

dado dormida con la cabeza apoyada en el hombro de Frida.

—Siento mucho que os hayan echado a perder la noche —comentó Mona en voz baja.

—Bah, no es tan grave —respondió Sardine. Y pensó que había cosas mucho peores que una caminata nocturna por el bosque con Frida... y con Fred.

A la mañana siguiente, Lilli y Bob se quedaron en la cama. Les llevaron bolsas de agua caliente y un vaso de leche con cacao.

—Vaya, parece que hoy nos van a recompensar —señaló Wilma cuando fueron a buscar a los caballos al pastizal.

Era el cuarto día en el picadero de Mona, el cielo estaba casi despejado y en los árboles relucían los colores del otoño. Pero hacía frío, tanto que las chicas tenían que dar saltitos todo el rato para calentarse los pies.

Ese día Bess quería recorrer toda la valla de los prados con su grupo, pues según les había explicado a las Gallinas, siempre había tramos que necesitaban alguna reparación.

A Sardine, Melanie y Trude, en cambio, les esperaba otra sesión de equitación. Esa vez Mona las dejó que intercambiaran los caballos.

—Así comprobaréis lo diferentes que pueden llegar a ser —les dijo.

A Melanie le tocó *Snegla*; a Trude, *Fafnir*; y a Sardine, *Freya*. Esta última notó la diferencia desde el principio, pues subirse a lomos de *Freya* le costó mucho más de lo normal, y al presionar los muslos contra la yegua para que echara a andar, no obtuvo tan buena respuesta como con *Snegla*. Melanie, sin embargo, que hasta ese día había tenido que apretar los muslos contra *Fafnir* con mucha fuerza para que el caballo se pusiera en marcha, estuvo a punto de escurrirse de la silla, pues aquella vez en cuanto los apretó un poquito, *Snegla* salió disparada. ¡En fin! Pero a pesar de que aquel día los caballos no obedecieron ni la mitad de las órdenes que les dieron; a pesar de que *Freya* se puso dos veces en huelga en el medio de la pista y no había forma de moverla, y de que *Fafnir* se quedó parado otras dos veces para hacer pis en señal de protesta en lugar de caminar al trote, como Trude le ordenaba; a pesar de todos los pesares, las tres Gallinas hubieran seguido dando vueltas durante horas y horas si Mona no hubiera pronunciado en un momento dado la frase de «es suficiente por hoy».

—Sólo nos quedan dos días —murmuró Trude cuando llevaban a los caballos al amarradero—. ¡Se ha pasado volando! Ojalá pudiéramos quedarnos aquí todas las vacaciones.

—No parece que te estés muriendo de ganas de ver a tu primo —observó Melanie, enarcando las cejas.

234

Trude no respondió. En silencio, le quitó la cabezada a *Fafnir*.

—Veo que he dado en el clavo —agregó Melanie. Después de limpiar el bocado en un cubo de agua, dejó los arreos sobre la viga del amarradero y le dio un pedazo de pan a *Snegla*—. Bueno, a lo mejor cuando lo veas resurge el amor. Por carta es muy difícil saber si una relación funciona de verdad.

—Ya —murmuró Trude, pero lo cierto es que no parecía muy ilusionada.

—Yo, por experiencia... —empezó a decir Melanie.

—Y tiene mucha —interrumpió Sardine.

—... creo que uno sólo sabe si está enamorado cuando besa —prosiguió Melanie sin inmutarse—. Es la única prueba que funciona al cien por cien. Si al besar a alguien sientes un cosquilleo por todo el cuerpo y te sube una especie de calor por dentro, entonces es que va bien.

Trude le quitó la silla a *Fafnir* y la colgó sobre la viga.

—Ya —volvió a murmurar.

—¿Sabes? Si Fred... —Melanie bajó la voz, lanzó una mirada burlona a Sardine y le bisbiseó algo a Trude al oído. Ésta soltó una risita y comenzó a cepillar el blanco pelaje de *Fafnir*.

—¡Serán tontas! —Sardine se volvió indignada y les dio la espalda—. Los caballos son mucho mejores que las personas —le susurró a *Freya* en una de sus peludas orejas—. Mucho, mucho mejores.

—He oído decir que Fred besa de maravilla —afirmó Melanie—. Y eso no es algo que pueda decirse de muchos chicos.

—No sé, tú sabrás —murmuró Sardine.

Al notar que le ardía la cara, la arrimó rápidamente al cuello de *Freya*, pero la yegua sacudió las crines y le dio con la cabeza en el pecho. Le estaba diciendo: «Venga, dame un trozo de pan de una vez.» Hasta ese punto dominaba ya Sardine el lenguaje de los caballos.

—Pues yo, qué quieres que te diga... No me convence esa teoría de los besos. —Trude se agachó y le rascó a *Fafnir* el casco de la pata delantera izquierda. Él trató de apartarla, pero Trude lo estaba agarrando con fuerza. Se le daba muy bien, mucho mejor que a las otras dos—. Hay otras cosas, aparte de los besos. Quiero decir que... —Y empezó a tartamudear.

—¿Otras cosas? —preguntó Melanie, arrojando el cepillo en la caja.

Trude le quitó a *Fafnir* una hoja de las crines.

—Sí, bueno, por ejemplo los gustos de cada uno: el cine, la música y todo eso.

—Ah, ya, eso. —Melanie le tendió a Trude un gancho de los que utilizaban para limpiar los cascos—. ¿Puedes rascarle tú los cascos de atrás? Cada vez que lo hago yo, se tira pedos en mi cara.

—¿Y a mí qué me cuentas? A mí me hace lo mismo —replicó Trude, que suspiró hondo y se dio media vuel-

ta—. Yo voy a llevar a *Fafnir* al pastizal —anunció desatando el ronzal y arrastrando consigo al caballo.

—No me mires con esa cara de pena —le increpó Sardine a Melanie, y soltó también a *Freya*—. Yo tampoco pienso limpiarle los cascos por ti. La amistad tiene sus límites.

—¡Al menos podrías sujetarle el rabo! —exclamó Melanie—. No soporto que me dé con esa cosa en las orejas.

—¡No es una cosa! —replicó Sardine—. Y además no se llama «rabo»; se llama «cola».

Después de llevar a *Freya* al pastizal, se sentó encima del cercado junto a Trude mientras Melanie trataba de levantar el pie trasero de *Snegla* y de mantener, al mismo tiempo, la cara alejada del vaivén de la cola del animal.

—¡Ay, que me caigo de la risa! —exclamó Trude—. Voy a echar mucho de menos esta imagen cuando volvamos a casa.

—Es verdad —asintió Sardine levantando la cara hacia el sol; los rayos otoñales calentaban, aunque sólo fuera un poquito.

—Es una pena que los chicos tengan que volver hoy a casa —comentó Trude—. La verdad es que una se lo pasa bomba con ellos. Y la cena que preparó Torte ayer era deliciosa.

—¿Y por qué tienen que marcharse hoy? —preguntó Sardine—. ¿Rübezahl no los deja quedarse más

días en la cabaña? ¿O es que hay alguno de esos partidos de fútbol y no quieren perdérselo?

—No, es que el abuelo de Fred sale del hospital. —Trude quitó unas crines que se habían quedado enganchadas en una madera de la cerca—. Steve dice que se ha recuperado mucho, pero que necesita ayuda para ir a hacer la compra y ese tipo de cosas.

—Ah, claro —asintió Sardine. El abuelo de Fred; se había olvidado por completo de él. Precisamente fue él quien enseñó a Fred a construir una cabaña en la copa de un árbol, a hacer nudos resistentes y seguros y a preparar café. Claro, por su abuelo Fred estaría dispuesto incluso a volver a casa.

—¿Podéis abrirme la verja, por lo menos? —exclamó Melanie. *Snegla* aguardaba tras ella e intentaba mordisquearle los rizos. Melanie la apartaba, irritada, pero la yegua volvía a la carga una y otra vez.

—¡Fíjate en eso, hasta los caballos encuentran irresistible el pelo de Melanie! —exclamó Sardine al saltar de la valla para abrir el portillo.

Brunka intentó colarse, pero Sardine la atrapó por las crines y le ordenó que retrocediera.

—Seguro que es el champú de Meli lo que los atrae —apuntó Trude—. Llevará leche de coco o algo así.

—¡Menuda chorrada! ¿Crees que me gustaría ir por ahí oliendo a coco? —Melanie le quitó la cabezada a *Snegla*—. Si tanto te interesa, es champú de rosas, para que lo sepas.

—¡Oh, champú de rosas! —Sardine entornó la mirada y volvió a subirse a la cerca, pero Melanie le dio un empujón tan fuerte desde atrás, que cayó otra vez al suelo.

—Te lo recomiendo —voceó—, así a lo mejor conseguirías que Maik se fijara en ti y no en Frida.

Sardine apretó los labios y simuló que se estaba sacudiendo el barro de los pantalones.

—Te has pasado, Meli —señaló Trude—. Te has pasado mucho, diría yo.

—Sí, es verdad —admitió Melanie con la cabeza gacha—. Vale, dejaré que Sardine me tire de la valla.

—A mí se me ocurre algo mejor —apuntó Sardine. Se agachó y, antes de que Melanie cayera en la cuenta de cuáles eran sus intenciones, Sardine ya le había estampado las boñigas de caballo contra el jersey.

—¡Eres una asquerosa! —chilló Melanie, y se deslizó para bajar de la cerca—. ¿Es que te has vuelto loca?

—¡Puaj, Sardine! —A Trude le sobrevino tal ataque de risa que comenzaron a caérsele las lágrimas—. ¡Ahora tienes las manos pringadas de caca!

—Pero ha merecido la pena —afirmó Sardine, y se limpió los dedos provisionalmente con un pañuelo.

Melanie dio media vuelta y echó a andar hacia la casa con la cabeza muy alta.

—¡Me pienso vengar! —exclamó volviendo la cabeza—. Si yo fuera tú, empezaría a temblar ya mismo.

Trude seguía riéndose a carcajadas.

—Si fuera tú, la vigilaría muy de cerca —le aconsejó a Sardine—. A mí una vez me amenazó con vengarse y le envió a Steve una carta de amor firmada con mi nombre. Fue horrible, te lo aseguro.

—¿En serio? —Sardine miró hacia la casa, pero Melanie ya había desaparecido—. No creo que se atreva a hacerme algo así —murmuró.

—No se atrevería a coger una boñiga reciente —observó Trude pasándose la mano por el pelo—, pero por lo demás, es capaz de cualquier cosa.

Preocupada, Sardine se agarró la pluma de gallina del cuello. Trude sabía de qué hablaba. Después de todo, ella había sido la mayor admiradora de Melanie durante años. Había sido su mensajera de cartas de amor y había compartido con ella todos sus secretos; o al menos, todos los secretos que Melanie había accedido a compartir.

—Vale, entonces la vigilaré, sólo por si acaso —murmuró Sardine. Y se preguntó qué sería peor: que Melanie le enviara una carta de amor falsa a Maik o que se la mandara a Fred...

En el vestíbulo se toparon con las Gallinitas. Lilli y Bob ya volvían a tener la sonrisa descarada de siempre instalada en el rostro. Estaban sentadas en el sofá junto a Verena con las piernas colgando, cuchicheándose comentarios al oído y riéndose.

—¡Eh! ¡Jefa de las Gallinas! —exclamó Lilli cuando Sardine y Trude se dirigían hacia las escaleras—. ¿Van a pasar por aquí hoy vuestros amigos enanos?

—¡Sí, pero no porque os echen de menos a vosotras! —respondió Sardine, y se apresuró a subir por los chirriantes escalones. En ese momento tenía otras preocupaciones.

—Ah, ¿no? ¿Entonces a quién echan de menos? —exclamó Bob tras ellas—. ¿Sabes una cosa, jefa de las Gallinas? ¡Creo que estás colada por el jefe de los enanos! ¡Ya sabes a cuál me refiero, al que tiene el pelo como una zanahoria! Y Lilli piensa lo mismo.

—¡Una palabra más —gruñó Sardine asomándose por la barandilla— y os vuelvo a dejar perdidas en mitad del bosque!

La puerta de la habitación estaba entreabierta y, por la rendija, se veía a Melanie arrodillada delante de la cama escribiendo algo en su papel adornado con flores y con no se sabe cuántas cosas más. En cuanto Trude y Sardine irrumpieron en el cuarto, se apresuró a tapar la hoja con la mano.

—¿Qué pasa? —preguntó—. ¿Queréis lavarme el jersey? No os molestéis, ya lo he hecho yo.

Y era cierto. Sobre el radiador estaba el jersey mojado, goteando sobre una toalla.

—¿Qué estás escribiendo? —le preguntó Sardine.

—No es asunto tuyo —respondió Melanie, y mientras escribía cubrió el papel para que nadie pudiera leerlo.

—Sí que lo es —sentenció Sardine, asomándose por encima del hombro de Melanie.

—Pero ¿qué haces? —Melanie apoyó la mano sobre el pliego de papel, pero Sardine le apartó los dedos—. ¿Tú estás mal de la cabeza o qué te pasa? —gritó Melanie pegándole un empujón—. Mira lo que has hecho, ahora está todo arrugado.

Sardine le devolvió la hoja de papel. Estaba abochornada. La carta iba dirigida a Willi. Melanie había dibujado todos los puntos de las íes en forma de corazón y había estampado un beso con los labios pintados en el papel.

—Lo siento —murmuró Sardine—. Es que Trude...

—¿Qué pasa con Trude? —preguntó Melanie, volviéndose hacia ésta.

—Bah, nada, no pasa nada —respondió Sardine. Trude se estaba limpiando las gafas otra vez.

—Entonces dejadme en paz —espetó Melanie, alisando el papel—. No me hace ninguna falta vuestra ayuda. Tengo que acabar la carta de Willi antes de que los chicos se marchen. Si os aburrís, seguro que abajo encontraréis a alguien a quien tirarle boñigas. En el picadero hay un montón.

Sardine sonrió son sorna.

—Qué va, lo de las boñigas sólo tiene gracia contigo. Sueltas unos gritos tan monos...

242

Melanie esbozó una mueca y siguió dibujando corazoncitos. Sardine se aproximó a la ventana y Trude se sentó en la cama de Wilma.

—Sólo nos quedan dos días —observó—. Y Wilma ni siquiera ha tocado los libros del cole que se ha traído.

—Es increíble, ¿verdad? —apuntó Melanie, estampando otro beso al final de la carta—. A su madre no le va a hacer ni pizca de gracia.

Sardine apoyó la frente en el cristal de la ventana. Por primera vez desde que estaban en el picadero de Mona, le había venido a la mente su desastroso examen de inglés. Pero inmediatamente desterró aquel pensamiento de su cabeza.

—¡Eh! —exclamó—. Creo que ya vienen.

—¿Los chicos? —Melanie levantó la cabeza y dobló rápidamente la hoja de papel.

—No, Bess y Wilma. —Sardine frunció el ceño y agregó—: Qué raro, Frida no está con ellas.

—Bueno, entonces seguro que Maik tampoco está —apuntó Melanie, que metió la carta de Willi en un sobre y lo cerró cuidadosamente—. Era mucha casualidad que justo hoy hubiera decidido ir a montar con ellas.

Cuando llegaron al picadero, las demás estaban ya desensillando y limpiando a los caballos. Bess informó a Mona de cuáles eran exactamente los tramos de la valla que precisaban algún arreglo. El año anterior, según les había explicado Bess a las Gallinas, se había colado

un semental por un agujero de la valla y había cubierto a dos de las yeguas de Mona.

Wilma estaba junto a Bess. Aquella mañana había montado a *Kraki* y le estaba susurrando algo cariñoso en una de sus peludas orejas.

—¡Éste es el mejor caballo del mundo! —exclamó cuando las otras tres se acercaron—. Puedes pasarte horas acariciándolo y encima corre como el viento.

—¿Y tú cómo lo sabes? ¿Has vuelto a jugar a los indios? —le preguntó Sardine, dándole unas palmaditas a *Kraki* en su robusto cuello.

Ciertamente poseía una belleza espectacular; tenía todo el pelaje negro mate y unas crines tan abundantes que uno podía enterrar las dos manos debajo. Además, cuando le daba el sol en el lomo, su pelo relucía en un tono cobrizo.

—¿Qué pasa? ¿Wilma se ha enamorado de *Kraki*? —preguntó Mona al acercarse a ellas.

—¡Ya lo creo! —exclamó Wilma entre suspiros—. Me parece que lo meteré en la maleta y me lo llevaré a casa.

Mona sonrió y acarició el oscuro hocico del caballo.

—Por cierto, ¿dónde está Maik? —preguntó.

—Está revisando la valla del pastizal de verano —respondió Bess.

—¿Con Frida? —Melanie era sencillamente incapaz de mantener la boca cerrada. Sardine sintió la irresistible tentación de lanzarle otra boñiga.

—¿Con Frida? —repitió Mona.

Bess asintió. Su madre frunció el ceño y volvió la vista hacia el pastizal.

—Daos un poco de prisa en acabar con los caballos —les dijo—. La comida está casi lista y ya sabéis lo que hace Hedwig si se enfría antes de que todo el mundo esté sentado en su sitio.

Luego regresó pensativa hacia la casa.

—Bess —dijo Melanie mientras ayudaban a la hija de Mona a acarrear las sillas al guadarnés—, ¿a tu madre le parece mal que Frida y Maik...? Bueno, ya sabes...

Bess se encogió de hombros.

—Bueno, ella es la responsable de las chicas que vienen aquí. Y además, Maik tiene novia. Lo que pasa es que ahora está de viaje.

—¿Qué dices? ¿En serio? —Trude resopló. Se quedó boquiabierta y miró a las demás. A Sardine por poco se le cae la silla de los brazos.

—¿Y Frida lo sabe? —preguntó.

Bess volvió a encogerse de hombros y la ayudó a colgar la silla en el gancho.

—Ni idea.

Las Gallinas se quedaron en silencio.

Wilma fue la primera en recuperar el habla.

—Pues que sepas que nosotras se lo vamos a contar —aseveró—. Ya puedes ir diciéndoselo a tu hermano.

—¿Por qué? —preguntó Melanie—. Dentro de dos días vamos a casa y ellos no volverán a verse nunca más.

—Ah, ¿sí? ¿Y cómo estás tan segura de eso? —espetó Wilma—. ¿Qué pasa si Frida quiere volver a verlo? ¿Y si le escribe cartas de amor cuando su novia haya vuelto y estén juntos?

Bess se sacudió del jersey unos cuantos pelos de caballo con gesto pensativo.

—A lo mejor sí que se lo ha contado —murmuró.

—A lo mejor —repitió Sardine—. Pero más vale que nos aseguremos.

Frida no apareció a la hora de comer. Más tarde, cuando ya hacía rato que Mona se había metido en su oficina y las Gallinas se habían trasladado al establo para pasar allí la hora de la siesta, Maik y ella entraron en el picadero a caballo. La cara de Frida reflejaba tanta felicidad que Sardine sintió una pequeña punzada en su interior. Y eso que ya no se le aceleraba el corazón cada vez que veía a Maik. Él también parecía contento. No pararon de cuchichearse secretitos mientras desensillaban a los caballos. También se reían; de qué, sólo lo sabían ellos, y ni siquiera Lilli les aguó la fiesta al aparecer y pegarle a Frida en la espalda un corazón pintado por ella misma.

—¡Eh, Frida! —exclamó Wilma.

Frida le estaba quitando el bocado al caballo y Maik había ido un momento al guadarnés a por pan.

Sardine se volvió hacia Wilma, asustada. ¿Acaso

pensaba contarle a Frida lo de la novia de Maik? Al parecer las demás se temieron lo mismo, pues Trude palideció y Melanie se escondió detrás de los rizos, que era lo que acostumbraba hacer siempre que estaba nerviosa.

—¿Qué pasa? —preguntó Frida, y le dio un beso a *Bleykja* entre las orejas.

Wilma hundió las manos hasta el fondo de los bolsillos de su abrigo.

—¿Te acuerdas de esa escena en la que Julieta se entera de que Romeo ha matado a su primo? Sabes cuál te digo, ¿no? La de «alma de víbora».

Frida la miró confundida.

—Sí, ¿por qué?

—¿Alma de víbora? —preguntó Maik, y le puso uno trozo de pan a Frida en la mano. *Bleykja* volvió la cabeza con interés.

—Sí, alma de víbora —repitió Wilma, lanzándole a Maik una mirada hostil—. ¿Cómo era esa parte, Trude?

—*¡Ay, alma de víbora, oculta bajo una belleza en flor!* —recitó Trude titubeante—. *¿Qué dragón habitó nunca tan hermosa caverna? ¡Hermoso tirano! ¡Angélico demonio!*

—Suena bien —apuntó Maik.

—¡Voy a llevar a *Bleykja* al prado! —anunció Frida. Volvió a mirar a Wilma con extrañeza y se fue.

Maik salió tras ella. Wilma lo siguió con la misma mirada hostil.

—Pero maldita sea, Wilma, ¿a qué ha venido toda esa palabrería? —le preguntó Melanie indignada en cuanto Maik ya no podía oírlas—. ¿Querías contarle a Frida lo de la novia de Maik recitando a Shakespeare?

—¿Qué tiene de malo? —replicó Wilma ofendida, y dio media vuelta—. Vamos, Trude —agregó dirigiéndose hacia el establo—. Vamos a empezar ya el ensayo. Steve debe de estar al caer.

—Voy a hablar con Frida —anunció Sardine cuando se acomodaron bajo la cubierta abuhardillada del pajar—. Al fin y al cabo somos amigas desde hace mucho tiempo y...

—Si se lo dices tú, creerá que te lo has inventado —interrumpió Melanie—. Por celos. Porque tú también estás colada por Maik.

Sardine miró hacia el techo. ¿Adónde iba a mirar si no?

—Qué bobada —apuntó Trude, acudiendo en ayuda de Sardine—. Frida sabe perfectamente que Sardine jamás haría algo así. A mí me parece bien que se lo diga ella.

—Como queráis. —Wilma trepó hasta el escenario de balas de paja y se ató la espada a la cintura—. Pero alguien debería contárselo.

—¡Eh, Gallinas! —exclamó una voz desde abajo. Parecía Lilli—. ¿Estáis ahí arriba?

—Sí, ¿qué pasa? —preguntó Sardine.

—Han llegado vuestros amigos, los Pigmeos. No empecéis a ensayar todavía. Nosotras queremos veros.

—¡Genial! —exclamó Wilma con una radiante sonrisa. Se sacó la espada del cinturón y comenzó a dar mandobles al aire—. ¡Por fin podré representar la escena de la muerte! —exclamó—. *¡Que caiga una maldición sobre vuestras dos casas! Ellas me han convertido en pasto para gusanos!*

Fue dando pasos hacia atrás, tambaleándose, con la mano hundida en el jersey. Cerca del decorado y entre lamentos, se desplomó. Trude y Melanie aplaudieron, pero Sardine continuaba sumida en sus pensamientos sobre Frida.

—¡Jolines! —jadeó Steve al coronar la escalera—. ¿De quién ha sido la idea de ensayar aquí arriba? Esa escalera se zarandea más que la de nuestra guarida.

—¿Tienes una espada? —le preguntó Wilma a pleno pulmón.

—¿Una espada? —Steve subió al escenario, sacó un palo de debajo del abrigo y se lo puso a Wilma delante de la nariz—. Por supuesto. *¿Buscáis pelea, señor?* —exclamó dirigiéndose a Wilma—. *¡Tú! Tú la emprenderías con un hombre por llevar un pelo de más o de menos en la barba. Te enfrentarías a un hombre por estar partiendo avellanas, y todo porque tú tienes los ojos de ese color.*

—¡Espera, Steve! —exclamó Fred—. No podéis empezar si el público ni siquiera se ha sentado. —Con

un hondo suspiro, se sentó sobre la paja, a pesar de que picaba, al lado de Sardine—. Hemos tenido que currar como unos salvajes hasta dejar la cabaña como los chorros del oro —le susurró al oído—. Rübezahl siempre encontraba algún fallo. «Esos cuernos están torcidos, hay una hoja en la alfombra, falta un plato.» Ha sido una pesadilla.

—¡Basta ya de charla ahí atrás! —exclamó Wilma—. Si no, os quitaremos las balas de paja y tendréis que ver el espectáculo de pie, como en tiempos de Shakespeare.

—¡Qué incómodo! —bramó Willi, y Melanie se sentó en sus rodillas. Sardine vio que ella le introducía la carta debajo del abrigo. Las tres Gallinitas se habían presentado también en el pajar y estaban sentadas sobre el suelo polvoriento, cuchicheando sin parar. Frida y Maik pasaron junto a ellas y se quedaron de pie delante del escenario.

—A mí de momento no me necesitáis, ¿verdad? —le preguntó a Wilma—. Tú seguramente quieres practicar con Steve la escena de la contienda.

—Sí —respondió Wilma, esquivando su mirada.

Steve lanzó su abrigo desde el escenario.

—¡Silencio en el público! —exclamó, enarbolando de nuevo el palo que le iba a servir de espada. Luego se aproximó a Wilma en actitud amenazadora. Tras el primer golpe de espada se hizo el silencio en el pajar de Mona.

—*Salud, caballeros* —declamó Steve con una voz

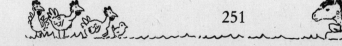

251

sorprendentemente grave—; *una palabra a uno de vosotros.*

—¿*Sólo una palabra a uno de nosotros?* —respondió Wilma y se plantó delante de Steve, tan cerca que apenas los separaba un palmo—. *Acompañadla de algo; que sean una palabra y un golpe a la vez.*

Steve le sacaba a Wilma más de una cabeza. A su lado, parecía un caniche enfadado dispuesto a abalanzarse sobre los tobillos de Steve. Sardine conocía esa faceta de Wilma, pues en la vida real también solía actuar con bastante agresividad, pero en Steve le sorprendió. En realidad les sorprendió a todos. El gordito y buenazo de Steve conseguía parecer peligroso y actuaba como si verdaderamente tuviera un corazón negro como la pez, un corazón marcado por las batallas y los muertos. ¿Cómo lo lograba? No se oía ni una mosca. Ni siquiera las Gallinitas se movían. Los dos se sabían su papel al dedillo.

—Steve se ha estado escaqueando toda la mañana para aprenderse el papel —le susurró Fred a Sardine al oído—. El tío se ha pasado todo el rato memorizando su parte mientras nosotros limpiábamos.

Maik entró en escena. Él todavía necesitaba leer el libreto, pero no importaba. Se acercaba el momento en el que Romeo terciaba en la pelea. Wilma y Steve mantenían una lucha tan encarnizada que, al retroceder, Wilma tropezó con una bala de paja y aterrizó en el regazo de Fred. Pero enseguida se levantó y saltó de nue-

vo al escenario, ágil como un gato; estaba preparada para el estelar momento de su muerte.

Romeo se interpuso entre los dos combatientes demostrando un gran arrojo, pensó Sardine. Tebaldo hundió su espada a traición en el pecho de Mercucio y Wilma comenzó a tambalearse.

—*¡Estoy herido!* —gimió—. *¡Que caiga una maldición sobre vuestras dos familias! Estoy muerto. ¿Y él? ¿Se ha ido de balde?*

—*Valor, amigo* —intervino Maik, mientras Wilma se bamboleaba buscando apoyo en el hombro de Romeo. Steve salió de escena—. *La herida no puede ser grave.*

—*No, no es tan honda como un pozo, ni tan ancha como la puerta de una iglesia; pero con ella es suficiente: venid a verme mañana y me encontraréis con una losa sobre el pecho.* —Wilma se arrodilló lentamente—. *Creédmelo* —añadió presionándose el pecho con los dedos, como si de él brotara la sangre a borbotones—. *Os aseguro que ya estoy listo para este mundo. ¡Que caiga una maldición sobre vuestras dos familias! ¡Demonios! ¡Que un perro, una rata, un ratón, maten a un hombre de un arañazo!*

Bob soltó una risita, pero Willi le tapó la boca. Wilma salió dando tumbos del escenario y Trude fue a anunciarle a Romeo la muerte de Mercucio. En el pajar reinaba un silencio sepulcral; sólo se oyó el resoplido de un caballo en el establo. Tebaldo entró de nuevo en es-

cena con ganas de pelea. Maik, que tenía la espada de Wilma, vengó su muerte.

—*El alma de Mercucio se encuentra aún cerca, sobre nuestras cabezas, aguardando la compañía de la tuya: o tú, o yo, o los dos hemos de partir con él.*

En aquella ocasión no necesitó el libreto. Y Steve interpretó su propia muerte con tal verosimilitud que Wilma lo contempló con los ojos como platos, llenos de envidia.

—Bueno, ya está —dijo Fred rompiendo el silencio mientras Steve yacía sobre la paja, inerte como un árbol caído—. Yo creo que ya hemos visto suficientes muertes por hoy. Tenemos que irnos, Steve.

Mona se ofreció a llevar a los Pigmeos a la estación, con las bicis y todo, en el remolque de los caballos. Los chicos aceptaron agradecidos, pues a juzgar por el aspecto del cielo, podía ponerse a llover en cualquier momento. Willi, Steve y Torte se pusieron enseguida a cargar las bicis en el remolque de Mona. Y Fred abordó a Sardine.

—Mona me ha dicho que vaya a la cocina a recoger las provisiones para el viaje que nos había prometido —le dijo—. ¿Vienes conmigo? Si me acompañas, seguro que la cocinera me regala también un termo de café.

—Yo no estaría tan segura —respondió Sardine, pero de todas formas lo acompañó.

Hedwig les había preparado tanta comida a los Pigmeos, que, tal como afirmó Fred, habrían tenido de sobra para llegar hasta el Polo Sur. El café también se lo dio.

—Bueno, pues nada, jefa de las Gallinas... —empezó a decirle Fred cuando se hallaban ante la puerta de la casa—. Yo... —En ese instante Dafne bajó brincando por las escaleras, los miró intrigada y entró en el comedor sin parar de dar saltos.

Fred suspiró y se quedó inmóvil, agarrando el picaporte de la puerta con la mano, hasta que Dafne desapareció. Luego se pasó la mano por su rojizo cabello.

—Antes de que venga alguien más —prosiguió, y se inclinó hacia Sardine—, quiero acabar con esto de una vez. —Sardine ni siquiera había tenido ocasión de advertir lo que estaba ocurriendo cuando Fred la besó. En la boca.

—¿Dónde os habíais metido? —La puerta se abrió tan repentinamente que Fred por poco se lleva un coscorrón. Wilma y Frida se plantaron delante de ellos—. Tus subordinados ya lo han cargado todo en el remolque —anunció Wilma mientras empujaba a Frida hacia dentro.

—Vale —asintió Fred, y pasó junto a Wilma para salir.

Sardine se quedó allí, inmóvil.

—Wilma me ha dicho que tienes que hablar conmigo —dijo Frida.

Y encima eso. Si tenía que hablar con Frida, Sardine prefería que Wilma no estuviera presente.

—Yo espero fuera —dijo ésta.

Sardine se quedó a solas con Frida y con la terrible noticia. De lo que nadie pareció percatarse fue del es-

tado de confusión en el que se encontraba la propia Sardine. Se llevó la mano a la boca, como si los demás pudieran ver en sus labios el beso de Fred.

—Bueno, ¿qué te pasa? —le preguntó Frida—. ¿Tiene algo que ver con tu madre?

—Maik tiene novia —murmuró Sardine. Se lo soltó tal cual, sin rodeos ni preámbulos; se le escapó. Más palabras tampoco habrían hecho que la noticia fuera mejor, las cosas eran así y punto.

Frida se quedó de piedra y la miró como si no hubiera comprendido bien la frase.

—Nos lo ha dicho Bess —agregó Sardine sin saber qué hacer con las manos ni hacia dónde mirar. No quería ver la expresión de dolor de Frida.

Ésta se quedó callada. Examinó con la mirada los abrigos del perchero, las botas sucias y las fotos de la pared, como si quisiera grabar aquellas imágenes en la memoria.

—Gracias por contármelo —dijo sin mirar a Sardine—. ¿Lo saben también las demás?

Sardine asintió.

Frida suspiró y se dirigió a la escalera.

—Dile a Bess que esta tarde no saldré a montar —anunció, volviendo la cabeza—. Voy a echarme un rato. Estoy agotada.

Sardine se quedó parada y la siguió con la mirada, pero no fue tras ella. Frida deseaba estar sola y Sardine lo sabía. Una sabe esas cosas de su mejor amiga...

Cuando Sardine salió de la casa, Trude y Melanie la estaban esperando.

—¿Qué? ¿Se lo has dicho? —le preguntó Melanie en voz baja.

Sardine asintió.

—Y se ha... —insinuó Trude con los ojos como platos.

—Sobrevivirá —murmuró Sardine mirando hacia el coche de Mona.

Wilma estaba junto a los Pigmeos y hablaba atropelladamente con ellos. Sardine se estaba preguntando si les estaría contando algo relacionado con la obra de teatro cuando Fred se dio la vuelta y se acercó a ella. Toda la sangre se le subió a las mejillas.

—Escucha —le dijo Fred situándose a su lado—. Wilma nos ha contado lo de Frida. Menuda jugarreta. ¿Quieres que cojamos a ese Romeo embustero por la solapa?

—Que Wilma ¿qué? —preguntó Sardine boquiabierta. Y por un momento se olvidó de los latidos de su corazón.

—Que nos ha contado lo de Frida —repitió Fred—. Y que si queréis, podemos darle una lección.

—¡No digas disparates! —exclamó Melanie, asustada—. ¿A quién se le ha pasado por la cabeza semejante estupidez? Seguro que ha sido Willi, ¿a que sí?

En ese momento Willi estaba metiendo la mochila en el coche de Mona. Cuando vio que ella se volvía a mirarlo, la saludó con la mano, pero Melanie no le devolvió el saludo.

—Sí, ha sido idea de Willi —reconoció Fred—. Pero todos estamos de acuerdo en que las cosas no pueden quedar así, después de lo que le ha hecho a Frida.

—¡Madre mía! —Melanie entornó los ojos, indignada—. Pues por lo que yo sé, tú has llegado a tener hasta tres novias a la vez, y no creo que ninguna de ellas supiera que había otras.

Fred agachó la cabeza sorprendido y clavó la mirada en las puntas de sus botas.

—¿Y a ti quién te ha contado eso? —refunfuñó, y miró nervioso a Sardine por el rabillo del ojo.

—Tengo mis propias fuentes —respondió Melanie en tono cortante—. Así que no nos vengas con sermones de moral. Aquí nadie va a pegar a nadie, ¿entendido? —Y miró a las demás Gallinas con aire interrogante.

Trude meneó enérgicamente la cabeza.

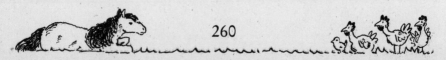

Y Sardine apuntó:

—Si acaso, ya pegaremos nosotras a Wilma por meteros en esto.

«Tres novias —le susurró una voz desde el interior de su cabeza—. ¡Tres novias a la vez!»

Fred se encogió de hombros.

—Bueno, como queráis —murmuró—. Sólo era una oferta, por nuestra vieja amistad.

Melanie torció el gesto.

—Sí, claro, y seguro que sobre todo Torte habría estado encantado de participar. Como no ha podido desquitarse con él, a pesar de morirse de celos...

Fred no respondió. Mona salió de la casa con las llaves del coche en la mano.

—¡Ya es hora de que os vayáis despidiendo! —exclamó—. Como tardemos mucho, los chicos van a perder el tren.

—¡Anulada la operación Romeo! —les susurró Fred a los demás al subir al coche.

Mona lo miró intrigada, pero para gran alivio de Sardine, no preguntó cuál era el significado de tan enigmáticas palabras. Wilma advirtió que las demás la estaban mirando con cara de pocos amigos, pero no debía de tener mala conciencia, porque no se dio por aludida. Melanie le estaba dando a Willi un beso de despedida por la ventanilla cuando Frida apareció en la pista de equitación. Sin ni siquiera mirar a Maik, que en ese momento estaba acarreando unos bidones de

261

agua al establo con Bob y con Verena, bajó las escaleras a toda velocidad y corrió hacia el coche de Mona.

—¡Pasadlo bien! —les dijo a los Pigmeos, y sonrió
como si nada hubiera pasado. Sardine conocía perfectamente esa faceta de Frida. Dominaba tan bien el arte
de disimular sus sentimientos que a veces ni la propia
Sardine sabía si estaba triste o contenta.

—¡Nos vemos como muy tarde en el cole! —exclamó Fred mientras Mona echaba el cerrojo del remolque—. Y les daremos recuerdos a las gallinas de vuestra parte, ¿vale?

Sardine asintió.

—Y no os rompáis la crisma montando a caballo
—agregó Willi dirigiéndose a Melanie—. ¡Que no nos
haría ninguna gracia tener que alimentar a vuestras gallinas hasta el fin de sus días!

Fred era el único que todavía no había subido al
coche.

—No dejes que las Gallinitas te hagan rabiar, Gallina jefa —le dijo a Sardine. Luego le dio un pelliz-
quito en la nariz y le metió una nota en el bolsillo del
abrigo, tan rápido que ni siquiera Melanie se dio
cuenta. Sardine apretó el papel con fuerza entre los
dedos.

Las Gallinas despidieron a los Pigmeos con la mano
mientras el coche de Mona se alejaba del picadero tra-
queteando. Los Pigmeos también les fueron diciendo
adiós desde el coche hasta que el remolque desapare-

ció. Entonces las chicas se quedaron a solas, mirando a Wilma.

—¿Tú estás mal de la cabeza? —le espetó Melanie—. ¿Es que no se te ha ocurrido pensar lo que iban a hacer los chicos después de contarles algo así?

—¿Qué pasa? —exclamó Wilma. Y enrojeció al notar que Frida la fulminaba con la mirada—. Se me ha escapado —afirmó—. En serio.

—¿El qué? —preguntó Frida, suspicaz.

—Ah, nada. —Sardine se la llevó hasta la verja, donde en aquel instante *Bleykja* estaba intentando abrir el pestillo. Era el único de los caballos de Mona que, según les había explicado Bess, de vez en cuando intentaba abrir las puertas. Bess les había contado que en una ocasión incluso había logrado colarse por debajo de una cerca.

—Pero ¿qué es lo que les ha contado Wilma a los Pigmeos? —insistió Frida.

—Que las Gallinitas se llevaron la llave de nuestra habitación y nos dejaron en el pasillo —mintió Sardine—. Y, claro, ya te imaginarás lo divertido que les ha parecido.

—Ah. —Frida parecía aliviada. Los ojos se le fueron hacia Maik, que estaba en el pastizal con las pequeñas y también la estaba mirando.

—*No hay sinceridad, ni fe, ni honor entre los hombres* —recitó Wilma.

—¡Wilma! —le susurró Melanie al oído, tapándole

263

la boca con la mano—. ¿No te parece que ya te estás poniendo un poco pesadita con la obra? Además, para de hablar de una vez de asuntos de los que no entiendes.

Wilma le apartó la mano furiosa.

—¿Qué quieres decir con eso? —exclamó—. De todas nosotras, yo soy la única que entiende algo de chicos, precisamente por eso no me junto con ellos.

Melanie tenía la respuesta en la punta de la lengua, pero en ésas apareció Bob a la pata coja por la pista del picadero.

—¿Volveréis a hacer teatro esta tarde? —preguntó poniéndose delante de Trude y Wilma.

—No —respondió Wilma con brusquedad.

—¡Sí! —dijo Frida volviendo la vista hacia Maik—. Podríamos ensayar la escena del alma de víbora.

Wilma la miró asombrada.

—Bueno, si a Trude y a ti os apetece... Yo en principio ya estoy muerta.

—Tú podrías hacer el papel de la madre de Julieta —sugirió Trude.

—¿De la madre? —Wilma pasó la mano por la viga del cercado—. La madre de Julieta es una mala bruja. —Después de decir eso se quedó contemplando los prados con el ceño fruncido, pero de pronto exclamó—: ¡Vale! Yo seré la madre. Voy a estudiarme el papel. —Dio media vuelta y echó a correr hacia la casa—. ¡En una hora estaré preparada! —gritó antes de desaparecer tras la puerta.

264

—Yo voy un momento a llamar a mi madre —anunció Sardine—. Quiero pedirle que no pase a recogernos demasiado pronto pasado mañana. Nos vemos en el establo.

Lo que por supuesto no dijo es que, además, tenía otro motivo para entrar en la casa. Al llegar a la puerta volvió la cabeza, pues Lilli le había lanzado alguna provocación de las suyas, y entonces vio que Maik se acercaba a Frida. Estuvo un rato hablando con ella, luego trepó por la cerca y saltó al pastizal. Frida hizo lo mismo. Juntos se alejaron caminando por el prado mientras Melanie y Trude los seguían con la mirada. El cielo, entretanto, había cobrado un aspecto amenazador, y hasta las Gallinitas habían decidido refugiarse en la casa. Pero al parecer Maik y Frida no se percataron de nada de eso.

—¿Qué estás mirando, Gallina jefa? —le preguntó Lilli al pasar junto a ella cuando entraron en la casa.

—No es asunto tuyo, jefa de las Gallinitas —respondió Sardine. Acto seguido se dio la vuelta y se dirigió al teléfono pero, en cuanto comprobó que nadie la veía, se coló en el cuarto de baño de los huéspedes que había junto al teléfono. Cerró la puerta con pestillo, se sentó sobre la fría tapa del váter y sacó la nota de Fred del bolsillo. Estaba totalmente arrugada, y había huellas sucias por todas partes. La desastrosa letra de Fred era inconfundible y difícil de descifrar, pero Sardine

pudo adivinar y leer en silencio todas y cada una de las palabras que él había escrito:

Si supiera escribir poesía, habría escrito unos versos sobre ti, sobre tu pelo, o tus ojos, pero se me da fatal, así que lo he descartado. Ahora a Torte le ha dado por apropiarse de todos los versos de Shakespeare cuando tortura a Frida con sus cartas de amor. Eso también lo he descartado. Aunque la verdad es que son muy bonitos. Me gusta, por ejemplo, cuando dice que Julieta es tan hermosa que enseña a las antorchas a brillar claro; y también cuando dice que cuelga de la mejilla de la noche como un diamante. O algo así. Esa parte me encanta. Te he dibujado un corazón, que al menos eso sí lo sé hacer.

FRED

PD: Jo, la verdad es que es una carta de amor desastrosa, pero no me da para más. *Sorry*.

—Eh, ¿está ocupado? —preguntó alguien aporreando la puerta del cuarto de baño—. Abre, por lo que más quieras, ¡es muy urgente!

Sardine se metió rápidamente la hoja de papel de Fred en el bolsillo del pantalón y abrió la puerta. Bob estaba dando saltitos con las piernas cruzadas, se encogía y se volvía a estirar.

—Ah, eres tú —murmuró, y pasó junto a Sardine corriendo para entrar en el váter—. Lo siento. Creo que ayer cogí frío en la vejiga después de tanto rato sentada en el tronco.

—No me extraña —comentó Sardine. Salió del cuarto de baño y se dejó caer en el sofá que había junto al teléfono.

—¡Ay! ¡Cómo me duele! —se quejaba Bob. Pasó un buen rato hasta que por fin salió del baño con expresión dolorida—. Ya puedes pasar —dijo tímidamente, señalando hacia la puerta.

—No, tranquila —respondió Sardine ausente—. Deberías pedirle a Bess una bolsa de agua caliente. Te irá bien.

—Ahora se la pido. —Bob se marchó.

Sardine se quedó sentada en aquel sillón desvencijado, en cuyo brazo alguien había escrito su nombre. No sabía qué hacer. No sabía qué pensar, ni qué sentir, no sabía cómo comportarse la próxima vez que viera a Fred. Seguro que Melanie habría sabido qué hacer. Incluso Frida..., Frida..., sí, a lo mejor podía hablarlo con ella. Frida no se iba a burlar, y tampoco se lo contaría a nadie...

«Yo había venido aquí a llamar a mamá», pensó Sardine. Y continuó sentada, sin moverse, apretó la carta de Fred entre los dedos, la dobló y luego la volvió a abrir; sonrió para sus adentros. Había perdido la noción del tiempo; no sabía cuánto rato llevaba allí sentada cuando Wilma apareció delante de ella.

—Bueno, ¿en qué has quedado con tu madre? —le preguntó con gesto ceñudo—. ¿Cuándo viene?

Sardine sepultó la carta de Fred en el bolsillo todo lo que pudo.

—Todavía no la he llamado —anunció.

—¿Y eso? ¿Qué has estado haciendo todo este rato? Frida está paseando con Maik por los prados a pesar de que ahí fuera está tan oscuro que parece que el cielo se ha tragado al sol, y tú te largas a llamar por teléfono y no vuelves.

—¿Y qué? —Sardine se levantó y cogió el teléfono—. Sí, hola —dijo tras marcar el número de la pensión donde se alojaba su madre—. ¿Podría hablar con la señora Slättberg, por favor?

—Frida se ha ido con él. Así, sin más —le susurró Wilma mientras Sardine esperaba a que respondiera su madre—. Como si no hubiera pasado nada. Si quieres que te diga la verdad, yo creo que con el amor uno no sólo se vuelve ciego, sino que además se vuelve tonto...

—Sí, hola, mamá. —Sardine se apretó el auricular contra la oreja y Wilma se calló—. Bien, gracias, ¿y tú? No, sólo llamaba para quedar. ¿Puedes venir lo más tarde posible? —Arrugó la frente—. ¡Pero eso es muy pronto! Tenemos que despedirnos de los caballos y, y... —Se quedó en silencio, escuchando. Wilma la miraba con aire impaciente—. Vale —murmuró Sardine—. Sí... ¿Y qué tal se está portando el señor Sabelo..., el sabihondo? ¿Sigue todo bien? Vale, hasta pasado mañana. Pásatelo bien. Yo

también. —Y al colgar, suspiró—. Vendrá después de desayunar —le dijo a Wilma—. No puede venir más tarde porque después de comer ya tiene que trabajar.

Salieron juntas de la casa. Ya estaba anocheciendo. El viento les arrojó unas gotas frías a la cara, pero a pesar de los densos nubarrones negros del cielo, no llovía mucho. En los pastizales se estaban peleando dos caballos. Sus acalorados relinchos daban miedo, y se perseguían el uno al otro enfurecidos. Sardine siempre había creído que los caballos eran animales absolutamente pacíficos, pero las luchas de poder y las peleas eran el pan nuestro de cada día en la granja de Mona. Había caballos que se caían bien y pasaban mucho tiempo juntos, y otros que siempre se mordían y se daban coces. En todo caso, al verlo parecía más grave de lo que era en realidad.

—Ya no están ahí fuera —observó Wilma, y recorrió el pastizal con los ojos entrecerrados.

—¿Quién? —preguntó Sardine.

—¡Pues Frida y Maik! —Wilma la miró de reojo con cierta suspicacia—. ¿Qué te pasa? Tengo la sensación de que estás en otra parte. En la luna o algo así. O más lejos aún.

—¿Qué dices? —Sardine se sorprendió a sí misma dibujando un corazón en la tierra húmeda con la puntera de la bota. Inmediatamente lo borró. Sentía el deseo de ponerse a cantar allí mismo, o de bailar sobre la pista del picadero. Se dio la vuelta y se encaminó al establo.

Bess había decorado todo el escenario de paja con guirnaldas. Acudieron casi todos y se colocaron bien apretaditos, pues en el establo hacía mucho frío. Mona también estaba sentada sobre una bala de paja, entre Verena y Dafne. Las rodeaba con los brazos y junto a ellas escuchaba a Frida, que estaba grandiosa, arrodillada en el centro del escenario. Aunque llevaba puesto el abrigo grueso y las botas llenas de barro de caminar por el prado, para todos los que estaban sentados a su alrededor en aquellos instantes era Julieta, la hija de los nobles y poderosos Capuleto que se había enamorado del hijo de los Montesco, enemigos a muerte de su familia.

—¡Ven, noche! ¡Ven, Romeo! Ven tú, que eres el día en la noche —recitaba en el momento en que Sardine y Wilma se sentaron sigilosamente al lado de Bess—; pues sobre las alas de ésta aparecerás, más blanco que la nieve recién caída sobre las plumas de un cuervo.

Sardine escuchaba esas palabras, aunque también puede decirse que no las escuchaba, mientras estaba sentada sobre la paja, con la espalda apoyada en una de las inmensas vigas de madera que sostenían el techo del establo y la carta de Fred en el bolsillo; de pronto tuvo la certeza de que recordaría aquel instante cuando tuviera cien años. Se acordaría de cómo olía el establo de Mona, a paja y a madera, a lluvia y a crines mojadas. Y recordaría algo más: que jamás en su vida se había sentido tan feliz como en ese momento.

—¿No te parece que Frida lo hace de fábula? —le susurró Wilma al oído—. Es impresionante. Espero que le siga saliendo igual de bien cuando Nora vuelva a hacer el papel de Romeo.

Sardine se volvió hacia Maik, que en ese instante estaba sentado junto al escenario. Cuando Trude entró en escena, Frida le lanzó una mirada fugaz a Maik y entonces Sardine comprendió que se habían reconciliado.

Al parecer Wilma también se dio cuenta.

—¿Pero qué le habrá contado para que ella vuelva a estar otra vez tan feliz y tan coladita por él? —le musitó a Sardine al oído.

—¡Chsss! —siseó Lilli desde atrás, y se llevó el dedo índice a los labios para mandarla callar.

Wilma le lanzó una mueca, pero a partir de entonces no volvió a decir ni mu. Al menos hasta que tuvo que subir al escenario e interpretar al personaje de la despiadada madre de Julieta.

—¡Oh, seguro que en clase no nos sale tan bien! —se lamentó Trude cuando estaban por la noche en la habitación.

Fuera había dejado de llover, el temporal había remitido y Sardine había abierto la ventana de par en par para que entrara el aire fresco y saliera el olor del perfume de Melanie.

—Al final pillaremos una pulmonía —protestó Melanie, echándose el edredón sobre los hombros.

—¡Pues no te des ese apestoso potingue cada dos por tres! Willi ya se ha ido, ¿a quién quieres conquistar con eso? —le espetó Wilma, que estaba tumbada en la cama leyendo atentamente el libro de química. El de francés se hallaba junto a la almohada y el de matemáticas ya lo había hojeado. Y, tras un hondo suspiro, lo había vuelto a dejar.

—Bah, ¡estás de mal humor porque hasta ahora no has tocado los libros! —Melanie fue hasta la ventana y la cerró—. Seguro que tu madre te va a interrogar en el camino de vuelta, ¿a que sí?

Wilma no respondió.

—Déjala en paz, Meli —intervino Frida, y siguió mirando las musarañas. Estaba así desde que habían vuelto de cenar: tumbada y con la vista fija en el techo.

Trude estaba estudiando otra vez.

—*No dice nada, señor, sólo llora y llora* —murmuró, con el dedo sobre su manoseado cuaderno—. *Ya cae sobre su lecho, ya se levanta llamando a Tebaldo. Y ense-*

273

guida llama a Romeo, para luego volver a caer. —Cerró los ojos, repitió las mismas palabras en voz baja y pasó la hoja.

—¡Mierda! —exclamó Wilma cerrando el libro de química de golpe—. Ojalá pudiera memorizar estas fórmulas la mitad de bien que los diálogos.

—¿Quieres que te las pregunte? —se ofreció Trude.

—No. —Wilma volvió a lanzar el libro dentro de la mochila y se sentó—. Es nuestra penúltima noche y no pienso malgastarla estudiando química. Bastante desperdicio fue la noche de ayer.

—Bueno, tampoco fue tan terrible —comentó Trude soltando una risita.

—¡Eh, Sardine! —Melanie le lanzó la almohada a la cabeza—. Propón tú algo para nuestra penúltima noche. ¿Dónde te has dejado tus famosas ideas?

Sardine le devolvió la almohada y se sentó.

—Yo a lo mejor bajo a ver a los caballos otra vez —anunció.

—¿Con este tiempo? —exclamó Melanie, meneando la cabeza—. No, gracias, yo ya tuve bastante ayer. Me quedé hecha un pajarito, y eso que al menos tenía a Willi para calentarme.

—¡Lo que hay que oír, Meli! —Wilma se dejó caer de espaldas sobre la cama.

—¡Lo que hay que oír, Meli! —repitió Melanie, imitándola.

—¡No empecéis otra vez a discutir! —exclamó Fri-

da, que se puso boca abajo y enterró la cara en la almohada. Las demás la miraron preocupadas.

—¿Qué le pasa? —preguntó Wilma en susurros—. ¿Está llorando?

—¡Que no, porras! ¡Que no estoy llorando! —respondió Frida sin levantar la cabeza de la almohada.

—Yo creo que está bien que volvamos a casa pasado mañana —afirmó Melanie con la convicción de quien se sabe experto en una materia—. Seguramente ahora no lo veas así, pero lo tuyo con Maik sería demasiado complicado.

—No tiene nada de complicado —replicó Frida entre sollozos. Se levantó en un pispás, se puso las botas y se dirigió hacia la puerta—. Simplemente tengo ganas de llorar y ya está. Hala, ya lo sabéis. —Y se marchó dando un portazo.

—¡Ve con ella, Sardine! —la acució Trude asustada.

—Sí, corre, ¡tú eres su mejor amiga! —Wilma se asomó a la ventana y miró hacia el picadero. Pero no halló ni rastro de Frida.

Sardine se sentó indecisa en la cama y comenzó a enredar con la pluma de gallina. ¿Qué iba a decirle a Frida? Ella ya tenía bastante lío con sus propios sentimientos.

—Yo creo que a Frida le apetece estar sola —murmuró—. En serio, la conozco bien.

—¿Sola? —Wilma aplastó la nariz contra el cristal—. Pues no está sola. Mirad. No lo entiendo. —Las otras se

275

apelotonaron junto a ella. Frida estaba en la pista, con Maik. Se estaban abrazando tan estrechamente que no se sabía dónde acababa Frida y dónde empezaba Maik.

—Pero entonces, ¿qué demonios va a pasar con su novia? —exclamó Wilma desconcertada—. ¿Para qué se lo hemos contado, si ahora resulta que le importa un rábano?

Melanie se retiró de la ventana.

—No es asunto nuestro —sentenció—. Y de todas formas, pasado mañana se habrá acabado todo.

—*Anda, pregunta su nombre* —murmuró Trude, y apoyó la frente sobre el frío cristal—. *Si está casado, es posible que mi sepulcro sea mi lecho nupcial.*

—¡Todo es culpa de la dichosa obra de teatro! —exclamó Wilma apenada—. A Frida se le ha subido a la cabeza. Sólo falta que se casen a escondidas.

Las otras la miraron atónitas.

En ese momento llamaron a la puerta y Bess asomó la cabeza.

—¿Os apetece ayudarme? —preguntó—. Mañana por la noche vamos a organizar una pequeña fiesta de despedida porque ya os marcháis todas. Queríamos que fuera una sorpresa para las pequeñas, pero a lo mejor a vosotras os apetece ayudarme con la decoración. Normalmente lo hacemos Maik y yo solos, pero es que él... —Bess se detuvo y vio la cama de Frida vacía—. Ah, que Frida... —agregó—, que Frida tampoco está.

Las Gallinas se volvieron sorprendidas hacia la cama

de Frida, como si hasta ese momento no se hubieran percatado de su ausencia.

—Es que está..., está bastante hecha polvo —murmuró Sardine— porque nos vamos pasado mañana.

—No le ha impresionado lo de la novia de Maik —añadió Wilma en tono cortante.

Bess se apoyó contra el marco de la puerta.

—Creo que Maik le ha prometido que va a cortar con su novia —anunció.

—¿Cómo? —exclamó Melanie enarcando las cejas con expresión de incredulidad—. Pero ¿por qué? Si dentro de nada Frida estará muy lejos.

Bess se encogió de hombros.

—Me da la impresión de que les ha dado muy fuerte a los dos.

El hondo suspiro de Trude traslucía incluso un poco de envidia.

—Pobrecita Frida —murmuró.

—Oye, que mi hermano también lo está pasando fatal —apuntó Bess, volviéndose hacia la puerta—. ¿Venís? La fiesta la organizamos siempre en el establo —les explicó mientras bajaban las escaleras—. Sacamos una estufa, llevamos unos cuantos caballos, ponemos música y Hedwig prepara sopa para todos.

—Suena bien —susurró Melanie.

Al pasar por el primer piso, intentaron ser especialmente sigilosas, pero el esfuerzo no les sirvió de nada.

Lilli y Bob las estaban esperando en el vestíbulo.

277

—¡Lo sabía! —exclamó Lilli—. Va a haber una fiesta, ¿a que sí?

—Claro —respondió Bess—. Pero esta vez las Gallinas me ayudarán con la decoración. Nadie más. No hace falta que os explique por qué, ¿no?

Lilli y Bob la miraron con cierto sentimiento de culpa.

—¿Por lo del año pasado? Pero es que éramos muy pequeñas —protestó Lilli.

Bob se dirigió a Bess con una mirada suplicante:

—Porfa, Bess. Te prometemos que esta vez nos portaremos bien.

Pero Bess no se dejó camelar.

—¡Ni hablar! —exclamó Bess, negando con la cabeza—. Tal vez en primavera, si es que venís.

—¡Pues claro que vendremos!

Lilli miró a las Gallinas con envidia y se marchó hacia las escaleras.

—Vamos, Bob. De todas formas eso del papel pinocho es un aburrimiento, y encima acabas con dolor de cabeza de tanto inflar globos.

—¡Podéis decorar las mesas del desayuno pasado mañana! —exclamó Bess volviéndose hacia ellas, pero Lilli y Bob ya estaban subiendo las escaleras con la cabeza muy erguida y no se dignaron ni mirarla.

—¿Qué hicieron el año pasado? —preguntó Trude mientras trasladaban unas cajas llenas de papel pinocho, globos y guirnaldas al establo.

—Trastadas y más trastadas —respondió Bess—. Primero utilizaron el papel pinocho para envolverles las patas a los caballos, pero es que luego no se les ocurrió otra cosa que empezar a estallar los globos con un rastrillo. Los caballos estuvieron a punto de desbocarse aquí dentro, *Kolfinna* se encabritó en el establo y a mí casi me aplasta. Ni siquiera Maik era capaz de calmarla. Se hizo rozaduras en las dos patas delanteras con la puerta de un compartimiento, y encima tuve que pararle los pies a Maik porque quería pegarle un guantazo a Lilli.

—Si llega a ser mi caballo, a mí no me habrías podido parar los pies —aseveró Wilma mientras les sujetaba la puerta del establo a las demás—. Tal vez sea mejor prescindir de los globos.

—Sí, a lo mejor tienes razón —respondió Bess, y recorrió el establo con una mirada pensativa.

Tardaron casi una hora en poner las guirnaldas, colocar las lucecitas de colores y colgar el papel pinocho de todos los ganchos que encontraron.

—Qué pena que no tengamos unas flores —señaló Trude mientras contemplaban, orgullosas, el resultado del trabajo.

—Los caballos no tardarían ni medio minuto en zampárselas —observó Bess—. A mi madre le regalaron una vez un ramo enorme y *Brunka* sacó el cuello por encima de la cerca y se comió la mitad de las flores. Os aseguro que no quedó casi nada del pobre ramo.

—Cuando venga mi madre pasado mañana —anunció Wilma mientras Bess echaba el cerrojo del establo y atravesaban la pista mojada en dirección a la casa—, me esconderé en el pajar. Ella no subiría ni loca por esas escaleras. Vosotras le decís que he desaparecido, que no sabéis cómo, pero que me he desvanecido en el aire, y cuando se vaya, le preguntaré a Mona si necesita una moza de cuadra o algo así.

—Eso ya se le ha ocurrido a más de uno —comentó Bess, mirando con una sonrisa hacia el pastizal. En la oscuridad apenas se vislumbraba la silueta de uno de los caballos.

—Vamos, Wilma, que en casa las cosas tampoco son tan terribles —dijo Melanie—. Piensa en la caravana, en los gofres de Frida...

—En las gallinas, en las reuniones de pandilla... —añadió Trude.

—Y en el estreno de la obra —agregó Sardine—. No creo que quieras perderte tu salto al estrellato, ¿no?

Wilma suspiró.

—No, claro que no —admitió—. Sólo era por imaginar.

—¿Qué te parecería si hiciéramos un intercambio de una semana en las vacaciones de Semana Santa? —sugirió Bess mientras subían las escaleras que llevaban a la puerta de la casa—. Tú ocupas mi puesto aquí y yo me voy una semana a ver vuestra caravana y a conocer a las gallinas. Seré una Gallina Loca por una semana.

—No es mala idea —respondió Wilma.

Dentro de la casa reinaba el silencio. Estaban congeladas de frío, así que se quitaron los abrigos y los zapatos y se calentaron las manos en el radiador.

—Aunque Bess tendría que hacer todas las tareas de Wilma —apuntó Sardine.

—¿Y cuáles serían? —preguntó Bess, apoyando la espalda contra el radiador.

Wilma comenzó a enumerar:

—Hacerse cargo del libro de la pandilla, administrar el bote del dinero y, lo más importante, espiar a los Pigmeos.

—Bueno, yo creo que podría hacerlo —afirmó Bess—. De momento lo que me apetece es tomar algo caliente, ¿os apuntáis?

Se sentaron en la cocina, prepararon té, comieron galletas —por supuesto Bess conocía el lugar exacto donde Hedwig escondía las provisiones— y fantasearon acerca de cómo sería regentar un picadero como el de Mona. Sin adultos, claro está. Sin madres, ni padres, ni profesores, ni abuelas gruñonas, ni, como puntualizó Sardine, profesores de autoescuela sabihondos que pretenden hacer de padres. Sin embargo, a Sardine le habría encantado que su madre sí formara parte del plan, aunque eso se lo guardó. «Sin mayores» excluía también a su fantástica mamá.

Estaban discutiendo acerca de cuántos caballos tendrían que comprar y de qué colores les gustaría que

tuvieran el pelaje y las crines. Y justo cuando estaban comentando que tal vez no estaba bien del todo que los Pigmeos se ocuparan para siempre de recoger las boñigas de los prados, entró Mona en la cocina con una bata y una cara de sueño terrible.

—Vaya, yo creía que la fiesta era mañana —murmuró mientras se servía un vaso de leche.

—Las Gallinas me han estado ayudando con la decoración —le explicó Bess.

—Muy amable por su parte. —Mona cerró el frigorífico y se apoyó contra la puerta—. ¿Pero no es Maik quien te ayuda normalmente?

Bess miró a las Gallinas y las Gallinas miraron a Bess.

—Ah, es que él... —murmuró—. Está...

Mona dejó el vaso de leche sobre el armario.

—¿No me digas que ya ha vuelto a irse a montar en mitad de la noche? Le he dicho miles y miles de veces que no me gusta nada que haga eso. *Kolfinna* ha... —De pronto se detuvo y recorrió con la mirada las caras de las cinco, que sin decir ni pío agacharon la cabeza hacia las tazas humeantes. Entonces suspiró y preguntó—: ¿Dónde está Frida?

—Se ha..., se ha acostado —improvisó Melanie.

Sardine contuvo la respiración y Trude miró a Melanie boquiabierta, como si ella jamás hubiera osado soltar semejante mentira. Bess removió el té con la cucharilla.

—Vamos, hombre, que no me chupo el dedo —exclamó Mona—. Si queréis colarme una mentira, tendréis que esforzaros un poquito más, ¿verdad que sí, Bess?

Bess suspiró y asintió.

—Mi madre huele las mentiras —reconoció—. O al menos ésa es la teoría de Maik.

Mona sonrió. Se bebió la leche en silencio y metió el vaso en el lavavajillas.

—Me parece que, por una vez, me alegro de que mañana a primera hora Maik se vaya con su padre —anunció—. Cuanto antes se termine el sufrimiento, mejor, ¿no os parece?

Las chicas no respondieron.

—¿Mañana? —preguntó Trude mirando a Sardine.

—Uf —murmuró Melanie—. Entonces es peor de lo que nosotras creíamos. Pobrecita Frida.

—Sois muy buenas al preocuparos tanto por vuestra amiga —observó Mona.

—Una para todas, y todas para una —murmuró Sardine.

—¿Eso también es de *Romeo y Julieta*? —preguntó Bess.

Mona soltó una carcajada.

—No. Ése era el lema de los Tres Mosqueteros. ¿Cómo se llamaban? Ay, ya no me acuerdo de los nombres —se lamentó entre bostezos—. Me vuelvo a la cama. Cuando aparezcan Romeo y Julieta, dile a Romeo que pase a verme, ¿de acuerdo?

Bess asintió.

Poco rato después las chicas también se fueron a la cama. Wilma, Melanie y Trude se durmieron enseguida. Sardine fue la única que se quedó despierta esperando a Frida. Pero llegó un momento en el que ya no pudo mantener los ojos abiertos, y la cama de Frida continuaba vacía.

22

Cuando Sardine se despertó a la mañana siguiente, Frida estaba sentada en la cama, poniéndose unos pendientes con aire pensativo. Las demás Gallinas también estaban en pie. Wilma se encontraba junto a la ventana y miraba el cielo con gesto preocupado.

—Como hoy vuelva a llover, se van a enterar —murmuró, como si aquella amenaza pudiera disuadir a las nubes.

—Da igual, por mí como si cae un chaparrón —apuntó Trude mientras se ponía el jersey más grueso de todos los que tenía—. Hoy vamos a montar. Después de todo es nuestro último día. ¿Alguien ha visto mis gafas? —preguntó, recorriendo la habitación con los ojos entornados.

Sardine se sentó en la cama con las piernas colgando y el pelo alborotado, y se pasó la mano por la cabeza. Miró discretamente a Frida. Ésta advirtió su mirada,

sonrió y fingió estar muy concentrada limpiándose las uñas.

—Toma —dijo Wilma, y recogió las gafas de Trude de la alfombra. Luego se volvió a agachar y cogió un papel doblado del suelo—. ¿Qué es esto?

—Es mío. ¡Trae! —Sardine hizo ademán de agarrar el papel, pero Melanie fue más rápida.

—¿Qué pone? —preguntó. Lanzó el cepillo del pelo sobre la cama y acto seguido desdobló el papel.

—¡Dámelo! —ordenó Sardine, intentando arrebatarle el papel de las manos, pero Melanie lo agarró con fuerza.

—No me lo puedo creer. ¡La jefa de las Gallinas ha recibido una carta de amor! —exclamó. Pero antes de que lograra descifrar los garabatos de Fred, Frida se abalanzó sobre ella y la sometió a una tortura de cosquillas hasta que soltó el papel. Sardine lo recogió y se lo guardó rápidamente en el bolsillo del pantalón—. ¡Vete a la porra, Frida! —jadeó Melanie, empujándola a la cama de al lado—. ¡Vosotras dos siempre os defendéis la una a la otra! Siempre.

—Claro —se rió Frida, y se levantó de la cama.

—Pues me da igual. —Melanie se sacudió la melena hacia atrás y empezó desde cero el ritual matutino, que consistía en peinarse hasta lograr un brillo perfecto en sus rizos—. De todas formas, he reconocido la letra.

—Meli, ¡te estás jugando el cuello! —le advirtió Sardine.

—Entonces, ¿era una carta de amor de verdad?—preguntó Trude. Los ojos, tras las gafas, se le abrieron como platos—. Lo siento—murmuró al advertir la gélida mirada de Sardine—. Es verdad, no es asunto nuestro.

—De todos modos sólo puede ser de una persona —apuntó Wilma con displicencia.

Sardine les dio la espalda a todas y se puso las botas. Estaba segura de que tenía la cara tan roja como el pintaúñas de Melanie.

—Últimamente tengo la impresión de que aquí hay una epidemia de amor —murmuró Wilma—. Trude, ¿no te habrás enamorado tú también? Ah, no, si tú ya tienes a tu primo.

Trude no contestó. Se levantó y siguió a Sardine por el pasillo. Por las escaleras logró tragarse la curiosidad, pero cuando entraron en el comedor, no pudo aguantar más.

—A mí me parece que Fred es el chico más simpático de toda la clase —le susurró a Sardine—. La nota te la ha mandado él, ¿verdad?

—Sin comentarios —murmuró Sardine, y se dirigió a la mesa.

—Ya sé que no tenéis ganas de hablar del tema —afirmó Mona cuando todos estaban sentados a la mesa—. Pero a la mayoría de vosotras vendrán a recogeros mañana después del desayuno, así que, por favor,

recoged vuestras cosas esta noche. Colgad toda la ropa que esté mojada en los radiadores, revisad bien los cuartos de baño para comprobar que no os dejáis ni cintas del pelo ni cepillos, y no os olvidéis de sacarle una foto a vuestros caballos favoritos. Si es que todavía no lo habéis hecho.

En las mesas se hizo el silencio. Las palabras de Mona hicieron que todas cobraran definitivamente conciencia de que aquél era el último día en el picadero, así, de sopetón.

—Nos quedaremos todas aquí —apuntó Bob en voz baja.

—Sí, nos disfrazamos de caballo —propuso Lilli— y nos escondemos al fondo de los prados. Allí no nos encontrará nadie.

En la mesa de al lado, Dafne soltó una carcajada sobre la taza de leche con cacao. Pero las otras tres, que Sardine nunca se acordaba de cómo se llamaban, miraron al exterior con tristeza, como si hubiera llegado el momento de despedirse.

—No quiero ver malas caras. —Mona fue recorriendo las mesas y encendió las velas que había en cada una de ellas—. Espero que todas volváis por aquí.

Frida se sonó la nariz ruidosamente con una servilleta. Sardine vio que tenía los ojos llenos de lágrimas.

—¿Quieres cacao? —le preguntó. Frida asintió y se frotó los ojos con el dorso de las manos.

—¿Dónde está Maik? —le preguntó Trude a Sardine en susurros. Pero Frida había oído la pregunta.

—Haciendo el equipaje —sollozó—. Su padre viene a buscarlo ahora mismo.

—Ah, sí, claro, es verdad —murmuró Trude, lanzándole una mirada de compasión.

Frida se llevó a la boca una cucharada de cereales y se quedó mirando el plato fijamente. De pronto soltó la cuchara y retiró la silla de la mesa.

—No tengo hambre —anunció, y antes de que las demás tuvieran ocasión de reaccionar, Frida estaba en el vestíbulo.

—Madre mía —murmuró Trude, y agachó la cabeza hacia los cereales, compungida—. Sí que es terrible eso de estar enamorada...

—Ya te digo —apuntó Wilma.

—Sí, y sobre todo cuando una se ha enamorado de alguien que vive a más de cien kilómetros de distancia. —Melanie se limpió los bigotes de la leche y apartó su plato—. Ya hemos visto con Trude cómo es eso. Sardine y yo hemos sido más listas, ¿a que sí, jefa?

Sardine prescindió de esta última frase.

—Voy a buscar a Frida —anunció al levantarse.

—Pero ¿no decías que prefería estar sola? —le preguntó Wilma.

Pero esta vez Sardine tenía la sensación de que Frida necesitaba consuelo. Cuando llegó a la habitación,

casi sin aliento, la puerta estaba cerrada. Sardine vaciló un instante, luego llamó.

—¿Quién es? —preguntó Frida.

—Soy yo —respondió Sardine.

Frida abrió la puerta.

Al cabo de una hora llegó el padre de Maik. Nadie llegó a saber cuándo se despidieron Frida y Maik. Frida no apareció por ninguna parte cuando él subió al coche. Pero después de que se marcharan, ella se fue a dar un paseo por los prados con los ojos enrojecidos por el llanto y no regresó hasta que Bess y las pequeñas comenzaron a ensillar los caballos para el paseo matinal. Frida salió a montar con ellas, y Mona se reunió con Trude, Melanie y Sardine para darles la penúltima clase de equitación.

Aquel día Sardine no alcanzó el estado de felicidad plena de los otros días, pues no podía dejar de pensar en la cara de desolación de Frida, y en que al día siguiente se marchaban a casa.

—Podríamos tener un caballo en la parcela de la caravana —sugirió Trude cuando llevaban a los caballos de vuelta al pastizal—. El terreno es bastante grande.

—¿Y qué quieres que hagamos con todas las boñigas? —preguntó Melanie—. Además, estaríamos peleándonos todo el rato porque todas querríamos montar.

290

—Y se sentiría solo —agregó Sardine.

Trude observó que *Gladur* apoyaba la cabeza sobre el lomo de *Freya*, y asintió.

—Es verdad —murmuró—. Necesitamos cinco, cinco por lo menos.

—Espero que Frida se encuentre mejor cuando vuelva del paseo —observó Sardine cuando regresaban hacia la casa.

—Me extrañaría —comentó Melanie—. Maik ya se ha ido.

Frida estuvo muy triste durante todo el día. Ni siquiera Sardine consiguió animarla. Sólo al llegar la noche, en la fiesta de despedida, logró olvidarse de sus preocupaciones, bailó la polca en el establo con las Gallinitas y amenizó la velada representando con Wilma unos fragmentos de *Romeo y Julieta*. La única que no se lo pasó muy bien en la fiesta fue Melanie, que se torció un tobillo bailando la polca y tuvo que quedarse el resto de la noche sentada sobre un cubo puesto boca abajo. Lilli aprovechó la ocasión para practicar en los rizos de Melanie los peinados que habían aprendido a hacer con los caballos. Al llegar una hora en que las pequeñas ya no se tenían en pie a causa del empacho de patatas fritas, Mona dio por terminada la fiesta. Las Gallinas se quedaron para ayudar a Bess a llevar a los caballos al pastizal mientras Mona acompañaba a las pequeñas a la casa para cerciorarse de que todas se acostaban donde

correspondía. Bess quería recoger el establo ella sola al día siguiente, después de que todas se hubieran marchado y antes de que llegaran los niños nuevos, pero las Gallinas no lo consintieron y se quedaron a ayudarla. Entre las seis fueron metiendo en bolsas de basura las tiras de papel pinocho arrancadas, las bolsas de patatas fritas vacías, los vasos de papel y las pajitas mordisqueadas, y le devolvieron a Hedwig las bandejas vacías y rebañadas. Luego dieron un último paseo nocturno por los prados y todas sintieron lo mismo: les habría gustado quedarse más días.

—¿Cuándo llegan los nuevos? —le preguntó Sardine a Bess cuando estaban sentadas sobre la cerca.

—El domingo —respondió Bess.

—Seguro que no son tan simpáticos como nosotras —comentó Melanie.

—Seguro que no —contestó Bess riendo.

Atravesaron lentamente el picadero. La pálida luna estaba suspendida sobre la casa y la luz de las ventanas resplandecía en mitad de la noche.

—Tenemos que volver otra vez —afirmó Trude—. Como sea.

—Claro que sí. A partir de ahora el bote de la pandilla pasará a llamarse el bote de Mona —apuntó Wilma—, y todo el dinero que ahorremos lo utilizaremos para venir aquí.

—Buena idea —consintió Melanie—. ¿A ti qué te parece, Frida?

Frida no dijo nada. Sardine oyó que respiraba hondo.

—Yo creo que no volveré a venir —musitó—. No tiene sentido.

—¡Eh, vamos! —Melanie le pasó el brazo por los hombros y la estrechó contra sí—. Se te pasará, ya lo verás. ¿Cómo es el refrán? El tiempo lo cura todo, o algo así. En primavera te estarás riendo de todo esto.

—Con un poco de suerte en primavera habré conseguido pegar todos los trocitos para recomponer mi corazón —se lamentó Frida, meneando la cabeza—. Y no pienso volver aquí para que se me rompa otra vez en mil pedazos.

Ninguna supo qué contestar a aquella frase. Caminaron hacia la casa en silencio. Pero cuando las Gallinas ya estaban subiendo las escaleras, Bess dijo de pronto:

—Maik irá a verte. A lo mejor no tenía que habértelo dicho, pero él tiene planes de ir a verte.

Frida se quedó petrificada.

—¿Te lo ha dicho él?

Bess asintió.

—Supongo que me matará como se entere de que te lo he contado. Pero me ha parecido que a lo mejor así te sentías un poco mejor.

Frida sonrió. Sonrió como sólo lo hacía cuando su hermanito pequeño trepaba hasta sus rodillas y le daba uno de sus besos pegajosos.

—¿Y cuándo piensa visitarme? —preguntó, titubeante.

Bess se encogió de hombros.

—No me ha dicho exactamente cuándo. Sólo sé que quería ver el estreno de la obra.

—¡No! —exclamó Wilma, asomándose aterrorizada a la barandilla—. No puede ser. Imposible.

—¿Pero qué estás diciendo? —la increpó Melanie dándole un empujón—. Pues claro que puede ir al estreno.

—¡No puede! —espetó Wilma—. A Frida no le saldrán las palabras si Maik está sentado en primera fila.

—¡Chsss! —se oyó desde la habitación de Mona—. ¿Podéis hablar un poco más bajito?

—¡Lo siento, mamá! —contestó Bess, bajando el tono de voz.

Trude se tapó la boca con las manos, asustada.

—¡Qué tontería! —susurró Frida en cuanto Mona cerró la puerta—. Claro que puede venir. Aquí también he actuado delante de él. —Se inclinó sobre la barandilla con cara de preocupación—. ¿De verdad ha dicho que iba a venir?

Bess bostezó y asintió.

—¡Hasta mañana! —dijo, bostezando de nuevo. Les dijo adiós con la mano a las Gallinas y se metió en su habitación.

Aquella noche todas durmieron mal. Y cuando a la mañana siguiente salieron de debajo de sus calentitos edredones, fuera brillaba el sol. El día estaba tan despejado que parecía que el cielo se hubiera propuesto hacerles la despedida más difícil aún.

—Pero ¿habéis visto? —exclamó Wilma—. Esto es injusto.

—Haz el equipaje —se limitó a responder Sardine—. Seguro que tu madre se presenta aquí la primera.

Contrariada, Wilma se apartó de la ventana y arrojó el camisón dentro de su maleta, que no era precisamente lo que uno llamaría una maleta ordenada.

—No te preocupes, le diremos a tu madre que has estudiado todas las tardes —comentó Melanie.

En ese preciso instante el suspenso en inglés irrumpió bruscamente en la mente de Sardine, pero se repi-

tió a sí misma «prohibido pensar en el cole durante las vacaciones», aunque a decir verdad no podía librarse de la desagradable sensación de que aquélla no era una decisión muy sabia.

—Bueno, además es verdad que Wilma ha estudiado un montón —apuntó Frida—. El hecho de que se haya dedicado a estudiar exclusivamente el papel de la obra no creo que sea necesario mencionarlo.

—No, porque si se entera seguro que le dice algo así. —Trude se plantó delante de Wilma con los brazos cruzados, la miró fijamente a los ojos y exclamó—: *No me preguntes, porque no responderé ni una palabra. Haz lo que quieras, todo ha concluido entre los dos.*

—No, demasiado dulce. Yo creo que se comportaría más bien como el padre de Julieta. —Wilma volvió a sacar su cuaderno de la maleta y, tras subir a la cama de un salto, declamó—: *¡Que te lleve el verdugo, joven casquivana. No hables, no repliques, no me contestes; mira que mis dedos tienen tentación. Esposa, nos parecía que nuestro enlace no era bastante dichoso porque Dios sólo nos había bendecido con esta única hija, pero ahora veo que con ésta hasta nos sobra, y que para nosotros es una maldición. ¡Aparta de mí, desgraciada!*

»*¡Cara de sebo!* —prosiguió Wilma pasando la hoja—. *Que te cuelguen, mendiga por las calles, muérete de hambre...*

—¿Hola? —Verena asomó cautelosamente la cabeza por la puerta—. Bess me ha pedido que os diga que

298

bajéis a desayunar. Dice que vuestras madres deben de estar de camino.

Wilma bajó de la cama con un suspiro.

—Creo que me voy a esconder en el establo —murmuró.

En el comedor todo estaba más tranquilo que de costumbre. Incluso la propia Lilli guardaba silencio mientras mordisqueaba un bollo con desgana. Igual que Bob, que pintaba caballos en su servilleta con un rotulador.

—¿Qué os pasa? ¿Todavía os dura el empacho de patatas fritas de ayer? —les preguntó Sardine al pasar a su lado.

—Hemos decidido formar una pandilla de verdad —respondió Lilli—. Esto de las Gallinitas ha sido sólo para las vacaciones. A lo mejor nos llamamos las Gallinas Locas. No pasa nada porque haya dos pandillas con el mismo nombre, ¿no?

—Ah, ¿no? —objetó Wilma apoyándose en el hombro de Sardine—. ¿Y tenéis ya unos Pigmeos?

—No, pero tampoco creo que sea muy importante —replicó Bob torciendo el gesto.

—¿Cómo que no? ¡Es importantísimo! —exclamó Wilma meneando la cabeza, indignada ante semejante insensatez—. ¿A quién vais a espiar, si no? ¿Y a quién pensáis hacerle gamberradas?

—¡No le hagáis ni caso! —comentó Frida, empujando a Sardine y a Wilma hacia delante con un gesto

de impaciencia—. Os las podéis arreglar perfectamente sin Pigmeos —agregó, volviendo la vista atrás—. Lo que sí es muy importante es tener un cuartel.

Lilli levantó el brazo con desenfado.

—¡Pero si ya tenemos! —profirió con la boca llena—. Los padres de Bob tienen un cobertizo en el jardín, y ése va a ser nuestro cuartel.

Bob frunció el ceño, pero no dijo nada. Verena las miró a las dos con envidia. Seguro que le habría encantado formar parte de la pandilla de Lilli, pero por desgracia no vivía en la misma ciudad que sus amigas.

—Puedes ser una Gallina por correspondencia —le sugirió Lilli a Verena, como si pudiera leerle el pensamiento—. Te enseñamos el código secreto y tú nos envías una carta para cada reunión de pandilla que celebremos.

—Vale —asintió Verena con una sonrisa. Y de pronto desvió su atención hacia la calle, preocupada. Todos habían oído la bocina. Había llegado la primera madre.

Las pequeñas se levantaron de un salto y corrieron hacia la ventana. Las Gallinas, sin embargo, se quedaron sentadas.

—¿Qué haces ahí tan tranquila? Ya tendrías que estar escondiéndote —murmuró Sardine dirigiéndose a Wilma—. A lo mejor Hedwig te ayuda a huir por la puerta trasera.

Pero no era la madre de Wilma la que había llega-

do. Los primeros en aparecer fueron los padres de Verena, con un perro gigantesco que a Frida le pegó un susto de muerte. Después llegaron los padres de Bob, que iban a llevarse también a Lilli, aunque para eso antes tuvieron que sacar a las dos Gallinitas de entre la paja del establo. Dafne estrujó a su madre tan fuerte que parecía que no iba a soltarla jamás, y luego anunció que sólo estaba dispuesta a volver si sus padres le regalaban a *Freya* por Navidad. Mona le estaba explicando a Dafne que no pensaba dejar que se llevaran a *Freya* cuando llegó la madre de Sardine con el coche. En aquel momento Sardine estaba con Frida en el pastizal, despidiéndose de *Snegla* y de *Fafnir*.

—Cuidaos mucho, preciosos —les dijo, y acarició a la yegua en la mancha de la frente. *Snegla* inclinó la cabeza y estuvo a punto de tirar a Sardine al suelo de un fuerte topetazo en el pecho—. ¡Eh, que no me voy por gusto! —exclamó entre risas, y le dio un beso en el hocico.

Frida había apoyado el brazo sobre el cuello blanco de *Fafnir* y recorría las crines con los dedos.

—No quiero que se me olvide esta sensación —murmuró—. A saber cuándo será la próxima vez que podremos acariciar a un caballo.

La madre de Sardine se acercó a la valla, intercambió un par de frases con Melanie y Trude, que estaban apoyadas contra la verja, y saludó a su hija con la mano. Sardine le devolvió el ademán desde el prado.

—Pues yo no veo al señor Sabelotodo —señaló Frida.

—Seguro que se ha quedado en el coche —murmuró Sardine.

Se dirigieron hacia la verja a paso muy lento, como si quisieran retrasar todo lo posible la despedida.

—A lo mejor debería convencer a mi abuela para que se comprara un caballo —comentó Sardine—. Ahora que el gallinero está vacío...

—Me da la impresión de que convencerías antes a tu madre de que tuvierais uno dentro de casa —contestó Frida, soltando una carcajada—. Tu abuela sólo se compra animales que luego se pueda comer.

—O que sirvan para vigilar sus deliciosas galletas... —agregó Sardine, volviéndose de nuevo hacia el pastizal. *Kolfinna* levantó la cabeza y la miró con serenidad; bajo los árboles, *Kraki* y *Fafnir* jugueteaban enseñándose los dientes y mordisqueándose uno al otro el denso pelaje de las crines.

—Venga, vamos —apremió Frida a Sardine—. Tu madre está esperando. ¡Hay que ver! Siempre haces lo mismo: primero te negabas a venir y ahora no quieres marcharte. ¿Sabes qué puedes hacer? —dijo pasándole el brazo por los hombros—. En cuanto acabéis los estudios, Fred y tú os compráis un picadero como éste y...

Pero no pudo acabar la frase. Sardine comenzó a torturarla con tantas cosquillas que Frida tuvo que salir pitando entre carcajadas para librarse de ella.

—¡Buenos días! —exclamó la madre de Sardine

cuando vio a Frida trepando por la cerca a todo correr para esconderse—. ¿Ya está otra vez mi hija haciendo de las suyas?

—Como siempre —respondió Frida.

—Y Frida se ha ena...

Frida llegó justo a tiempo de taparle la boca a Melanie.

—¡Ni se te ocurra! —exclamó Frida.

Sardine se sentó en la cerca e inclinó la cabeza para observar a su madre.

—Qué buen aspecto tienes —le dijo—. Parece que las vacaciones sin mí te han sentado de maravilla.

—¡Desde luego! —Su madre se puso delante de ella con las manos sobre las rodillas—. Y tú..., parece que al final has estado bien aquí.

Sardine se olió los dedos. Olían a cuadra.

—Sí, no ha estado mal —admitió.

—¿Que no ha estado mal? —Wilma trepó a la cerca junto a Sardine y la miró meneando la cabeza—. ¡Ha sido genial! —exclamó—. Las mejores vacaciones de nuestra vida. Hasta hemos decidido venirnos aquí a vivir y trabajar de mozas de cuadra.

—Ajá —asintió la madre de Sardine volviéndose hacia Mona, que en ese momento se estaba despidiendo de Bob y de Lilli.

Lilli derramó lágrimas suficientes para llenar un cubo, y eso que su madre ya la había inscrito para las vacaciones de primavera.

—Qué pena —se lamentó la madre de Sardine. Se dio la vuelta y echó a andar hacia el taxi en el que había ido a buscarlas—. Yo que había traído el coche grande para que cupierais todas, y ahora resulta que no queréis venir.

Sardine saltó de la cerca y corrió tras ella.

—¿Y dónde está el señor Sabe..., sabihondo? —le preguntó, asomándose por la ventanilla.

—He venido sola —respondió su madre mientras abría el maletero—. Pensé que te alegrarías.

Sardine la miró. Y sonrió.

—¡Pues claro que me alegro! —exclamó—. Entonces creo que sí nos vamos contigo. ¿Qué os parece? —preguntó, volviéndose hacia las demás.

—¡Vamos a por las maletas! —exclamó Melanie, y se deslizó por la cerca.

Trude y Frida también echaron a correr hacia la casa. Wilma, sin embargo, se quedó indecisa junto a Sardine.

—Es muy amable al haber traído el coche grande, señora Slättberg —afirmó—, pero no creo que mi madre me deje ir con usted.

—Claro que te deja —respondió la madre de Sardine—. La he llamado y le he dicho que no valía la pena que viniéramos las dos.

A Wilma se le iluminó la cara por primera vez en aquella mañana.

Cuando las Gallinas cargaron todas sus bolsas y

mochilas en el taxi grande, la madre de Sardine entró a tomar un café con Mona y, mientras tanto, las Gallinas fueron a despedirse de Hedwig y de Bess.

—¡Volveremos a vernos pronto! —exclamó Bess cuando las estaba acompañando hacia el coche—. Tu madre se ha autoinvitado a venir a tomar café el primer fin de semana de diciembre, y vosotras podéis venir con ella...

—Claro, si... —titubeó Trude mirando a Frida.

—Vendremos —dijo Frida.

—¿El estreno de la obra es antes? —preguntó Bess.

—Es dentro de un mes —asintió Wilma—. Pero no quiero ni pensarlo, porque como lo piense me va a dar un ataque de pánico escénico.

—Bah, no te creas ni una palabra —murmuró Melanie dirigiéndose a Bess—. Si Wilma ni siquiera sabe qué es eso del «pánico escénico».

—¿Y tú? —preguntó Sardine, apoyando el dedo índice en el pecho de Bess—. ¿Sigue en pie el plan? ¿Te vienes en primavera a interpretar el papel de Gallina Loca?

—Si a mi madre le parece bien... —apuntó Bess sonriendo.

—Ah, seguro que sí —señaló Melanie—. El único riesgo sería que Wilma podría enamorarse también de Maik, pero por suerte ella está inmunizada contra los chicos.

Wilma se puso como un tomate.

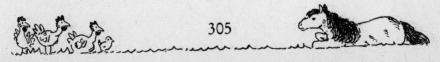

—Y el día que eso cambie, puedes estar segura de que tú serás la última en enterarse —bufó.

—No os peleéis —terció Frida, interponiéndose entre las dos.

En ésas la madre de Sardine salió con Mona de la casa.

—Cuidaos —les dijo Mona cuando las Gallinas se despidieron tímidamente de ella—. Espero volver a veros por aquí. Al fin y al cabo, todavía os quedan muchas cosas que aprender.

—¡Seguro que volvemos! —exclamó Sardine—. Antes o después, pero volveremos.

—Muy bien, pues para que eso se haga realidad —señaló Mona extendiendo una bolsa—, coged una cada una.

Trude fue la primera en meter la mano en la bolsa.

—¡Una herradura! —exclamó, y la contempló como si fuera de oro y, en lugar de puntas, tuviera diamantes incrustados.

—Ya sabéis, tenéis que colgarla con la abertura hacia arriba —les explicó Mona—. Si no, la suerte se os escapará por debajo.

—¿Y puedes elegir para qué quieres que te dé suerte? —preguntó Wilma.

Pero ni siquiera Mona supo responder a eso.

Las Gallinas subieron al taxi con las herraduras en la mano. Sardine se sentó junto a su madre en el asiento del acompañante.

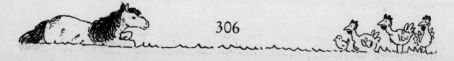

—Seguro que al señor Sabelotodo le ha sentado mal que hayas venido sin él, ¿a que sí? —preguntó mientras se abrochaba el cinturón.

Su madre le dijo adiós a Mona con la mano antes de cerrar la puerta.

—Qué va, no le ha sentado mal —respondió, y miró al espejo retrovisor—. ¿Os habéis abrochado todas el cinturón? —Y acto seguido puso el motor en marcha.

Sardine miró por última vez hacia los caballos, pero a ellos no parecía afectarles la tristeza de las despedidas. Seguían a lo suyo, con las cabezas gachas y el hocico hundido en la hierba; sólo alzaron la vista cuando la madre de Sardine tocó la bocina antes de salir del picadero.

—Ha sido taaaaaaaaaan maravilloso —murmuró Trude cuando enfilaron la estrecha carretera por la que el día anterior habían salido a pasear a caballo.

—Sí, es verdad —afirmó Melanie entre suspiros—. Sin hermanas mayores...

—Y sin padres que te pregunten por los deberes —agregó Wilma.

Luego todas se quedaron calladas durante un rato.

—Mamá, en primavera me gustaría volver al picadero —anunció Sardine al cabo de un tiempo—. Tú puedes irte de vacaciones con ya sabes quién.

—Ah, ¿sí? ¿Me dejas? —preguntó su madre—. ¿Y qué pasa si entonces yo ya no quiero?

Sardine no había visto jamás el salón de actos tan lleno. Sólo quedaban un par de sillas libres en la primera fila, pero bastaba con mirar los abrigos que había sobre el respaldo para saber quién había reservado los asientos.

—¡Me muero! ¡Me voy a morir de los nervios! —susurró Frida. Totalmente fuera de sí, apartó a Sardine a un lado y asomó la cabeza por un huequecito del telón—. ¡Oh, no! Mi hermano mayor está sentado justo en la segunda fila. Me había prometido que se iba a sentar donde yo no lo viera.

—¿Y desde cuándo cumple tu hermano mayor sus promesas? —le preguntó Sardine a su amiga mientras le colocaba bien la mantilla.

Sabía perfectamente que Frida no se había asomado para buscar a su hermano. No buscaba a una persona cualquiera entre el público. Esa tarde Frida estaba pendiente de una sola persona.

—Bueno, ¿qué os parece? —Wilma estaba tan pálida que ni siquiera había necesitado maquillaje para hacer de muerta—. ¡Se han agotado las entradas! ¡Están todos los profesores!

—¿Y eso te alegra? —Frida se mordía los labios mientras recorría las caras expectantes del público.

—Te vas a quitar el pintalabios —comentó Wilma.

Frida soltó la cortina y se volvió hacia ella.

—¡Y tú llevas el bigote medio colgando, Mercucio! —exclamó.

Wilma se llevó la mano al labio superior, aterrada.

—¡Mierda! ¡Ya decía yo que era mejor pintármelo! —protestó.

—Que no. Pintado queda ridículo —replicó Frida, y le puso derecho el bigote—. A lo mejor deberías quitártelo y ya está.

—Ahora ya no me da tiempo —murmuró Wilma. Al meterse entre bastidores, estuvo a punto de tropezarse con Steve. Éste llevaba puesto un casquete de fraile y un hábito abultado por una oronda barriga.

—¿Qué os parece? —preguntó chupándose los labios con un gesto nervioso—. ¿Estoy suficientemente gordo para ser un monje de Verona?

—¡Desde luego! —exclamó Sardine, y hundió un dedo en el cojín con el que Steve se había rellenado la barriga—. Lo más importante es que no se te escurra en medio del escenario.

—¡Qué va! —Steve se ajustó el cordón con el que

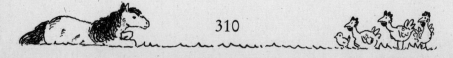

se había atado el relleno y se dirigió hacia el telón para contemplar una vez más a su público.

En ese momento Melanie se coló también entre bastidores. Iba más maquillada que los actores.

—¡Romeo está ahí! —susurró.

—¿Cuál? —preguntó Sardine.

Frida miró a Melanie con los ojos como platos.

—¿Cuál va a ser? —exclamó Melanie, agarrándose la cadenita con la pluma de gallina que le caía sobre el escote—. Pues Maik, por supuesto, pero no diré dónde está sentado. ¿O prefieres saberlo? —Miró a Frida con aire interrogante, pero ella negó con la cabeza, sonriendo.

—Luego no puedes salir ahí con esa cara de felicidad —le advirtió Wilma, preocupada—. Vamos a representar una tragedia. No lo olvides.

Frida asintió y lanzó una mirada nostálgica hacia el auditorio.

—¿Qué tal ha quedado vuestro Romeo? —preguntó Melanie.

—¿Nora? —Wilma se encogió de hombros—. No está mal, aunque podría haber trabajado más el tema de la esgrima. Al final Tebaldo siempre tiene que poner un poco de su parte para que Romeo pueda matarlo.

—Pero ¿qué hace tanta gente aquí? —exclamó la señorita Dambart, la profesora de teatro, al irrumpir precipitadamente en el escenario. Tenía toda la cara llena de ronchas rojas—. Todos los que no salgan en la obra,

311

¡a la platea, por favor! Madre mía, Frida, ¡se te ha corrido el pintalabios! Y tú, Wilma, ¡mira dónde tienes el bigote! —agregó escandalizada, y se las llevó a las dos.

Melanie y Sardine fueron a sentarse a la platea. Trude se había quedado guardándoles el sitio y en aquel momento discutía acaloradamente con dos chicos mayores que querían sentarse allí.

—¿Qué habéis estado haciendo todo este rato? —exclamó malhumorada cuando Sardine y Melanie aparecieron a su lado—. Ya creía que se me iban a sentar encima. ¿Habéis visto a Maik y a Bess?

—Sí. Y Mona también ha venido —apuntó Melanie, saludándolos con la mano.

Acababan de encontrar un sitio en la penúltima fila.

—¡Nos vemos después! —le gritó Mona a Sardine por encima de las cabezas del público—. ¡Me he autoinvitado a vuestra casa!

—¡Me lo ha dicho mamá! —contestó Sardine, y siguió buscando entre el público con la mirada. Su madre todavía no había dado señales de vida. Justo aquel día tenía que llevar al señor Sabelotodo a la estación porque tenía que ir a no sé qué curso de perfeccionamiento y todavía no había llegado. Sin embargo, Sardine localizó a los Pigmeos. Estaban justo delante del escenario.

Melanie le lanzó una mirada burlona.

—¡Adivina hacia dónde está mirando nuestra jefa con tanto interés! —le susurró a Trude al oído.

El murmullo de las voces en el auditorio era cada vez más fuerte, pero aun así Sardine la oyó.

—¡Cierra ese piquito de oro que tienes, Meli! —le dijo sin ni siquiera mirarla—. Sólo estoy echando un vistazo.

—¡Sí, claro! —Melanie sonrió maliciosamente y saludó a Willi, que acababa de ocupar su asiento.

Fred todavía estaba de pie y le estaba diciendo algo a gritos a Steve, que había vuelto a asomar la cabeza entre las cortinas.

—¿Por qué ellos tienen sitio en la primera fila y nosotras no? —preguntó Melanie.

—Porque Steve se los ha reservado —respondió Sardine—. A nosotras nos tenía que haber reservado un sitio Frida, pero con los nervios se le ha olvidado.

Sardine, agitada, se sacudió el pelo hacia atrás. Fred se dirigía hacia ella. Pero cuando se hallaba a tan sólo unos pasos, Pia, una chica de la otra clase, lo agarró por el abrigo. Sardine intentó no mirar hacia ellos y se concentró en el programa que se había encontrado sobre el asiento. Sin embargo, no podía evitar que los ojos se le fueran hacia Fred cada dos por tres.

—¡Uy, Pia se ha estado fijando mucho en Fred últimamente! —masculló Melanie—. ¿Habéis visto cómo coquetea agitando las pestañas? Con Willi ya lo ha intentado alguna vez. Bueno —agregó encogiéndose de hombros—, al fin y al cabo a ojos de todo el mundo

Fred está soltero y sin compromiso; como os habéis empeñado en mantener lo vuestro en secreto...

Sardine cerró el programa de golpe.

—Es que no todo el mundo tiene por qué querer besuquearse en medio del patio —observó Trude, y con expresión de inocencia se puso a juguetear con su pendiente de aro.

Melanie se volvió hacia ella con una mirada furibunda.

—¿Lo dices por algo en concreto?

Trude aún no había conseguido elaborar una respuesta cuando Fred llegó y se sentó en el asiento que había libre junto a Sardine.

—Está reservado —dijo en tono cortante una mujer desde la fila de atrás.

—No me voy a quedar —respondió Fred, y le dirigió una sonrisa a Sardine—. ¿Qué tal, Gallina Loca? —preguntó—. ¿Te vienes mañana por la mañana a casa de mi abuelo? Tiene un montón de coles para vuestras gallinas.

—Vale —asintió Sardine, intentando fingir indiferencia. Se sentía incapaz de sonreír a Fred mientras Melanie la observaba con el rabillo del ojo. Además, cuando hablaba con Fred tenía la sensación de que todo el colegio la miraba, incluso en aquel momento, en que todas las miradas se centraban en el telón del escenario.

Las luces del patio de butacas se apagaron y se encendieron los focos que iluminaban el escenario.

Un hombre gordo se abrió paso entre la gente de la fila y se plantó delante de Fred con mala cara.

—¡Hasta luego! —le susurró Fred a Sardine, esquivó al hombre gordinflón y volvió a su sitio.

Sobre el escenario algo se movió tras el telón y una chica rubia salió titubeante ante los focos. Se llamaba Matilda y también estaba en la clase de Sardine. Su madre había cosido todos los trajes, pero ella no se había atrevido a interpretar ningún papel. Sin embargo, Frida la había convencido para que recitara el prólogo. Y en opinión de Sardine, había que ser muy valiente para atreverse a hacerlo, aunque sólo fuera el prólogo.

—A casa del abuelo de Fred, ya, ya —le susurró Melanie—. Si eso no es romántico... —Sardine la castigó con su indiferencia.

En el auditorio se había hecho el silencio. Lo único que se oía era el llanto de un bebé. Cuando todo volvió a quedar callado, Matilda avanzó hasta el borde del escenario.

—*En la hermosa Verona* —comenzó a declamar; en las primeras palabras le temblaba un poco la voz, pero a medida que recitaba su seguridad se iba afianzando—, *donde situamos nuestra escena, dos familias de igual nobleza, arrastradas por antiguos odios, inician nuevas discordias en que la sangre de ciudadanos mancha las manos de ciudadanos.*

Sardine observó que Trude movía los labios. Iba

pronunciando todas las palabras del texto de Matilda en silencio y miraba al escenario con añoranza.

Matilda abandonó el escenario ruborizada tras un atronador aplauso y se abrió el telón, dando paso así a la primera escena.

Durante los últimos seis meses los mayores habían dedicado las clases de plástica a pintar las casas de Verona en unos cartones inmensos; la verdad es que habían quedado bonitas. Los sirvientes de los Montesco y los Capuleto salieron de las sombras y comenzaron a mantener pugnas grandilocuentes.

El estreno fue magnífico. Sólo cuatro, cinco veces a lo sumo, hubo alguien que se quedó en blanco y necesitó la ayuda de la señorita Dambart, que estaba sentada en la primera fila haciendo de apuntadora. En el duelo entre Tebaldo y Mercucio, Wilma realizó una interpretación tan apasionada que el bigote se le fue escurriendo por los labios, aunque el dramatismo de su voz quebrada al declamar *¡Que caiga una maldición sobre vuestras dos casas!* fue tan sobrecogedor, que nadie se percató. No obstante, Frida fue quien realizó la mejor interpretación. Sardine estaba segura de que no lo creía así sólo porque fuera su mejor amiga. Cuando Frida salió al escenario, se hizo el silencio: era Julieta. Nora tampoco interpretó mal el papel de Romeo; después de todo había que admitir que para una chica era bastante desagradecido hacer de joven enamorado. Pero Sardine sabía con toda certeza que no era a Nora

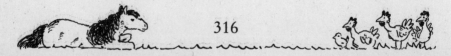

a quien veía Frida cuando recitaba aquellos versos tan hermosos sobre el amor.

Al acabar, la ovación de aplausos fue tal, que Nora y Frida pasaban alternativamente del rubor a la palidez. Las dos juntas, acompañadas por el resto de los actores, recibieron el aplauso del público sobre el escenario. Steve se quitó el casquete y lo lanzó al público, y Wilma, rebosante de orgullo, permaneció tiesa como una vela como si aún estuviera representando a Mercucio.

—Ya veremos. A lo mejor el año que viene yo también me apunto —comentó Melanie cuando, después de que el aplauso se extinguiera definitivamente, salieron del auditorio—. Los trajes eran chulísimos y debes de sentirte genial cuando el público te aplaude.

—Pero el aplauso te lo tienes que ganar —puntualizó Sardine, y descubrió que su madre ya estaba en el vestíbulo con Mona, Bess, y..., con el profesor de inglés. Todavía no le había dicho a su madre nada de las malas notas que le habían dado antes de las vacaciones. En el examen que acababa de hacer esperaba sacar incluso un seis, pero como su madre se enterara por el profesor...

—Id yendo vosotras —les dijo a Melanie y a Trude—. Yo tengo que ir al baño urgentemente.

Al abrirse paso entre la multitud, Sardine vio que Frida, todavía vestida de Julieta, salía corriendo hacia Maik; y justo en ese momento ella estuvo a punto de

chocarse con Fred. Estaba solo delante de la máquina de las bebidas; a los demás Pigmeos no se los veía por ninguna parte.

—No hace falta que mires a todas partes con esa cara de miedo —le dijo Fred—. Los demás siguen con Steve en el escenario. Quiere enseñarles el relleno de la barriga y el bigote de Wilma. Además, Torte quiere conocer a toda costa a la chica que ha hecho el papel de madre de Julieta.

—¡Frida se va a llevar una alegría! —exclamó Sardine, acercándose a él vacilando—. A lo mejor por fin empieza a enviarle las cartas de amor a otra —agregó mirando a su alrededor. Nadie los observaba, aunque ella, una vez más, tenía la sensación de que sí.

—¡Ven! —dijo Fred como si le hubiera leído el pensamiento. La cogió de la mano y la arrastró consigo—. Necesito que me dé un poco el aire. ¿Tú también?

—Sí —asintió Sardine sin soltarle la mano. Ni siquiera cuando Melanie se volvió a mirarlos.

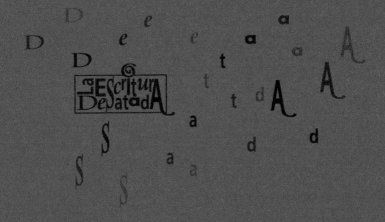